时代文学晋旅　山西中青年实力作家中篇小说代表作
民　李骏虎 _ 主编

烈日下

LIERI XIA

陈克海　著

山西出版传媒集团　北岳文艺出版社
·太原·

图书在版编目(CIP)数据

烈日下 / 陈克海著. —太原:北岳文艺出版社,2023.8
("新时代文学晋旅":山西中青年实力作家中篇小说代表作 / 邢利民,李骏虎主编)
ISBN 978-7-5378-6753-5

Ⅰ.①烈… Ⅱ.①陈… Ⅲ.①中篇小说—小说集—中国—当代 Ⅳ.①I247.5

中国国家版本馆 CIP 数据核字(2023)第 128002 号

烈日下
陈克海　著

//

出品人
郭文礼

选题策划
高海霞

责任编辑
吴国蓉

装帧设计
张永文

印装监制
郭　勇

出版发行:山西出版传媒集团·北岳文艺出版社
地址:山西省太原市并州南路 57 号
邮编:030012
电话:0351-5628696(发行部)　0351-5628688(总编室)
传真:0351-5628680
印刷装订:山西万佳印业有限公司

开本:787 mm × 1092mm　1/16
字数:250 千字　印张:17.25
版次:2023 年 8 月第 1 版
印次:2023 年 8 月山西第 1 次印刷
书号:ISBN 978-7-5378-6753-5
定价:75.00 元

目 录

郝丽英

1

掏出钥匙，还没插进锁孔，隔壁的门再次响了一下，却也没完全打开。我停了会儿，想看清门背后是个什么样的人。停了几秒，一个穿着校服的高中生，抱个孩子，探出头来。楼道里光线不好，小家伙可能是被我严肃的表情吓着了，双腿乱蹬，扭过头直往男生的脖颈后面钻。我笑了笑，慌忙关上门。

熬好薏仁红豆粥，看着家里整整齐齐的一切，越想越凄凉，眼神正没个放处，却听见楼道里嗯了一声。小孩子的尖厉哭声透过墙壁传了进来。我趴在猫眼上看了半天，又拐进厨房喝了粥。电视也懒得关，就躲到阳台，好像只有这里可以稍微清静点。落地玻璃窗外，仍是一片破烂景象。不远处的高架桥上，车来车往，喇叭声震得人心慌。电话响了一遍又一遍，也没想着去接。我知道，肯定是郝丽英。只有她才会这样催命般打电话。直至实在受不了没完没了的震动声时，才抓起手机大喊：

“有你这样打电话的吗？没病吧你？”

等我吼完，郝丽英才怯怯地说：“李老师，不至于哇。我就是想和你说说话，你有必要这么激动？”

该怎么解释呢？去年春天认识她，就打算尽快把婚结了。甚至都和隔壁搞装修的师傅说好了，待到来年三月，停了暖气，要把家刮一刮。我这么和他说的时候，脑子还闪过一个图景，好像春暖花开，是个值得期待的季节。到了年底，火车票都买了，郝丽英说，你都没和我过过情人节。她的意思太明显了。一旦回家，前前后后，将近一个月。多煎熬啊。好不容易熟络一点，怎么能前功尽弃呢？就跟家里人说，要准备结婚，事情不少，先不回去了。父母听说我终于要把结婚提上日程，自然高兴。每个周末我们打电话，话题不再是关于天气、工作和地里的活路，终于可以谈谈那个他们从没见面的姑娘。

“她是档案局的会计。”

“她比我还高。”

有一回父亲喝多了酒，问：“你媳妇儿姓什么啊？”我对父亲这样的问话还是适应不了。但凡我把搞对象的事和他们一讲，他们就以为这事儿铁板钉钉了，不是打听女朋友做什么工作，就是问我星期六星期天有没有去看丈母娘。等我一路谈到了三十出头，还是不见动静，成天只知道搞农活的父亲也有些糊涂了。好像只有问清那些姑娘的姓名，他才能分辨我说的是不是实情。

“她姓郝。”

这个姓也没法儿向父亲仔细描述。父亲虽然念过高中，但他年纪实在大了，有时和他说一个银行号码，他都要翻来覆去地和我核对十来遍。解释这个字的时候，差点说成是“郝刚刚羊杂”那个“郝”。可话到嘴边，又忍住了。父亲总共就来过麦城两回，一回是送我来麦城念书，住了一夜，第二天回湖北，在校门口看见辆公交车就坐了上去。他以为所有的公交车都开往火车站，直到意识到方向不对，已经错过了好几站。第二回是前两年因为老听我说开会。一年到头，今天在这里，明天在那里，过年了又没见往家里拿多少钱。什么单位能由着你正事不干一件，就是个开会？别不是被传销团伙控制了吧？老家不少三四十岁的婆娘，家务不做，大字不识几个，天天就是飞来飞去地开会，接个电话也是普通话。起初，人还新鲜，等到家里欠下一堆账，怎么也填不完那些窟窿，才意识到不对劲。父亲肯定发现了我有问题，他很郑重地对我说，干了一辈子农业，也没歇上几天，想来麦城看看。来看就看吧，难得父亲愿意来住几天。我也是真横，父亲来了，我也没想着带他逛逛街。好不容易领他去一回森林公园，父亲左看右看，说，这有什么看头？树还没有渔川的大。一句话就搞得我火冒万丈。一家人出来随便走走不也挺好？父亲总指望看点稀奇。那就去逛街吧，置办两身像样的衣服。去了万达广场，一件衣服一两千，大厅里的折扣区，也要大几百。让父亲试一试，他犟，死活不脱他那一身滴满油污的外套。我也生了气，买件衣服也不愿意，以后我不管你啊。说得好像我从前管过什么似的。那个时候，我高声大嗓地嚷，好像这么发一通火，就能摆脱良心的折磨。不管怎么说，我也做了做样子不是？父亲只是畏畏缩缩地跟在后面，一件衣服花一两千，自家儿子也不像个有钱人啊，哪里来的底气？父亲看破不说破，他只是用沉默应对我的虚荣。我甚至还说要起一回早，带他去柳巷吃一碗郝刚刚羊杂。外地朋友过来，去那里打卡，快成了标配。但到最后，我也忘了这些承诺。父亲说是来了两回，也只能说是路过，哪里知道什么名闻麦城的羊杂吃食。我只能按笔画顺序描述这个“郝”字，曲里拐弯的，复杂得很。至于父亲听没听明白，也不重要，那个他素未谋面的女人到底姓什么，和他的生活有什么关系呢？但父亲认为重要，说，得去街上找个算命先生，合合你们的八字。一想到自己的命运掌握在一个瞎子手里，我就更加泄气。父亲坚持问，我只好说，就是“赤子之心”的“赤”，再加一个右包耳。父亲说好。我们又说了一阵别的事，父亲又问，你女朋友姓什么？我说，就是“土”字下面两竖，左右两点，再加一个右耳旁。父亲说，那就挂了吧。这个时候，我才知道，父亲的确是年纪大了。

吼郝丽英的时候，我脑子里还转过这些场景。想起都跟家里说出了要结婚的打算，可这都五月过去了，她连她家有多少客人都没算清楚。我不能说，一说，声音稍微高点，她就说我是在骂她。先是她要学车。学完了车，她又开始说要订婚。有一天吵完架，冲动之下，把对戒也买了，这个时候，我说，都这样了，该把结婚提上日程了。她说，你来吧，你和我妈说。和她妈能有什么说的呢？但也指望不上别人。我买上东西，去了她家，饭也吃了，她爸她妈坐在那儿，双手放在膝盖上，好像就等着我开口。我含混讲了些，无外乎是两个人年纪都不小了，到了结婚的时辰。她妈却坐在那儿，慢悠悠来了一句：

“结婚是好事，我们也支持。但结婚前，你得忏悔。”

我当下就愣住了。忏什么悔呢？听她妈一解释，原来她妈信佛，知道我过去谈过几回恋爱，就有些着急，好像我跟别的姑娘相处都不是正儿八经相处，都是我不知检点，在造孽。忏悔是为了帮我消业障。我听了前因后果，当下差点崩溃。完全讲不明白道理了。但当时，我还是强忍着，说，好，没问题。

出了门，我就后悔。简直是欲哭无泪。过了两天，我以为她家人忘了这一茬。不承想，郝丽英直接发了张照片过来，说她妈把忏悔请愿文都写好了，要我先抄一遍，到时一起去蒙山，要在佛前念，发自内心地道歉。这让我接受不了。我的过去，怎么也被她管上了？我和过去女朋友的事，有些是不堪回忆，但也只是我的回忆，用得着她们指手画脚吗？结婚就结婚，怎么又开始控制我的思想了？尽管我也没什么思想，但被人这么收拾，我还是无名火起。

等到她提出，说我还得搞一个求婚仪式。我彻底爆发了。求什么婚呢？我怀疑她是电视剧看多了。我早没了要点小浪漫的热情。等她再提起这个话题的时候，我气急败坏地说：

“都补丁摞着补丁了，你成天关心的还是要不要在涤纶衣服上绣个蕾丝花边。我不会搞什么求婚。我怕将来回忆起来太穷酸了。”

“怎么会是穷酸？有点温馨的回忆不好吗？”

架都吵到这个分儿上，我明显是不想再和她相处了，可她还在试图和我讲道理。我们的故事如同一出狗血剧，磕磕绊绊走到现在，我一直都在隐忍。这回不想忍了，但还是开不了口说分手。吵得最难过的时候，我提出过分手，她听了，只是不停地流泪，见我无动于衷，还问我："李老师，你一直就是这么始乱终弃，也是这么对待别的姑娘吗？"我没法再用什么三观不合适找借口。早先拖她上床时怎么就没想起三观呢？我想起那些和我相处过的女人。我想不起我们是如何分手的了。

她见我不吭声，又开始提结婚。我呢，听到她终于说起正经事，又忘了之前为什么要生那么大的气，也跟着幻想了半天婚礼上的细节。按我的意思，两个人条件都一般，又都是外地人，没必要大肆铺排。可她不愿意。她成天说些别人结婚的细节，好像我只要稍有违逆，就是不尊重她的麦城规矩。

说到后来，脑仁儿生疼。连隔壁小孩的哭闹、窗外的喧嚣，我都顾不上烦厌，倒头就睡了。

2

早上八点，楼道里响起一阵刺耳的电锯声。还以为是又一家人在装修。起来，磨磨蹭蹭吃了点剩饭，实在吵得受不了了，才推着山地车出门。隔壁不知道在干什么，把阵地挪到了楼道里。

"还以为你今天不在家。"他笑得那么自然，好像我不在家，整个楼道就可以由着他折腾。

满地都是锯末、长短不一的三合板。我见过他时常拿着涂料桶进出，以为也就是给人刮家什么的，没想到他还会木工。

"今天不出去？"

"没有。趁这两天闲着，做张床。"

他竟然在家里给自己做床。赛马场虽然是郊区，但去装饰城买张床，好像也贵不到哪里。做的床就更好吗？他家的门敞开着，到处堆着多乐士涂料桶。一股韭菜馅的包子味不依不饶地涌过来。那个时不时哭闹的小孩，穿着兜兜服站在门边，好像我影响了她爹的工作，直愣愣地瞪着我。

这才想起来，都做了大半年邻居，我居然没问过他姓什么。看着他拿着锯子正准备忙活，我又喊了一声：

“不好意思，一直都忘了问一声，贵姓啊。”

“嘿，姓马。”

以为他会反问我一声。他露出满口白牙，说了这么一句话，又低头摆弄手里的木头板子。本来是打算去山上骑自行车的，可这会儿，我一点都不着急了。我就是想跟人说说话。我推着自行车，就在那里站着，看他在那里锯三合板。有一阵儿，他停了下来，对我笑了一下：

“真是对不住，吵得你都没法儿在家里待了。”

“没有没有。”差点就想说楼道里锯末的味道让我想起了小时候，可没头没脑地跟他讲这么些事，又显得矫情。父母年纪轻轻，自己张罗，盖起了五柱六挂的房子，还是漏风漏雨，又找了几个木匠装板壁。爷爷自己也有一套木匠家具，有空了也来帮帮忙。那段时间爷爷自己的工夫也忙不完，好像因为爷爷，母亲还说过闲话，说他光给叔叔干活，路过我们家，看见挖锄掉在地上，都不会弯腰帮着扶一下。这些家人间的抵牾，我早记不真切。也是看见邻居在这里用刨子，突然想起，小时候看见薄薄的刨花在爷爷有节奏的动作中舒展开来，我是如何着迷的。刨花越堆越厚，我就把它们抱到角落里，整个人钻进去，爬出来，弄得浑身都沾着刨花。我喜欢木头，喜欢刨花，喜欢闻那股说不出来的清香。那个时候，我也就像门口这个小不点一样大吧。

昨晚和郝丽英争吵，还有一个原因，她说结婚了，也不指望我怎么收拾家，就想着买一张新床。这处房子，也才买四五年，我不明白为什么在她眼里就成了旧家。当年看着朋友们一个个结了婚，我想着结婚既然暂时无望，那就先买个房子吧。我也是不要命了，手头总共才有两万块钱，就到处看房。不到两星期，就交了订金。幸好认得几个朋友，终于凑够了首付。那是2009年。开春，又简单装修了一下。虽然不喜欢家里塞太多东西，除了平日积攒的四个书架，还是太空了。总得买张床吧。有一回逛居然之家，看到北京意丰家具搞活动，两个衣柜，一张两米乘两米二的大床，带俩床头柜一梳妆台，才要五千。当下就买回来了。我买，也不全是贪便宜，而是导购姑娘说这床是个笑脸床。好多回，我躺在这床上，也充满了幻想，现在床也有了，旁边就差一个活生生的女人了。事情就是这样，为了验证是不是能和女人和谐相处，我没少往这个家带过女人。图简单省事是一方面，主要还是想给她们吃个定心丸，我在这座城里是有自己的房子的。那段时间，整个二十三层，十来户，就我一个人先住进来。有时候陪她们从电梯里出来，我还得费劲解释，说这是个新楼盘，过两年就有人气了，没见楼下的空中花园，全是黑着脸的老年人在那里带孙子吗？过了三年，搞装修的马师傅就住进了隔壁。当时，我挺高兴，想着这楼盘还不至于太破，不是还有人在买吗。那一阵子楼市不好，搞得我也抑郁，好像中国楼市不好，连我的算盘也受影响。不过回过神来，看到一搞装修的都买开了房子，又想着，要是现在把我住的房子卖了，肯定不愁下家。大不了我只要本钱。说实话，虽然没怎么和新邻居打招呼，但平日里多少会注意到他的动静。我感觉日子好像不那么寂寞了。只是没想到马师傅会在楼道里腌咸菜。尽管这咸菜唤起了很多童年记忆，但家里成天飘浮着这些味道，还是让人抓狂。没过多久，他又养了狗。狗也不放在家里，就放在门口的笼子里。每回一出电梯，狗就开始狂叫，搞得我也心虚，甚至一度都不敢带姑娘来看房了。我真的是打算找个正经姑娘结婚的。起初我以为郝丽英就是个正经姑娘。你看，她大学刚毕业，按她的说法，没谈过恋爱。都到家里十来回了，我都没法儿把她按到床上。尽管每回我拖她上床，都被她打得浑身是伤，到了下一次，我还是忍不住要这么挣扎一回，好像如此一来，就能证明我找的是个清白姑娘。次数多了，郝丽英开始问我，是不是我也是这么对待别的姑娘。我脑子一热，就全坦白了。

“没有。她们的力气都没你大。她们不会像你这么野蛮地对待我。”

“她们？她们都是谁？”她一屁股就跳到了床底下，好像无法和人共同分享这张床。

既然说漏了嘴，我还能怎么解释呢？只好遮遮掩掩，挑了两个女人的名字。结果就是这样，到了终于谈婚论嫁的时候，郝丽英说：

“我什么也不指望了，就只要一张新床。”

她话里话外都是对这张笑脸床的鄙视，好像睡在这么一张床上简直不敢想象。起初我还争论，说她讨厌的也不是那张床，而是无法原谅我的过去，可她根本不接我的茬，她总是说：

“我什么都不要，就只要一张新床。”

有一阵子，她又说：“你这个地方简直是个炮房，一想起那么多女人在这里进出过，我就生气。”

想到她想换的不是一张床，而是房子，我急了：“这房子怎么啦？住两个人绰绰有余。这辈子就是这个了。”

“你年纪轻轻的，就不想努力了？你干脆攒钱在永安买块豪华墓地算了，将来永远住在那儿，一辈子不用挪地儿了。”

我说过我住的地方离永安近，将来一把火烧掉也省心，这话可只是玩笑，是自嘲。她竟然当了真。和这样的女人怎么说得清白呢？

看着马师傅在那里忙活，我差点问他要不要我的那张床。可一看他的家，已经被挤得满满当当，我的那张笑脸床，在他百八十平方米的房子里怎么放得下？他家里肯定有一张双人床了。也是这个时候，我才意识到，他不想去买床，并不是嫌买的床太贵，只有按家里的尺寸做一张，才恰好、合适。

小家伙跑过来了，鞋底好像漏了气，呼哧呼哧的。我平时在家里也能听见她在楼道里走动的动静，这回才看清，她走动的时候，那鞋子还会发光。

3

想起来了，推车出门，也不单是楼道里太吵，而是之前被郝丽英的一通电话吓到了。

郝丽英在电话里气势汹汹地说：“你还没走吧？我要和你好好谈一谈。”

能谈出个什么寅长卯短呢？我可不想大清早就跟她吵架。我说：“不是跟你说了我要去山上骑自行车吗？”

“都这个时候了，你还有心思去骑自行车？别人的事你就记得，我的事你从来不上心。”

我没辙了，只好服软，说：“我骑自行车也是为了练好身体，让你折磨啊。”

“折磨？李德贵，我问你，你是不是觉得和我在一起特痛苦？”我平日里编些男男女女的事，主人公一律不是李查德，就是朱贵，她不知道怎么读到了，就给我起了这么个绰号。她高兴的时候，叫我胖墩儿，不高兴的时候就叫我李德贵，好像这么一来，就能发泄她的愤怒。

眼见得她又要开启新一轮审判模式，我突然笑了起来：“你猜？”

这话也是她跟我说的。有一阵子我变得不爱说话，她就跟我讲她们办公室的故事。“漂亮姐姐，”她总是这么称呼那个女人，不是说她刚买了多少克拉的钻戒，就是说拍了多么漂亮的婚纱照。结果领了结婚证，那女人还是不满意，她挑来挑去，挑中的这个男人并不是她真心喜欢的男人。这男人偏偏缺心眼儿，还问她爱不爱他。问急了，“漂亮姐姐”只好头一歪，对着男人说：“你猜。”郝丽英当时跟我讲这些的时候，对她的同事应该有羡慕，也有不理解，好像是做人怎么能这样呢？

“你别跟我打什么马虎眼。我就问你一句话。”

“什么话？”

“电话里说不清楚。我这就打车马上过去。”

不是电话里说不说得清楚，就是见了面，也从来没法儿说清楚。就像她说的，我生了淫念的时候，什么好听的话都好意思说，一旦性欲满足了，就换了一个人。她这样理解我的所作所为，我也没有生气。她已然把我当成了有无数案底的惯犯。我想起刚和她处上的时候，在哥们儿跟前还挺得意，说，真他娘的不走运，现在相亲老碰到处女。为了显示我不是信口胡说，有时还要露出被拧得淤青的胳膊。我不知道自己为什么喜欢这么干，我怎么才意识到她是如此固执的一个人呢？就像她后来反复说的，早知道你是这么一个人，我就是去五台山做姑子也不找你。这话伤不到我。她们家就爱信个阿弥陀佛。

到了解放路天主堂门口，我给吴强打电话，说是出门匆忙，手套忘了拿，防晒面巾也忘了戴，能不能帮我找一套。

等吴强下楼的时候，郝丽英又打来电话。我以为她劈头盖脸要吵，结果她问了一句：“你隔壁住的什么人啊，门也不关，成天开着。”

在郝丽英的概念里，又不是村里，开着个门，简直太不尊重人的隐私了。我平时也有这种感觉，却从来没想着要和人说一说。她不按套路出牌，搞得我愣了一下。

“什么人什么人，人家碍你事儿啦？你又没做什么亏心事。”

“李老师，我是怕败坏你的名誉呢，你看看，要是你邻居知道你天天往家里领不同的女人……”

我差点就说自从这个邻居住进来后，我就没领过别的女人。但话到嘴边，我还是闭住了。我想起这个邻居，突然有些羡慕。他大儿子都上高中了，又生了个小娃娃。他老婆好像也不上班，成天就在家带孩子，给他做饭，等他收工。我想起这么多年我不结婚，没定下心性是一方面，主要还是没有安全感。单位总说要改制，十多年了，也没改出个名堂来，平时还好，一旦文件下来，就搞得人心烦，担心工作没了怎么办，年纪一大把了，能干什么呢，不能细想，哪有前途可言，简直是了无指望。我就这么抑郁地过了好些年。可这个邻居呢，他生了俩孩子，感觉还没有住手的架势。好几回，我看到他提着油漆桶满身白灰回来，都想，这家伙居然一点也不害怕。

吴强下了楼，我就把电话关了。他问我怎么这么早就跑出来了。我先是开玩笑，说是来天主堂做礼拜。后来还是没忍住，就把这两天和郝丽英的事抖了出来。吴强说，你们天天这样吵也不对劲。要是死了心，就别和她争了。全依她，看她还能怎样？

我需要的不是有个人来帮我指明方向。我就是想找个人说说郝丽英的坏话。

路上的车挺多。下了胜利桥，拐到和平路上，一路向北，过柴村桥口，左拐，上了柴化线，没什么人了。上山的时候，几个骑山地车的从山上冲下来，最后一位，背上还竖了面旗帜。吴强说，我们是不是也得搞面旗帜？我说我不行，那么大一面旗，肯定影响平衡。

日头毒起来。上一截坡的时候，吴强说腰疼，就下来推着车走。他不知怎么说起了单位的人事，我也把看不惯的人抱怨了一通，好像这才对得起他的信任。又说到了婚姻，说起周五晚上喝酒时兄弟们谈论的婚姻的话题。这么一说，好像我们的生活都出了问题。我也是感慨不断，说，有时候，我挺羡慕老王的，你看他与世无争，听说找了个情人，好像老婆也不管他。可吴强不这么看，他说老王为了情人，跟发妻大吵过几架，有一回都谈到了离婚。为什么就不能好好安生过日子呢？离什么婚？我婚都没结，他们居然都琢磨开了离婚。好像也只是胡乱说了这么些话，才感觉日头不是那么晒。

平日里只觉得麦城脏乱，不承想，才出城几公里，嘈杂与喧嚣都听不见了，满山都是树，沿途还有花，时见洒水车在路边洒水。过下水峪村，碰见个老护林员在路边摘槐花，就停下来，问村里有没有闲置的房子，一个月多少钱，用水方不方便。我问得那么详细，好像是时刻准备着搬过来住似的。老人的话也多起来，说年轻人都出去了，这地方有深井水，什么都挺好。我就和吴强感叹，说是一个月有二三百块钱就能住一个院子，实在不贵。二三百块钱能干什么呢？我们每回骑车，碰到村子里的人都要这么打探一回，一副别把我们逼急了的架势。这不，我们连后路都打听好了吗？

到了山顶，遇上岔路，不知道哪条路能到汾河二库，正好碰见一个五十岁左右的黑脸汉子大踏步走下山来。他说径直向北，碰见路口左拐，就能到马头水，再往前走，就是了。

山上的柏油路没铺多久，骑着很舒服。坡度不像山下那么大，风吹过，整个人都像是在飘。时而扭头看着右侧的麦城，灰蒙蒙的看不太真切，就见一幢挨一幢的楼戳在那里。满山青翠，时不时的，还能听见野鸡的叫声。

到了村级公路，四野更是无人。杨树满天，骑车而过，带起一路杨絮。

一路上还鼓动吴强，说是快点骑吧，到时能到水库里裸泳。可真到了目的地，我傻了。在我的想象中，或者是在地图的暗示下，以为到了马头水，随便找条路就能拐到河边。地图上就是那么标的嘛，可是到了路的尽头，除了一个老头蹲在亭子下晒太阳，三条土狗跑过来嗅我们的腿，这里离水库还远得很。水库在悬崖的下面。要下去，只能顺着台阶走，没有个把小时，恐怕也到不了那里。

狗开始见了人，还在翻滚、打闹，后来见我和吴强并没有理它们，也蹲在那里看远山。我们也和老人坐在那儿，呆呆地看着前方，看着绿沁沁的水库，不知道是累了，还是被这山河的样子震撼了。

汽艇泛着白浪，冲到了更远处的湖边。拉煤的火车从对面山间的隧道里慢悠悠地开出来。有人从山下爬上来。说了几句闲话，才知道火车如今不在柳林河车站停了。突然想起大学刚毕业不久，和女友闹分手，分了手，我又后悔，想着合好，便鼓动几个要好的同学叫她来这里玩。坐了半天火车，到了柳林河车站，下车，又坐汽艇到二库景区。当时我还不清楚分手的严重后果，手也轻浮得很，时不时地还要搭到她的腰上，好像她还是我的女朋友。嘴里也是胡言乱语，好像我表现得惯熟一些，就能让她开心起来。可她的表情很严肃，尤其是扒拉我手的样子，满脸嫌恶。我当时没心没肺，装得满不在乎，事隔多年，才想起我当时是如何的难过。

晚六点，骑得浑身酸痛回到家，楼道里还是乱七八糟的。进了门，郝丽英正在拖地。洗衣机还在响着，她把沙发套拆开洗了，门垫也洗了。怕她数落，我没头没脑地说开了：

“过去我天天在赛马场窝着，呼吸尘土飞扬的空气，看着灰败毫无章法的建筑，对这个城市没有一点好感，可我出去骑车，到山上，看见这天地，满脑子想的都是，原来这里才是真正的祖国山河。”

我甚至由此影射，说她和我从前想的一样，总是只看到眼前那一点格局。郝丽英盯着我看了半天，就说了一句：

“你少说一句行不行？我一天没吃饭，都快饿死了。”

4

之前多年，每天都有发泄不完的精力，上完班，喝了酒，再晚也得看部电影，好像这样一天才算没有白过。到了三十岁，再好看的电影，瞅上两分钟，气息不对，倒头就能睡。但成天睡，整个人面目也有些含混，有时候半夜醒来，恍然一惊，这是活个什么劲呢？也不知哪一天开始，就开始和吴强一起骑自行车。往山上骑，一骑百十来公里，也没什么目的，就是想把自己累着。累了，就能睡个踏实觉。可一星期骑一回，也管不了几天。又开始跑步。这天在迎春街上走得累了，就找了个路边摊，坐在那里吃凉粉，顺便想想和郝丽英的事。想了半天，也没个头绪，抬头一看，远远过来三个人，一男一女，中间夹着个小孩。男人松垮垮的，像个小流氓，倒是女人收拾得还算齐整。抬头吃了两口面皮，又看了他们一眼，才看清，这不是隔壁的马师傅吗。以前见马师傅，总是风风火火地踩个电动车，要不就是提着涂料桶上下楼，这回看他无所事事地溜达，我又愣了一下。妇人走到一个摊位前买菜，小孩却摇着妇人的手，闹了半天，是要买糖葫芦。买了糖葫芦，小孩也没先吃，喂了马师傅一口，又喂了妇人一口。妇人弯腰的时候，露出腰上一截白肉。我慌得赶忙低下头。低下头，也不是因为眼睛看错了地方，而是撞见这一家三口的举动，好像更加凸显了自己的孤独。鬼使神差地，我就拨通了郝丽英的电话。郝丽英头一句话就是：

“哟，李老师，隔了这么久，你终于想起主动给我打电话了？”

我这才意识到，有一段时间，因为烦和她争吵，竟连电话都不打了。她越是抱怨，我也越是兴致索然。我能说什么呢？我说我惭愧。说了一阵闲话，又承诺晚上回去了再讲。待他们走远了，我才起身。

进了电梯，门刚关，一只手硬生生将门撬开，这才看清，又是隔壁的马师傅。马师傅的裤子上满是白灰，他的老婆穿着绿裤子，红衬衫，头发一丝不苟地扎成麻花辫，拖到腰上。黑脸小男生揪着女人的衣服。我想也没想，就说：

“你有三个孩子？”

我见过他家上高中的儿子，也见过那个老在楼道里走来走去的小姑娘，而这个小家伙却一直没注意。他们家门成天开着，进进出出的人不少，好像马师傅的妹妹一家也住在那里。我一直想不明白那么小的房子怎么挤得下那么多人。

“是啊，这是我家老二，都上小学一年级了。”马师傅没说话，倒是他老婆快言快语，“我看见你老婆经常来。你们孩子……”

马师傅应该和她说过我的情况，话说了一半，她就停住了。之前我告过马师傅，说结了婚，还没要孩子。

“是呢，她也不常回来，来了也没事儿干，天天就是个吵架。”

我也不是故意要和邻居说郝丽英的坏话。尽管平日里我们争吵时，把门窗都闭住了，甚至在她高声数落我的不是时，我都会提醒她小声一点，说，你以为这楼里就你一个人住，成天哇里哇啦的，就会窝里横。但这些能管什么用呢？我们肯定有吵到疯狂的时候，忘了还要顾及别人的感受。好多回，郝丽英在哭诉时，我听见隔壁的门时不时地要开一下。想起我们的争吵可能被他们听得一清二楚，而我居然信口说胡话，不由眼皮直跳。电梯嘎吱直响，走得真是慢。我又说："你们真厉害。"

"厉害什么啊。倒是家里热闹。"马师傅还是没说话。妇人靠过去，和他用方言说了几句，从她讲话的姿态来看，感觉像是什么知心话。

热闹。我没有想到我对这一家子的感觉会从嫌恶变成羡慕。晚上和吴强打电话商量下周骑行的事，不知怎么就聊到了隔壁的邻居。大概之前和他抱怨过马师傅在楼道里养狗腌咸菜，这回话题刚开，他就说：

"你应该去找物业好好说一说。有些人就是没有公共道德。"

我想表达的并不是这个意思。我说："你说他就一搞装修的，怎么就一点都不害怕呢？"

我倒不是瞧不起他的职业，而是想说，他天天出门找活儿，干一天挣一天，怎么说，都感觉是朝不保夕的。他为什么就不担心呢？也许他也有过担心，问题是他根本就不像是在担心。考虑周全的人，会接二连三地要孩子？

吴强说："你看过契诃夫的小说《我的一生》吧，里面写的也是一个小职员悲催的故事。老渴望干体力活，讨厌虚伪的职场生活。"

我对吴强动不动就把生活和小说联系起来，感到有些泄气。我要表达什么意思呢？我佩服的是马师傅旺盛的生命力。也许这些全是我的假想，马师傅碰到的苦恼和困难，我又怎么了解得清楚？我看到的也只是一点表象。我不过是把我自己的困境寄托到了他的身上。

"你说我是不是读书越读越傻了？连生殖本能都没了。真是不能细想，一想就是各种念头打架，按下葫芦浮起瓢。"

"你就是矫情。你天天跟别的姑娘眉来眼去，还嫌自己没有生命力？"他可能是意识到话有些重了，又说，"你只是还没有想好怎么好好负责任。”

眼见得话题不能继续，只好以郝丽英打来电话结束。又给母亲打过去。母亲早些年一直在广东打工，在流水线上天天看产品有没有瑕疵，后来年纪大了，眼睛花了，只好回来，正好哥哥的两个孩子该上幼儿园了，就到旧司镇帮着带孩子。电话打过去，是侄女接的。她奶声奶气地问是哪个，我说我是叔叔。她就把电话撂下，一个劲地喊“奶奶、奶奶”。

母亲说她在给侄儿洗澡。“狗日的，成天匪来匪去，天天都得洗。”

母亲虽然话说得狠，其实也没什么恶意。说了些家常话，就问父亲最近有没有下来。没想到母亲口气马上就变了：“别给我提他。我再也不想理他。”

我问为什么。母亲说：“前两天，我看见墙上有只小猫，就想捉回来。你爸一个人在家里也无聊，好些年没养猫了，喂个猫还能帮你爸捉老鼠。也活该我倒霉，前两天刚下过雨，我踩着个凳子，猫一跑，我伸手去抓，结果把手摔得骨折了。你爸知道后，关心的话没问一句，劈头盖脸就是一顿骂。我真是不想跟他过了。”

父亲活了一辈子，天天只知道去地里死受，嘴巴笨，不会安慰人。我好说歹说了半天，才算平息了母亲的愤怒。总算是把这个话题绕过去了，母亲又问起了郝丽英：

“我们这些当爹妈的，也没什么见识，但你年纪这么大了，也不结婚，总是让人不放心。古话说得好，独木难成林，你一个人再优秀，也还是成不了气候，一家一业，总得是要两姓人。这又大半年快过去了，她们家到底是什么态度啊？”

我不知道该怎么解释。我现在已经害怕和人谈起我的婚事。太糟糕了。可能是我的唯唯诺诺搞得母亲不爽，母亲说：“你先让她怀上嘛！肚子大了，到时就由不得她了。”

我从没和母亲聊过这样的话题，这搞得我无所适从。有一阵子，我甚至想到了郝丽英，想起她平日的种种言行，除了某些念头比较固执，人是个好人。她从来没有想过要去害人。我这么比较，倒不是说母亲心狠，有害人之心，我就是不知道该怎么和母亲继续聊下去了。其间，郝丽英打过来几个电话，我也没接，只是窝在阳台上听母亲说些家常。

又给镇上一个当医生的亲戚打电话，说母亲只是伤到了骨头，休息一阵就没事了。

给郝丽英回过去，她说："深更半夜的，给谁打电话呢，说这么久？"

我说是给我妈。她说："你和你妈能说这么久？"她当然有理由不信。之前我可能骗过她几回，可这回却是实话。是啊，我很少给家里打电话，读书那两年就是写写信，后来手机普及了，我也没有天天给家里打电话，总是挨到星期天晚上才给家人打一通电话。也不知道说些什么，就是东拉西扯。有一回知道渔川的公路修通了，还铺上了沥青，我高兴了许久，好像一千多公里外那个村子的些微变化时时牵动着我。确也是，好多回得知单位要改革，我都是抱着破罐子破摔的心态，想着，大不了回渔川养猪嘛。和郝丽英吵得急了，也说，这婚真是不想结了，就想回老家。她问我回老家干什么？能干什么？养猪啊。我吼得那么高，好像能回老家养猪，实在是我策划了许久的梦想。

她开始说她那个漂亮姐姐的故事，说她刚领了结婚证天天发牢骚，想着离婚，原因也简单，这个朝夕相处的矿哥，并不是她真心相爱的男人。我心不在焉地听着，不明白她为什么脑子里尽装着别人的事情。

5

年轻的时候，我虚构过一篇故事，大意是写父亲没结婚前，为了表现自己的勇敢，天天当着母亲的面吹牛，说他脸上的疤是被马熊抓的。其实呢，不过是因为不把黄连卖给路霸，被人打了一顿。

我从没觉得这个编造有什么好不好，我年轻的时候好像总是喜欢虚张声势。

没想到年近六十的父亲真的会说出这样的话。他用包袱裹着半边脑袋，去余葵香的店里拿药。余葵香平时教书，就在校门口开了个杂货铺，卖吃的，也卖药。一帮留守的老头老太太正在那里打牌。看见父亲进去，他们让了一下。等到看清是父亲，他们问：

“你这是怎么啦？”

“被马熊抓了。”

“天啊！”

“那天我跑到红旗界，说是扯点猪草，跟着沟走，刚从一个陡岩坎翻上去，狗日的一头马熊正坐在上面呢。我魂都吓掉了。它扑下来，我顺手把背篼一扔，它扯脱了我半边耳朵，就跟着撵背篼去了。”

“你没掉下去？”

“幸好旁边有一截竹根根。”

“你说得太吓人了。”

那段时间总有吓人的事。先是一个十九岁的孩子在浙江杀了老板一家三口，又一路流窜到了我们渔川。他白天躲进山里，晚上就出来敲后门，直喊快饿死了，要饭吃。年轻人都在南方打工，一帮弯腰驼背的老头老太太真是一点办法都没有，平日里门都不锁的人，现在天没黑就赶快喂猪，早早把门拴上了。县城派了十三位民警来搜山，连根头发也没找到。杀人犯的阴影还没消除，没想到马熊又开始咬人了。

我有几年没回家了。这回回来，也是因为在旧司镇教育站工作的姨父去世。坐在出租房里说了几句话，母亲突然来了一句：

“你爸今年也差点儿出事。”

“怎么啦？”

“他没跟你讲吗？”

“我每个星期都同他打一回电话，从没听他说过什么。”

“我还是不要讲了，讲了他又要吼我。”

“你看看你们，家里有什么事都不跟我商量。”这话有些重了。我们这一家人的关系也有些奇怪，出了什么事都不会通气。比如我一个人在山西，生个病，失个恋，从来不会和家人说。总是认为，离得天远地远，说了能管什么用呢，不过是让他们徒增担心。可能家人也是这么想的吧，最荒唐的是，父亲私自做主，让我哥去了王世富家上门。等到母亲过年回家，才知道自己的儿子倒插门了。但当时母亲也没说什么，我还在麦城读大学，家里穷得一塌糊涂，有一回没钱买米，母亲只好把留了十几年的头发卖了，剪头发的人也狠，齐根剪，把母亲的头弄得像个鸡窝。父亲可能是这么想的，我哥结婚不用花什么钱，就算是赚了。好在后来，我哥解除了这段非法同居关系。多年后，母亲还说，你看看你爸干的那些事。父亲是越来越沉默了。每回和我打电话，就问我吃饭没，搞得好像吃饭真是人生最重要的事。我倒不是埋怨父亲。我是说，父亲天天一个人在地里忙来忙去，忙得浑身都是泥巴，可能都不知道和人打交道了。

“现在渔川的人都知道你爸被马熊咬了。”

“什么?”

“其实是他胡说八道。好像是八月十五吧，我突然觉得有点不对。之前，自从你爸有了手机，每天晚上都会打过来电话，也不和我说话，就说要和家琪讲几句。我也不知道他和一个三岁孩子哪有那么多话说。可到了八月十五，我才意识到，他有三天没打来电话了。打回去一问，他还是没和我说什么，只是讲头闷，搞工夫搞累了。等到家琪国庆节放假，我回去，坐在车上，才听见渔川的人讲，说是你爸被马熊咬了。”

我搓了搓手，仍然没说话。母亲说：“给你倒杯开水吧。”我说：“不用。”母亲又说：“等我回了家，也没问他马熊的事。结果你爸自己沉不住气了。我给他换床单时，发现枕巾上还有没有洗掉的污血。他还跟我解释。我说你被马熊咬了也不说，你养几个儿有什么用？他这才笑着跟我讲，说，你也相信我被马熊咬了？我就问，你不是被马熊咬了那是被什么咬了？你爸这才说，哪里是什么马熊，就是上山砍树，被树弹了一下，我又不好意思说是上山砍树。”

事情是这样的。不知道街上又怎么收开了摇钱树花，几十块钱一斤。父亲也动了心。这比起在地里忙活一天要划算得多了。他以为还是年轻的时候，拿着砍刀就上了山。他砍了一天的树，那棵大树还是没有倒下来。天都要黑了，父亲有些着急。就去推。百十来米高的树突然倒向了另外一个方向，父亲被树一下子压到了一边。起初他只是觉得头晕。等了两分钟清醒过来，一摸耳朵，才发现掉了下来。血流得满头满脸。当时他就一个念头，想着怎么也不能在这荒山野岭中睡过去。我们渔川隔几年就有人死在山里。

走回家，父亲喊奶奶帮着热点洗澡水。

七十好几的奶奶哪里见过这阵势。看见血肉模糊的父亲的脸，她哭着去烧水。她以为父亲是要死了。

父亲当时还算有点理智，要给余葵香打电话，说是去一趟旧司城看看医生。余葵香是我们渔川唯一有车的人，尽管是辆货车。

可奶奶说，天这么黑，路又不好走，车子翻下去了怎么办？说完了，奶奶又讲，你们一出门，我天天喂四头猪，哪里提得动？奶奶说了半天，意思是父亲在家待着就行，毕竟我爷爷还懂一点中草药。

光敷一点中草药管什么用？又是三伏天。父亲的耳朵流脓了。

“最可笑的是你爷爷，看到你爸耳朵掉下来了，用一块胶布粘着。你爸天天躺在沙发上，姿势又不对，等到稍微好一点，才发现耳朵败了相。他和人讲他被马熊咬了，居然也真有人信。你爸也是没办法，他哪敢讲他是在砍树？树在你舅舅的山里，要是你舅舅知道你爸大白天砍他的树，还不把你爸恨死。”

“你看看你们。你知道了怎么也不给我打个电话讲一讲？”

“你爸那个时候都好了。”

我有些泄气。我知道我们这一家子都是很要强的人。

第二天，给姨父送葬时，父亲也下来了。但我当时也没问起马熊的事。

送完葬，又回到渔川看了看。荒凉的村里也没什么好看的，父亲早去了地里，我在院坝里晒了一阵太阳，去挑了两担粪。肩膀生疼。看着父亲在地里挖土，他挖得一丝不苟，连一点杂草都要抖半天。想着下一场雨水到来，地里又满是杂草，我就有些绝望。父亲在地里忙活了一辈子，好像完全意识不到他做的事情毫无意义。我甚至在歇憩的间隙，帮他算了一笔账。

“一年买肥料，要一千块钱，买种子要两千块钱。收成好的话，能有个四五千块钱的收成。刨掉成本……”

父亲只是埋头挖土。这样的账，我每年都要帮他算一回。算到最后，我想说的是，除了一年把时间耗在土地上，根本就没有什么收成。但到了最后，还是我自己比较郁闷。父亲凭着在地里的抠抠捡捡，好不容易把我送上了大学，这么多年下来，也没有挣到什么钱。

我想父亲最期待的可能不是我帮他算什么地里的账。种地能不能挣上钱还用我算吗？他在地里忙活了这么多年，早就看得一清二楚了。他现在只是找不到更好的事情去做。

就像他无数次声称的那样：“你赶快结婚吧，结了婚，你妈就能帮你去带孩子了。”

但我没有勇气告诉他，现在就跟我回麦城。他能不能习惯是另外一回事，主要是我一想到连自己都还养不活呢，哪里能吹牛呢？

有段时间不想和女人纠缠了，便声称要回去养猪。一个年过三十的男人，不去琢磨怎么做这个年龄该做的事，动不动就要改行，这实在让人气馁。我不知道我的说法给多少人造成困扰，反正，每一回，我坐在阳台上，看见窗外的麦城，很难想象我竟然在这个地方窝了十五年。也是在和人大声控诉的时候，我才看清自己的懦弱。但我还是没有意识到自己的局限，以为发几句牢骚，这样无聊的美梦就能带给我一点安慰。这样的话，说到后来，连我自己都相信：别把我逼急了，逼急了，我会扔下这个无趣且毫无创造性的工作，一走了之。我想得那么清晰，搞得好像在湖北西部的一个山沟沟里，有一个地方等着我去大展宏图。回家的时候，一路上看着沿途越来越翠绿的景致，我还装模作样做了番考察，甚至把猪栏建在村子的什么位置都想好了。那个偏僻的地方，反正好多人都搬走了，我花点钱，承包个荒山，应该很快就能弄出点动静。

本来我还打算和父亲说说回家养猪的事，这件事能不能做成且不细说，主要是有了这么一个念想，感觉往下活又有了奔头。可真的到了家，又不知道怎么开启这个话题。坐在田坎上休息时，听见对面山上汽车喇叭响。父亲也站起来看，说："那是王家庄的杨方奎，他办了个养牛场，天天开着卡车到处收草。"

这个杨方奎我也知道。他当了几年兵，转业回来也没找下合适的工作，后来就去福建打工。听父亲说，这个杨方奎了不得。他不知怎么就攀上了一门好亲事，这不，老丈人给他投资了一百多万，他就去山东买了八十多头鲁西黄牛。虽然父亲嘴里说他是靠着福建的岳父弄来的那么多钱，还是隐约表达了遗憾。是啊，他一个没念过什么书的人，都能弄来那么大的投资，为什么自己的儿子都上了大学，到头来却连个婚都结不了呢？

父亲这么说的时候，我想了想自己的几万块存款，就把养猪的念头压了下去。我还以为回乡养猪是条退路，可听父亲的口气，没个百八十万，根本搞不出什么名堂。

我也只能在离开家的时候说几句自己想来都脸红的话：

"爸爸，以后你别进山里面砍树了。你不比年轻时候了。就那么几个钱，把自己搞成这样子，不值当。以后家里差钱买肥料买种子，你跟我讲。"

我说了半天，竟然把重点落到了种子肥料上。

父亲的脸黑着，没吭声。

我甚至都没敢多看几眼父亲，生怕一不留神，看到他那只败了相的耳朵。

6

反正和郝丽英也吵不出个所以然，就想着，结了算了。

到了五月份的时候，我把马师傅叫到家里来看了看，问这么个家稍微刮一刮两千块钱够不够。马师傅说，用不了那么贵。他看着我满屋子的书，问我做的是什么工作，我说是个学校的老师。我也不知道我为什么要说谎。他说："是吗？我家老二的成绩一直上不来，你能不能帮他辅导下作业？"他好像是怕我误会，"就是督促下他，我平时根本顾不上管教他，他妈也没文化。"

没过两天，就听见敲门声，往猫眼里瞅，也没看清人影。敲门声还很固执，没办法，我顺手捡起门边的棒球棍，才打开门。是马师傅的老婆。

"刚听见开门声，猜你回来了。自己包的粽子，你尝尝。"

我不爱吃粽子，凡是跟过节有关的吃食，我好像都不喜欢，甜、糯、腻人是一方面，主要是看到这些东西总让我想起自己孤独的处境。这个刚生过孩子的女人，大概没料到我会那么敏感，平常的一件事，竟然藤蔓纠缠，牵扯出如此多想法。那个黑不溜秋的男孩从门后露出了头。女人说："快过来，叫叔叔。"

既然粽子也吃了，不帮着辅导下作业，实在说不过去。我是真不会和孩子相处。刚上大学那会儿，班主任好心给我介绍了个家教，头一回见面，就是算一道小学奥数题，结果我划拉了几大页纸，满头大汗折腾了一晚上，最后得出个负数。多年后回想，我都无法正视自己落荒而逃的窘相。好在这回让我辅导的是语文。我就告他，随便写。小男孩说："就没本正经书做参考，指导下中心思想吗？"

"你写出你想表达的意思就行了。哪有那么多中心思想。"

"题目呢？"

"你对什么感兴趣？"

“我感兴趣的可多啦。到麦城后就什么都干不成了，下趟楼还得半天。”

我吸了吸肚子，好像这就是天天窝在家里的惨痛例子。也是从小男孩的嘴里才知道，马师傅一直在麦城搞装修。前些年是替人打工，现在呢，人头熟了些，自己也拉起了一票人马。

中途，马师傅老婆敲过几回门，不是送吃的，就是过来听我在那里说话，后来，我索性也不关门了，窗户和门对开着，感觉风穿堂而过，凉快得很。只是说话的间隙，我还是时不时地要去门边站一站，好像门开着，真是一点安全感都没有。

有一回，聊到了她们家的咸菜，她连声说，是不是熏着你了？房子太小了，连个缸都没地方摆。我说，不是。还讲起了上小学时的经历，那个时候家里没钱，每个星期都会从家里带一桶咸菜，和腊肉炒在一起。“拌着米饭吃，特香。”

结果第二天，她就送过来几颗芥菜头。她说：“都是从老家带来的，自己腌的，你炒炒试试。好吃的话，你自己去缸里拿。”

我顺手放在了厨房，也没想着要去动它。郝丽英来，看见厨房里摆着的黑黢黢的芥菜头，就问。我把前因后果一说，可她省去关键信息，直试探：“你现在可是越来越能了，连窝边草都要吃了。”

我天天听她这么说话，实在烦厌，我可能算不上什么正经人，但被人动不动就指着鼻子说我无耻，还是相当不适应。“你就不能相信我一回？”

“你这个人让我怎么相信你？去年你和我六月初十分手，初十三就和丁博士搞上了。那天我去庙里碰见原平一个仙儿姨，聊了半天，说你手头还有一个女人，属虎。所以，七月份你叫我过来给你揉腰，结果丁博士真就闯进来了。我当时是好奇多过害怕，就想这仙儿姨算得真准。丁博士喊住我，说要和我好好聊一聊。态度那么严肃。结果还没等她开口，我没头没脑的，头一句话就是，姐姐你是属什么的。她开始没理我，好像都被她捉在了现场，我居然还要聊什么牛头不对马嘴的星座和属相。简直是藐视她嘛。到了后来，还是成功把话题拐到了这上头，得知她是属狗的，我还有些失望。不过怎么说呢，仙儿姨算得就是准。我一直在想，像你这样八辈子没见过女人的贱男人，指不定还在和一个属虎的姑娘处着。”

隔上那么一阵子，郝丽英就要和我说说过去的那些尴尬事。我不知道她的乐趣在哪里。也许她就是忍不了这口气，也许这就是她的刺激疗法，目的就是要让我羞愧。我当然明白我过去干了些什么，但这也禁不住人天天念叨。

事情是这样的。认识郝丽英时，我的腰刚刚出现问题。也是出了问题，我才想明白我要找一个什么样的女人。只要身体健康就行。那阵子，和丁博士处了两星期，知道她有强直性脊柱炎，我就不想继续了。但又没法儿说出口。仅仅因为对方身体有问题，就要分手，良心都被狗吃啦？还是人吗？后来狠下心，也是自己的腰出现了问题。这把我吓蒙了。生活还没开始呢，一个家里就有两个病人，想都不能想。可就是这样了，我还是不知道怎么和她说。这摊子事还没有了结，我就把郝丽英叫到家里来给我揉腰了。我当时肯定是脑子短路了，要不然怎么蠢到脚踏两只船呢？

结果，郝丽英正在给我揉腰时，丁博士开门进来了。我光着屁股在床上。郝丽英倒是穿得齐整。丁博士可能也被这个场面吓蒙了。大家至少都停留了几秒。定了定神，我喊出来的第一句话是：“你什么时候配的我家钥匙？”

丁博士说：“鬼才偷你家的钥匙。鬼知道是不是好多女人都来开你家门，结果门就松了。”

我没听出她话里的嘲讽，眼前只有绝望，知道和这两个女人都处不成了。可丁博士看见我们一动不动，居然拿起手机拍照。我只好把枕头和床单全盖在郝丽英脸上。也顾不得一丝不挂了。跳起来，找了条裤子套上，抱住丁博士就往门外拖。可丁博士却直往里挣。我说，你能不能尊重下人？这是我们俩的事，不要把她也扯进来。可丁博士不听，她小小的个子，爆发力却特别强。她说，我不跟你吵，也不会跟她闹，我就想和她说两句话，让她认清你这个骗子。

开了房门，郝丽英还在帮我整理床铺。丁博士说："姑娘，你出来，我跟你说几句话。"

我眼皮直跳，也顾不上听她们要聊什么。但也不能什么都不干。只好跟吴强打电话。他说他在MEETALL买菜。那个时候，我多盼着他叫我去他家喝酒。也是到这个时候，才发现，电话簿存了那么多电话，居然没一个能救命的人。问题是，这么恶心巴拉的事能和谁说呢？

过了半个小时，她俩居然还笑了起来，还留下了电话，说是到时一起吃饭。郝丽英背着她的双肩包，走进来，笑着说："李老师，李老师，你不要紧张，我们聊得很愉快。"她的几声老师，在我听来尤其刺耳，可当时也顾不上仔细琢磨。她又转过身，对丁博士说："姐姐，你们好好处理，我先走了。"我说："你们都走吧，都走吧。"郝丽英说："我就猜到了，你看，李老师以后都不会认识我们了。"她拉开门走，丁博士还像个女主人似的去送她，让她慢点。我也准备往门外移动，却被丁博士一把薅了回来。

"说说吧。"丁博士一副审问犯人的架势。

"你都看见了，有什么好说的？"我不敢看她的眼睛。又跑到厨房，拿了个铲子，把房间里前女友贴的墙贴都揭了下来。电视背景墙上画的是一幅蒲公英，还有一行英文字母：May my love，riding dandelion fly. 我边揭边说：我真是痛恨这些话，感觉太不吉利了。我一直不懂这行英文是什么意思，还是丁博士头一回来我家，看见了，笑话我，说，李老师，你真是太博爱了，你这是要把你爱的种子撒遍天涯海角吗？当时还以为是调情。一想到自己的种子能像蒲公英般到处开花结果，也不错，好像如此一来，就凸显了自己作为男人的能力。然而，现在，边揭边想到和前女友相处时受到的窝囊气，只觉悲凉。什么生命力？我活生生把自己搞成了笑话。

"你居然连个对不起都不说。"

"说句对不起，你的气就能消了？"丁博士的话提醒了我。我走进房间，给郝丽英发了条短信：对不起。害怕她回复过来又被丁博士听见，把手机调成了静音。出来时，丁博士站在窗户跟前。外面下着雨，天色黑沉沉的，好像是为了配合这气氛。

“发生了这样的事，太尴尬了。以后让我怎么见人？我没有底气再看见你。我们都冷静冷静，再考虑考虑。”

“不，我怕出了这个门，你就再也不是我的了。”

“能是谁的?”

“你会被那个姑娘抢跑的。”

“不会，我们什么关系也没发生。”

“我知道，她什么都跟我说了。”好像两个人都滚到了床上，居然什么都没发生，实在匪夷所思，她又来了句：“是因为她纯洁吗？所以你不把她拖上床？所以会那么狠地把我摁倒?”

“不是，丁老师，是因为我力气没有她大。”

丁博士笑了起来，好像整件事都太他娘的荒唐了。

我没吭声。我心烦意乱，只盼着她气急败坏，掉头就走。

“你是不是在想，这个女人怎么还不走?”

我苦笑了下。

“别着急走，外面在下雨呢，你的风湿病不能淋雨。”

“我跟你说了，我这不是风湿病，只是类风湿。你要是介意我的病，我们星期一一起去看医生。”

“没有。我也盼着你不受病痛的折磨。”其实我只是盼着雨赶快停下来。

她在窗户边踮起脚往外看。她说：“不知道从这里跳下去是什么感觉。”

我把她拉到沙发上，说：“别老往下看，看得多了，会忍不住冲动。”我好几回都在阳台上，想着会不会一脚跳下去。

可她情绪明显有些激动。一屁股坐地上哭了起来。我心里烦，也没去管她。我怕一抱她，两个人又滚到了一起。她嚎了半天，又坐到沙发上。

我斜躺着，闭着眼，不停地揉太阳穴，好像目前的场面真是令我伤透了脑筋。掐了自己半天，也没想出什么办法。她用手摸我，我说：

“丁老师，你是不是想做爱？”

后来的对话就更混乱。胡说八道了一气，她把嘴凑上来，我们又接吻。但我没有用手去碰她，怕一碰，她就不走了。她说：“李老师，我不是不理解你，我做过一个棉铃虫的实验，把雌的放在一堆雄的里边，雌的一定会找一个最强壮的交配，但把雄的放在一堆雌的里边，雄的会把每个雌的都要搞一遍。”

“你是骂我是牲口吗？”

“不是。我是说我能原谅你。因为这些都是你们男人的本能。”

“可是我不能原谅我自己。我没法儿面对你，我太羞愧了。”

等到我和郝丽英真的谈开了恋爱，这个被人抓住现行的姑娘，好像这才反应过来，原来她挑上的男人，过去竟然有过那么多女人。有也就算了，竟然还让她撞见，稀里糊涂地背上了第三者的不良名声。怎么可能不争吵呢？没有把旧账算清楚，就想浮皮潦草地结婚，也太便宜我了吧？想想就来气。太不负责任了。什么叫不负责任？要是没有想好，我肯定不会和郝丽英走到谈婚论嫁这一步。现在就是和她有争吵，问题主要在我，谁让我那么穷呢？

但我没有想到郝丽英会如此丧心病狂，竟然连马师傅的老婆也一并怀疑上了。吵到后来，我唯一的办法就是装聋作哑。她让我做麻辣香锅。我切了几片芥菜头扔进去，看味道能不能好一点。我总想着魔芋豆腐、洋藿、折耳根，可在麦城找了很久也没有找到，准确地说，也没怎么找，是没有碰到。这些儿时的味蕾记忆如此清晰，让我更加迫切地想回到老家去。吃饭的时候，我说起这些家乡菜，郝丽英说：

“也许你该考虑找个家乡媳妇儿。”

不知为什么，每每听到她这么说话，我总是忍不住要发脾气。

7

看着妇人择完菜，顺手提了提小姑娘的裤子，我竟也羡慕，想，这才是踏实的活法。

我呢，说是每天在看书，鬼知道都看了些什么。有空的时候，成天不是玩手机，就是猫在电脑跟前，网络上铺天盖地的暴虐景象，乱七八糟的观点，在脑子里溜来溜去，成天价都像是期待着什么大事发生。问题是，焦虑个什么劲呢？好几回和郝丽英说起麦城的环境如何糟糕，而郝丽英却说这是发展过程中必须付出的代价。天知道她脑子里怎么会装下这么多官方说法。难道她就不会表达下自己的正常诉求吗？兴许还是自己极端了。这个国家的希望就是这些百姓，务实，不会动不动就为莫须有的事情愤怒。就像马师傅的老婆，你看不出她有什么更特别的想法，成天就是围着老公和孩子转。好几回，看到她忙东忙西，我脑子发热，还想问问她有没有想过找点自己喜欢的事情做，等走到窗户跟前，听着楼下孩子们玩耍的打闹声，看着在那里或站或坐的老头老太太，又骂自己，到底还是矫情。什么是独立，什么是自由呢？我倒是自由了，可是三十好几，连个稳定的婚姻生活也没有。我不过是打着自由的幌子，放纵自己的欲望。

马师傅的孩子有两天没过来，我还有些不习惯。去敲邻居家的门。妇人正奶着孩子。那个黑不溜秋的小家伙正坐在小板凳跟前。

“怎么不过来玩了？”我试着去搭讪。

妇人放下孩子，整了整衣服。衣服上尽是奶渍。她说：“怎么没跟叔叔说吗？”她又转过来跟我说：“他按你教的，写了几篇日记，被老师批评了，说是汤汤水水，不成样子。”

“老师说随便写，写不出正经东西。做什么都得要有规矩。”

我笑了笑，好像一时尴尬，不知如何应答。又说：“不让我辅导作业了，也可以过来玩啊。”我说得那么自然，好像一直在期待他的出现。

“学校里就是这样，什么都得按他们的要求来。要不然孩子就不会考试了。”妇人似乎在安慰我。

整个房间里有股说不清的味道，时不时地往鼻子里蹿。到处都堆着东西，几块瓷砖，一些参差不齐的复合板，各种牌子的涂料桶。也不知道他们要把这么多东西塞在这里干什么用。当年和父亲说起买房子，父亲知道我才买了个九十平方米的，就笑，说他在渔川的房子都有三四百平方米。父亲这么说的时候，肯定也在琢磨我在这么小的房间里怎么施展得开手脚。房子是小，可我一直也没往家里添置什么东西。没钱是一方面，主要还是想着，这好赖也算一新房，将来要是结婚，还得重新布置。

逗了会儿小姑娘，我又讪讪地出门。下楼买菜时，远远看见马师傅在入口处骂：“什么破物业，设置这么多门，搞得进出一点都不方便。”保安为了不让人推自行车、电动车上楼，入口搞了些栏杆围起来。而马师傅呢，每天出入都要用电动车，车上载着装修用具。他不止一回这么抱怨了，有一天他还踢过单元防盗门。他买房子的时候，肯定没意识到这小区的物业会渐渐完善。马师傅没朝我看，我也懒得主动打招呼。我很少和人搭讪，一个是无话可说，再一个我也挤不出那么多热情，每每看到人们挤在狭小的电梯里谈天说地，真是搞不明白他们为什么那么兴奋。

买房之前，我就想过自己会遇到什么样的邻居。我对成天挤在城中村，早就厌倦了。住进这个小区，虽然稀里糊涂，等到清醒了，还是想过邻居的素质应该差不到哪里去。谁能想到会有人在电梯里尿尿呢？不久又见电梯里写辱骂物业的话。到底是什么样的人只会躲在这里骂，没有勇气去当面找物业理论？尽管我对这差劲的物业也很反感，但看到有人以这种方式糟蹋，我还是有些窝火。向郝丽英介绍我住的地方时，我一度还喜欢开些玩笑，说：“懂风水的朋友说我住的地方是独楼，没靠。但我发现了，后面没有山可以靠，好赖紧邻着肿瘤医院，前面没有碧波荡漾的水，好歹有条北沙河，尽管北沙河里尽是污水。不远处就是麦城人民最后的后花园永安。而且，离高速口也不远。”

这么说，显得我好像时刻准备上高速似的。谁知道一窝在这里就没法儿动弹了呢？还得成天听来来往往汽车的噪音。等到小区的人渐渐多起来，我又暗自窃喜，似乎看到上当受骗的人不止我一个，心里就好受了些。我总是这样，喜欢在郝丽英跟前说些不三不四的话，贬低下别人，揭一下别人的疮疤，好像如此一来，心底就舒坦不少。尽管我是笑着说的，但郝丽英还是听出了我背后的恶意：

“你那么不喜欢这个地方，干吗不离开呢？”

她对我没有能力离开，还喜欢抱怨的德性，早就看不惯了。我们似乎很少有说到一起的时候。说来奇怪，不管有多少别扭，我们还在继续。因为想到了郝丽英，我习惯性地拨通了她的电话。平时她在家里，对我大呼小叫，打雷一般，而这会儿在办公室里，她半天不说话，声音像只受惊的小猫。过了会儿，她又拨过来，问怎么啦。我说起马师傅骂骂咧咧的事。我说这个的意思是，我一直以为这个马师傅进了城懂得一点规矩，哪知道他发泄郁闷的方式不是找物业理论，而是踢栏杆呢？可能是我说的时候，抱着不怀好意的笑，郝丽英说：

“你干吗老嘲笑别人？像你那样随地乱吐口香糖就对了？”

我把电话举到一边，好像受够了她的指摘。我和她解释过，我看见满地脏物，不嚼口香糖，就恶心。她说矫情。因为自己恶心就能随便往地下吐口香糖吗？她说的都是对的，问题是，她越是这么指摘，我越是想和她对着干。

摆摊的人三三两两出来了，再过不久，地上将会铺满各种垃圾，我想不明白，人们为什么待在这样的环境里还能吃得如此津津有味。理发店、内衣店门口还在放着《小苹果》，听得我眼皮直跳，担心是不是要出什么事。

“不是那个意思，我对马师傅的印象还不错。看到他们热情的样子，我也觉得生活有奔头。只是看到他在那里火气腾腾，搞得我也挺泄气。”

“你就那么在乎一个外人的感受？”

“不是在乎他。我是害怕，好像看到他愤怒的样子，就想起了我的过往。”

愤怒无法准确表达我内心的真实感受。走在去菜场买菜的路上，我一直在不停地叹气。努力经营了这么多年，以为自己逐渐摆脱了那些不良习气，比如即便恶狠狠地吐痰，我也会挑个没人的地方。我可不会蠢到直接找挡路的栏杆发脾气。我平时不与人言语，装作严肃的样子，以为过往的不堪不为人知。可看到马师傅的一举一动，我一下子就回想起了自己干过的许多事。而郝丽英呢，总是喜欢讲她的大道理。她以为懂得那么些正确的道理，就能过好人生。

上楼的时候，我没有坐电梯。想着要趁自己走得动，坚持锻炼身体。心脏发颤，浑身出汗的感觉特好。可我没想到马师傅会和他老婆谈论我。

“他到楼下了竟然装作不认识我。”

“看上去不像那样的人啊，刚刚他还过来问老二写作业的事。”是马师傅媳妇的声音，“也许他眼睛近视。”

“什么啊。你不觉得他这人挺奇怪的。明明告我他结过婚，可现在老来的那个女人也不像他老婆。要真是他老婆，那女人怎么每回都偷偷摸摸的，见面了头低着，也不和人说话。”

“这么一说，确也是。你说这个李老师成天都在干什么呢？每回回来门一关，一待就是一天。有时候就是和那个女的吵架。吵得特别凶，什么难听的话都说得出口。”

本来就因为上楼双腿发软，这个时候听到他两口子这么议论我，更不知道要不要去掏钥匙开门。

昏暗的楼道里放着一捆葱，还有马师傅的电动车。我咽了口唾沫，在楼梯上坐下来，好像是听听他们还能说些什么。

可他们却把门关住了。楼道里的感应灯亮了。我又往暗影里躲了躲。只要我愿意，我似乎可以一直坐在这里，也许马师傅打开门，他们还会说点什么。然而，一切都安静了下来。那个平日里在楼道里走来走去的小姑娘好像也睡着了。

我瞪着墙壁发呆，墙上歪歪扭扭写着几行字，我认了半天，才看明白写着："这是马环的鸡。请不要偷此鸡，如发现有人偷，一定重罚。如找到，请还回23楼1号家。"窗台上放着一个小笼子，旁边堆着几盆被遗弃的绿植。

我站了起来，揉了揉发麻的腿。像是早有预谋似的，我走近鸡笼。鸡开始躁动。也不嫌它脏不脏，直接伸进手去，提起鸡来，打开窗户，就扔了下去。许是我的动静太大，楼道里的灯亮了。我本能地往楼梯口又走了两步，好像等着随时逃跑。可没人来找我吵闹。我只听得楼下传来一声闷响。我眼皮跳个不停，却仍然没有清醒过来。好像嫌这还不解气，又把他的酸菜坛子盖给揭开了。我就是想警告他，这里是公共空间，虽然有那么一点空地，并不代表就可以由着他一家人胡来。

晚上，郝丽英问我："你准备多会儿收拾家？"

我本来想把自己刚刚做的事和郝丽英聊一聊，可一想，又有些败兴。这辈子真是做了太多糟糕的事情。比如和吴强，表面上，我们平时也能玩到一起，但有一回领导喝多了，说起他的生活习性，我还添油加醋，编派他的不是。大学毕业后，有一年回家过年，表弟说他想吃狗肉，我就跟着去买狗。走了半天，才找见一户人家，说那条母狗太老了，可以卖给我们。杀狗的时候，表弟一索子把狗吊在猪栏上，谁都不愿意动手，就我二杆子劲上来了，看见狗不停地挣扎，上去就是几棒。大学的时候，谈恋爱，又没钱，变着法子骗父亲，说什么要矫正牙齿，因为龅牙，从小自卑，连和人说话都没有勇气。我那么大了，也只会欺负家人。还有上小学的时候，小孩子们玩斗鸡，我身体弱，老被杨方奎弄倒。我火了，竟然拿着铅笔刀朝他脸上划了一刀。就是那个现在生意做得很大的杨方奎。我在本地的致富新闻人物上还看到过他的照片，脸上留着长长的一道疤。有些事情不能细想，一想，就没来由地厌恶我自己。我浑身别扭，好像粘上了沥青。

郝丽英在质问我到底有没有在听她讲话。她的声音刺啦刺啦的，搞不明白她为什么要如此咆哮。原先听到她这么和我说话我就火大，不知哪一天看了中央美院余陈的红孩儿系列画展，看见那个紧锁着眉头的红孩儿，一下子就想起了郝丽英的神情。她就是老摆出这么一副不满意的模样。想到我理论了半天，是跟一个孩子较劲，我就无法原谅自己的愚蠢。我说我不想找隔壁的人帮我刮家了。郝丽英问为什么，我说他最近没空。其实我想说我讨厌河南人。当初装修改水电时，就是两个河南小工往地上钉钉子，害得我重铺了地暖，多花了一万多块钱。但讲出这些，只能证明我的狭隘。尽管我确实狭隘，但被人明确指出来，还是相当不舒服。但我更不舒服的是，我为自己的举动感到败兴。我怎么就变成了这样一个让自己都嫌恶的人呢？怨天尤人，酸腐，还残忍。

其实不刮家的真实原因是，这段时间小区的人天天在跟开发商吵，嫌大红本一直没办下来。再装修这么一个有问题的房子，我更是没了心劲。当我说出这些情况时，没想到郝丽英竟然大笑起来：

"你说你一个属狗的，全国那么多城市你不去，非要到麦城来。来了麦城也就罢了，还找下一胡片女人，女人找谁不好，接二连三，还都是属龙的，结果呢，女人女人找不下，房子房子出问题，你不信八字不信命，非要跟天作对，这下你自己好好承受吧。"

听到她如此总结我的处境，我好像也感觉到了事情的缘由全在我身上。可事已至此，能怎么办呢？飘窗上的《圣经》早就落满了灰，什么信仰都不能给我安宁。我得先把自己收拾清楚。合上正在看的《好人难寻》，有那么一刻，我无名火起，竟然也想成为那样一个不合时宜的人，只是枪口不是对着别人，而是向着自己。

我也明白，再过一段时间，我肯定会忘记自己都做过些什么。一想到自己如此健忘，连抑郁都像是做给别人看的，我把快要抽完的烟头狠狠地摁在了手腕上。倒不是要惩罚自己，就是觉得这么干一次也挺痛快。那种肉皮刺啦作响的声音好像也让自己感同身受了某些回忆。用盐水清洗伤口的时候，感觉整个人都要跳起来。我在想，郝丽英看到后会怎么问我，也许她根本注意不到我身上的伤疤，满手臂都是像盖满了各种公文的疤纹，再多一个，郝丽英也未必注意得到。

天色还早。去解放路的天主堂前，我歪在飘窗跟前，给母亲打电话。我只是引导，母亲总是有许多零碎的话要说。只记得母亲感叹了一句，说，当年填志愿时，我们要是有点文化，也不会让你去麦城。留在湖北多好啊，见一面也不至于这么难。我给母亲说，现在高速修得这么发达，到恩施的高速都修好了，据说还往我们那个小镇开了一个出口。就像灵机一动似的，我说，将来那里的房价肯定能涨起来。我甚至劝母亲，打听一下房价，大不了我和哥哥凑钱在镇上买一套房子。我自己都过得水深火热，可说得顺嘴，又忍不住吹牛。好像这个时候，只有说些大而无当的话，才能把母亲从阴郁的情绪里捞出来。就是在那个时候，我想到了中国的房地产市场。像是早就想好了似的，我又对母亲说了许多大而无当的话：把钱存在银行里干吗呢？还顶不住通货膨胀的速度，还不如买套房子踏实，放心。我的话可能让母亲听累了，她说，你也早点休息吧。

挂了电话，我还是那么歪在那里，好像窗外正发生什么有趣的事情吸引着我。我不知道这算不算自欺欺人，反正又走了一截神。黄昏的麦城看起来也不错。快要掉下山头的太阳似乎要努力挣脱云层的包裹，而大堆大堆的层积云，翻卷不停。果真，风也起来了，雨滴稀稀拉拉地打在窗户上，噼里啪啦直响。黑幕般的天空渐渐变得青蓝，天底下的人好像也跟着清明了不少。

像她这个年纪的女人

1

毕业前，为从事什么样的职业，到底是找个自己喜欢的，还是世俗意义上的好工作，王艾还和舍友有过一番争论。几乎每个人都对未来发表了一番感想，只有问凤梅冒出一句凉腔：“一个女孩子，最先考虑的不是稳定吗?”她放下《历年公务员考试真题及答案》，好像世界上唯一的正经工作，就是做中国公务员。王艾戴着耳机，本想摘下来，继续反驳几句，又感觉实在无力。时间突然被拉快了。之前，她算不上务正业。虽说也过了英语专业八级，比起考了一堆证件的问凤梅，还是差了一大截。本业没用心也就算了，王艾还有点人来疯。成天净想着组乐队，泡小剧场。成都不小了，不说它的历史，就是现在，也足够发达，但王艾不这么认为。她嫌这里没有文化生活。吃饭穿衣可以节省，每年的草莓，还有张北，还有迷笛音乐节，铁定是要去的。其间的拥挤、嘈杂、混乱，并没有在她心中留下什么印象，倒是灯光下的人给了她无穷想象。好多时候，她托着腮，在那里幻想，好像追光马上就打在她身上了。甚至还纳闷，她长得也不差，怎么就没有人发现她呢？刚上大学那会儿，一个剧组来学校挑群众演员。她看着他们一排一排地审视。她也瞪着眼睛，好像活了这么大，机会终于来了。等到导演快走到身边，反而不敢抬头了。她双手扭着，夹在双腿中间，心都快从嗓子眼里跳出来了。待到剧组的人去了隔壁，她才发现自己出了一手汗，大腿都麻了。眼仁更是生疼。下了课，大家又说了一阵群众演员，尤其是问凤梅，在那里一惊一乍，说，成天躺在那儿，什么都不用干，免费吃一顿盒饭，还给发五十块钱，天底下竟然还有这等好事。王艾闭上眼，揉了揉大腿，想，她可不想去做什么群众演员。做个匪兵甲匪兵乙还挑成这样？她好像被侮辱了，晚上破例没去星巴克做兼职，却跑到必胜客吃了顿比萨。做不做得成群众演员又有什么关系？她咬了口冰淇淋烤布丁，热布丁和冰淇淋的甜蜜冲撞，简直就是冰火两重天，瞬间就把她从深深的挫败感中拉了出来。她想要的可不是这样的小角色。但有些道理她也懂，再伟大的演员也得从跑龙套干起。说不定哪天导演临时抽风，就看见了她呢？她可没少看周星驰的电影。所以，别人都务实地找工作，只有王艾想着得趁早离开这个地方。树挪死，人挪活，她本能地觉得自己是个聪明人。前些天问凤梅被骗了一千块钱，王艾还说了她几句：

“你看看你，让你汇钱，你就汇。网上天天说先交钱的兼职都是骗子。怎么这么没记性呢？”问凤梅眼泪快要憋不住了。王艾见不得人窝囊成这样，又刺了几句：“你说你，不一心一意考公务员，非要找个临时工。图啥嘛。”

王艾说了一通，好像是越发恨铁不成钢了。只有她自己明白为什么突然这么刻薄。早些时候，她在智联招聘上发了无数封简历。其中有一家北京公司，说是要招文字编辑。王艾也不知道文字编辑能干什么，就想着人家一北京的公司能够看上她，说明她还是有许多潜能。她人在成都，能怎么面试呢？好在科技发达了，现在有视频。到了最后，北京的公司问她有什么想问的，王艾一时找不到话，就问：“你觉得我怎么样啊？”面试官说着一口河南腔：“我觉得你中，挺聪明，反应快。”王艾本来还担心，听到这样的夸奖，一下子雀跃了，好像终于碰到了一个有眼光的人。到了晚上，她看邮件，结果，这个北京的公司说如何抱歉，暂时没有适合她的职位。王艾就急了，怎么能这么说话不算话呢？什么破公司。如此没有信誉，不去也罢。又碰到好朋友钱被骗，免不得多了几句嘴。

问凤梅没在意王艾的话。倒是王艾不服气了。她先是翻来覆去，想了半夜，这学业未成，马上就要滚出校门，而她前些天竟还做着当流行天后的美梦。她在梦里还掐了自己几下，好像真是恨自己眼高手低。之前的面试能说明什么呢？隔着天远地远的距离，谁能真正看清楚她的能量？不是他们的问题，也不是她的问题，问题出在距离上。

得到北京去。

早上起来，她又投了近百份简历。发完简历，她彻底放松了。该寄回麦城的东西，她早就寄了。剩下的就是和舍友们在学校里再走一圈，看看学弟学妹们在操场上精力无穷地跑来跑去。王艾双手反背，抬头挺胸，伸了长长一个懒腰。手机时不时地响一下，都是邮件，她和舍友们在校园里走着，也没顾上细翻。聚餐时，她看了眼手机，好家伙，收到了十几个邀请。王艾手有些抖，好像这些工作可以任由自己支配了。去了，得一个一个面试完，然后，挑个工资最高的。王艾拿出手机，点了支付宝，准备买张重庆到北京的票。卧铺卖完了，就买了张硬座。二十四个小时能怎样呢？睡一晚上就过去了。她还在为自己的果断感到兴奋。

硬座太煎熬人，好在一晚上都在权衡该先去哪一家。最先让她心动的是一家影视文化公司。她倒不是想着，去了能近水楼台先得月，混个什么角色，而是他们需要的岗位，好像是专门为她设置的：喜欢影视文化，英语翻译。她虽然专业学的是英语，该过的级也都过了，却从没指望去当个翻译。照她一贯嘚瑟的说法是，“我王艾虽然是个聪明人，但并不是个学习好的聪明人”。但人就是这样，坐了二十来个小时的火车，她都没顾上看看一路夜景，尽想着人生前途了。都这个时候了，还去考虑别人为什么偏偏选中她，是不是有些太矫情？过了河南，她嫌火车太慢，离开石家庄，马上就要到保定，她又嫌火车太快了。她还没有完全考虑好呢。她准备了好长一段自我介绍，临下车前还在后悔，怎么马虎成那样，竟然忘了带电子词典。

2

出了站，王艾的第一个电话是和母亲报平安。支玉叶在那头问，是个什么样的影视文化公司，好像自家姑娘马上就要进驻剧组了。王艾说，不说了，手机快没电，等我弄完了，再细讲。

挂了电话，竟有些天旋地转，喝了一大口水，才稳住神。坐上出租车，司机问她去哪，她一时想不起这个影视文化公司的名字了，又看了眼短信，才发现，对方根本就没写全称。但这个时候，她没心思仔细琢磨哪里不对劲了。顺着地址，她摸到了望京。

这是天气最热的时候。她浑身都湿透了，样子太狼狈了，坐了一夜火车本就熬人，何况又走了这半天。就是到了这个地步，她起码的警惕性还是有的。仔细看了眼公司的环境，LOGO非常醒目：热那亚影视文化集团。她当时还感慨了下，这名字，也忒山气了，看着就像忽悠土老帽的。尽管凭直觉意识到了问题，到了现场，看见应聘的人坐了满楼道，她还是免不了心慌。又看了眼前台，像模像样，摆着电脑，姑娘们穿着制服，一个个端着胸，精神得很。客厅还挺大，只不过全隔成了办公桌，每台电脑前面坐着一个人。墙面上的透明橱柜，放着一些非常卡哇伊的杯子，看样子不像是摆设，应该是给员工用的。阳台里养了许多绿植，还吊着一个沙袋。墙上还有许多剧照和合影。这样的环境，虽然离她向往的职场生态似乎差了一点什么，只不过一想到马上就能坐在电脑前开始崭新的生活，她还是松了一口气。她顾不上去关心相框里装的都是谁了。毕竟，她只是想当个翻译。

她抹了把汗，说了声打搅。前台探起头来，看了眼她的简历，说，你等一会儿。王艾又东张西望了一阵，还没看清墙上有哪些演员，前台又出来把她领进了一个更小的办公室。办公桌前坐着一个腆着肚子的男人。她直担心那椅子会不会随时瘫下来。

男人很绅士，站起来给她倒了杯水，才问她应聘什么职位。能应聘什么职位呢？求职简历上写得很清楚了，当然是英语翻译。她说一句，男人在简历上写一句。又问她是想做笔译，还是口译。王艾想了想自己的专长，说了句“笔译强点”，好像又害怕错过机会，又加了句“但也都行”。又问她有没有经验。这话外行了。一个英语专业的本科生，怎么可能没有经验呢？但她还是老老实实地回答，说做过字幕，也做过两回同声翻译。她说得那么低调，似乎她的所有努力都是在为了这么一个职位。

“我们这个工作呢，主要是跟剧组进行拍摄，你们翻译就负责跟艺人，或者做字幕。”

王艾还在看着他。他的喉结上有一根汗毛，太长了，王艾有种想把它揪下来的冲动。

“工作条件会比较艰苦，这个你没问题吧？很多小孩子都吃不了苦。”

王艾连忙声称她吃得了苦。比起成天坐在办公室哪也不去，能在外面晃荡，多好啊。哪能叫吃苦？她想象着剧组成天在山水间厮杀来去，而她呢，一个翻译，有事了说两句英语，没事了，完全可以漫无边际地发呆。她甚至骂了自己一声，不知上进的bitch，坐几十个小时的硬座跑到北京来就是为发呆？

“我们这个工作是上六休一，基本上就是在郊区，每天就是吃盒饭。这个没问题吧？”

听到这里，王艾有些动摇。郊区倒没什么，还可以省钱。外面的风光再好，可天天吃盒饭，她还是有些受不了。她犹豫了下，问在外面会拍多久。男人注意到了，说：

“要是吃不了这个苦，还是趁早走吧，不要耽误后面等着面试的同学。”

哪有那么多时间考虑呢？先安定下来再说。这个道理就跟找男朋友一样。有一回，问凤梅说她不会随便找男朋友，要找就要找能共度一辈子的灵魂伴侣。王艾就笑，说她自己的灵魂还不稳定呢，就急着谈一生。先找一个谈着，收获一点体验不也很好吗？别人还在拥抱接吻阶段挣扎着呢，她就和对象跑到城中村的日租房了。她不喜欢磨磨蹭蹭。工作不也是这样？王艾认为自己是个明白人。她不光明白，心胸还豁达得很。她说她没有吃不了的苦。“我还沿308国道骑行进过西藏呢。”

男人没有接她的话，也可能不知道骑行一回川藏线意味着什么。他死板得很，说话太公事公办了：“公司包食宿，试用期两个月，底薪四千八，有全勤奖，转正了，工资八千。”

还不错啊。想着转眼间就能月入上万，她连连点头。

“试用期只管住，入职时要先交伙食费，一个月一千，没什么问题就把合同签了吧。”

“有问题。”她接过合同，却并没有拿笔。

“什么问题？”

“我没那么多钱。”

“那你有多少？”

“呃，也就一千吧。”

男人皱起了眉头，好像他的职业生涯里从未遇到过这样的难题，又瞪着她看了一阵才说：“要不你先把这一千交上，等开了工资你再补上？”

“直接从工资里扣不行吗？”

“不行，那是你的工资，我们不能随便扣。”

男人说得那么理直气壮，再纠缠下去，显然是她王艾不识抬举了。男人又问她，是现金还是刷卡。王艾说刷卡。他迅速从桌子底下掏出了一个POS机。看他掏POS机轻车熟路的情形，显然这个公司做这项业务已经不是一回两回了。

之后的情形，就是输密码，签合同。合同封得很死，上面有报道的地址，地铁9号线到六里桥东下，乘321到南宫南站下。

等电梯下楼的时候，又遇见几个女生出来。有个女生还穿了正装，白衬衫裹着一对结实的乳房。又低头看了眼自己，之前因为吃鸡蛋灌饼留下的汤汁如此明显，她不由又痛骂了自己一回。好在没人注意到她。她们在讨论做笔译好还是做口译好，一人手里抱着个牛皮信封。她知道，里面都是合同。什么公司需要这么多翻译，还可以自己挑口译笔译？王艾犹豫了一阵，在想他们是不是群骗子？她凑过去问她们，是不是也要去剧组报到。她们说是。王艾说出了自己的担心：

“我们不会被骗吧？”

“怎么会？”

“那为什么要先交押金？直接从工资里扣不就行了？”

其中一个姑娘说：“交押金也正常吧？我有个亲戚在东莞打工，进厂前都得先交押金的。”

王艾不吭声了。找工作真难啊。这么多人都去，她又怕什么呢？她拖着一个箱子、一个手提包，还背了个书包，跟在后面。报到的时间在下午，她先找了个地方好好洗漱一番。又翻出很少穿的小西装。到了约定时间，又拖着大包小包，从旅店赶赴公交车站。

路上还和支玉叶打了个电话，她说和公司的人接上头了，下午就去剧组。支玉叶就说，接头接头，搞得好像你做什么见不得人的工作似的。支玉叶嫌姑娘说话不中听，也二十好几的人了，怎么说话还这么不过脑子？将来还怎么进步？说到后来，她还是有些担心，怕姑娘被骗了。王艾就说，就你成天瞎担心。老把人心想得那么坏。我们一起去的有好几个姐妹呢。能把我们怎么样？那谁谁谁在东莞打工，进厂前不也先交押金吗？支玉叶一听姑娘把自己和一打工的对比起来，好像先没了几分信心。这些年来，她也管不着女儿了，说得最多的话就是凡事多留个心眼。王艾就说，我的心眼都快长得像个筛子了。我就是因为怕花了冤枉钱，才铁定心思要去看看的。

关于到北京的第一份工作，王艾最爱跟人讲述的就是这一段。热那亚，热那亚，听着是不是就特别让人想入非非？有一回和远在武汉的老柴说起自己的工作，她挑挑拣拣，说起自己被骗的经历，总会笑起来，时不时地还要自嘲几句：

“你说我明明第一预感就会被骗，怎么还要继续自投罗网呢？”

这简直就是一个预言，她明明什么都知道，却还来不及怀疑自己。和人说起北漂的经历时，大大咧咧的，好像是谁还没遇到点事儿呢？但她不知道的是，正是从那时候开始，她离预期的目标越来越远，或者说，她一步一步毁掉了自己的生活。她从来都是这样，喜不喜欢看到别人的乐子，另说，倒是见别人能从自己的悲惨故事中笑出来，好像自己也跟着解脱了。

和老柴说话，不像以前了。生怕男人看到真实的她，就矮了一截。老柴是那样一种人，文艺、善良，特别的沉稳。看见他，就像看到镜子，就像看到邻家哥哥，就像看到初恋。她想起大学那阵子，靠在星巴克打工存了点钱，请朋友们去KTV，她仗着喝了酒，给老柴打电话，唱《传奇》。那时候，王艾二十岁出头，嗓子还是清澈透亮的。老柴在那头也配合她，一惊一乍地问，王艾，这才是原唱吧？而老柴呢，也会在喝taquila的时候给她打电话，大声嚷着，王艾，我想你了。

但现在，有些话她永远不会说出来。比如，她是如何半夜从那个叫张各庄的村子里跑出来，走了大半夜，旅游鞋都走得开了口。路过长辛店，要过桥，桥底下漆黑一片，她稀里糊涂，走到了桥上面。净是大车，她就靠着马路牙子一点一点移动，生怕被一辆接一辆的大车卷到大马路上去。从桥上下来，她双腿打战，也顾不上地下脏不脏了，一屁股坐了下去。抬头一看，满月就在头顶，好像她再跑两步，就可以摸见。想起自己成天胡思乱想，指望一步登天，结果活生生成了个笑话。不知怎么就想到了一句山西民歌“最苦就是人想人”，她这个时候都不知道该去想谁，滚烫的眼泪，一下就滑了出来。

3

头一回找工作受挫，还被骗，她不敢和支玉叶说。支玉叶听到了还不急死。这个时候，她也顾不上颜面了，就联系前男友孟亮。孟亮比她早几年到北京。虽然分了手，倒也没有成为仇人。只不过从来没主动联系过他。她知道他有了新的生活。但这回，她也没多想。北方的风硬，打得她脸生疼。眼看着到了上班时间，她给他写了条微信，本想问得直接点，又怕不方便，删了好几条，最后也就发出四个字：

“忙吗今天?”

“你来北京啦?”孟亮打来电话。来北京前，她聊过毕业后的打算。孟亮当时说得很诚恳，说来了一定得通知他，让他尽尽地主之谊。他倒不是对她还有什么想法，就是想着得这么说话才合适。

“嗯。你在干吗?”

“还不就是那样。成天就是个这。”

王艾本来想说说自己如何从传销窝点逃脱，可听了孟亮的态度，她又没话了。孟亮问她在哪，她本来是想借钱的，却脱口来了一句：

“我进剧组了。”

“那我去探班看你。”

“我再也不是你眼中那个游手好闲的无业游民了。”她说话带气，想起大二那年意外怀孕，做完人流，待在他家，时日一久，他竟开始嫌弃她，动不动就看她不顺眼，说话也是阴阳怪气，说她这么颓废下去，迟早会毁了自己。那个时候，她还在恢复期，和支玉叶说起心中委屈。母亲竟然帮着外人，说，男人在外面挣钱也不容易，谁还不会说两句过头话呢？他不是不让你堕胎，是你自己要去做的吗？支玉叶话里话外的意思都是，既然你看对了这个男人，干吗不把这个孩子生下来。王艾不知怎么就想起了这一出，说话更是有些咬牙切齿。“你是不是觉得你工作了可以挣两个钱了，很了不起？”

“宝贝，对不起。我不是那个意思？”

“你别叫我宝贝。我听见这两个字就恶心。”

“求你了。你在哪里？我去找你。你是不是没钱了？”

因为说到了具体问题，王艾泄气了。这个和她生活了两年多的男人，到底还是有那么一点默契。她在那抽抽搭搭地哭。孟亮不停地分析自己的问题，说当年家里如何催逼自己，他也是完全没有办法。说完了后来的曲折，好像他实在是身不由己。听着王艾又没声响，便问她现在哪。王艾稀里糊涂地，就说她在宾馆。她说得那么悲伤，好像还能怎样呢？只能这样了。谁知道孟亮却突然兴奋了。她太熟悉他的那种声调了，一副色鬼上身的模样。他问她可不可以去看看她。王艾这个时候倒冷静了，说，你不陪你老婆了？孟亮就说，没事，她正出差呢。不知为什么，王艾先前还想着来了北京想个办法把孟亮撬过来，出口憋了多年的恶气，可现在听了男人的话，她一下子竖了起来。这是在干什么呢？是自己还不够贱吗？

她从信用卡里取了两千块钱，找到一家如家快捷酒店，一问有单人间，就住了进去。吃完炸酱面，她还是迷茫得很。支玉叶打来电话，问她吃饭没有。她问得那么自然，好像女儿的工作早就完全不用她担心了。支玉叶那头好像还放着唱经的碟片，嗯嗯哈哈的，一片南无阿弥陀佛的声响。问完吃饭，支玉叶又问剧组拍到了什么程度，下一部准备去拍什么戏。她说话的方式，已经把自己的姑娘当成大红大紫的主演了。要是她知道自己的姑娘是被骗了，会不会冲到北京来把她拖回去？没毕业前，她说她准备留在成都发展，支玉叶说不行，离家太远了。但回麦城，也不在她的考虑范围之内。她实在不想天天受支玉叶的控制。有时候，她打电话，问爸爸呢？支玉叶就说，能去哪？还不又跟一帮人走路去了。支玉叶说话的样子好像不屑得很，一个正值壮年的男人，不好好工作，动不动就上山走路，不是有病又是什么？再不济，像她一样，念念阿弥陀佛，也是一桩功德嘛。对于母亲的诸多抱怨，王艾早就熟悉了。她没提从剧组逃跑出来的事。她一副心不在焉的样子，好像剧组那点事，实在不值得她浪费太多精力。支玉叶又说，刚上班，还是要敬业一点，给领导留个好印象。

王艾说："扯淡。"

支玉叶连忙说："阿弥陀佛。"

眼看着母亲又要给她上紧箍咒，她连忙说好戏马上要开演，先不说了。

回房间看了两眼《生活大爆炸》，到底沉不进去。冲了个澡，还是心浮气躁，又晃到楼下，找到一家便利店买了盒中南海。买上烟，也没想着把烟打开。过了国家图书馆，又过了紫竹林公园，也没见几个人在街上闲晃，更把她的孤单凸显出来了。往回走到中央民族大学，她看见男生们在操场上踢球，又想起来北京前那一天，也是在校园里晃荡，只不过那时候，她还满怀梦想，而今天呢，她惶惶然，感觉就像是只丧家犬。她找了个避风角落，点燃烟，狠狠吸了一口。人来人往，到底是百无聊赖，就把烟掐了，又慢慢往住的巷子里挪。

就是那个时候，王艾看见路边一家房产中介门口写着："招聘高级房产顾问，底薪三千二，有提成。"她想都没想，抬腿就走了进去。

就在一个月前，王艾的想法都特别的坚定。她那么年轻，有什么好怕的呢？到了北京，要踏实地实习，学自己欠缺的东西，争取留下来。谁不想做一份自己喜欢的工作，安逸的生活怎么可能属于年轻人？谁知道打击这么快就到来了呢？她本来想得挺好，应该去做什么，可现在，她想的是，我还能做什么？她看了一些招聘信息，管理培训生、产品经理之类的，都是大家认为的好工作，离她还是远了。

事情就是这样。和人说起来，她开始自嘲了。这回找的工作还真有点承前启后的样子。所谓顾问，说白了，就是一售楼的。带头的杨经理每天慷慨激昂，要求培训之余还要写点感想。王艾想起在张各庄，大家被关在小屋子里也是成天背诵一些"我要赚大钱"的话，而这里呢，形式发生了变化，内容却是大同小异。她扫了一眼别人发的，跟微商发的软文差不多。

她也写了一篇。写的什么内容，她没什么印象了，倒是白纸上接二连三的惊叹号看得自己都触目惊心。杨经理是个细心人，给每一篇心得都表达了赞美。接着，又给大家训话。冲他讲话的样子，好像房地产的牛市随时都会到来，而他们唯一要做的，就是继续保持昂扬斗志。

售楼处十好几个人，成天坐在那儿，好像不整点动静，也不像话。不知从哪一天开始，杨经理拿着个本子在门口大声朗诵。听同事讲，他这是为了新业务备战。他的目标不是一个简单的售楼经理，而是要去企业咨询部当战略导师。王艾听到这些话，想着自己竟然满足于做个售楼顾问，更是心惊。她的人生规划呢？难道就是和这帮人成天对着西北风嗷嗷叫唤吗？但人的惰性就是那么强悍，到了后来，她真快习惯了这生活。放公司的纪录片，她看得也很认真：

一群男生搭着肩膀，高唱："我要买车！我要买房！"

一群女孩大声喊："我们是最棒的！我们比男生强！"

大家一起跳起来喊："耶！"

王艾明知这一切不太靠谱，只不过看到周围都是这样的人，又感觉自己不是想象的那般不靠谱。尤其是每天嚎这么几嗓子过后，她真的有一种冲动，好像成为百万富豪指日可待。之前的犹豫、纠结，都不见了。人人都谈论如何做好策划，如何赚钱，这个时候还打退堂鼓，实在是太没出息了。

到了后来，她们也不看纪录片了，每天上班前，都要把红旗插满门口，搞得迎风招展，两个大音箱竖在门口，放着《小苹果》。也是头一回跟着人在那儿扭来扭去的时候，她突然想起来，这不是跟20世纪80年代的香港电影《僵尸先生》差不多？筷子兄弟是不是因为看了中了尸毒的许冠英，才得了这样的灵感？她没心思分析那些历史渊源，倒是想到自己在这里来劲地扭来扭去，不过是像许冠英一样摆脱尸毒，不由对即将到来的日子又多了几分恐惧。有一天，她去得晚了点，看见乌泱泱的同事，集中在大马路上，嗷嗷呐喊，就拍了几张照片，随手发到了朋友圈。

没什么像样的培训。加班到八九点也是常态。

耗到周末，她也不出门。颓废的时候，打打游戏，兴致高了，洗洗衣服，收拾下家。她也不那么喜欢做饭了，反正做来做去总是那么几个样子。有天晚上，她走了十来分钟，到天客隆买水果和酸奶，竟然碰到一个麦城后生。麦城话虽然很冲，猛一听感觉像是要生事，但在北京听到乡音，她免不了多看他一眼。一聊，果真是。两个人还住在一个小区。这以后，两个人得闲了，经常一起吃饭遛弯聊天。问凤梅有一天问她在忙什么，王艾就说：

“不忙啊，吃多了，走走路，消消食。”

“大晚上的，晃悠什么？”

“不怕，有保镖呢。”

两个人分析了半天，王艾对这个麦城老乡没什么坏印象，但也谈不上有多少好感，顶多只是不讨厌而已。问凤梅就在那头骂，你这又是要害谁呢？可不敢耽误人家。王艾就说，什么啊，我们两个人只不过正好都还没找到更重要的事去做而已。问凤梅就说，孤男寡女，待得久了，迟早要出问题。问凤梅说话的口吻，越来越像支玉叶了。她又走了一截神。她想起之所以坦然地走在小区里，跟带着孩子的老头老太太混在一起，是因为她身边有这个男生陪着。那段日子，北京的天色蓝得沁人心脾，薄薄的云散在天上，感觉整个人都轻飘飘的。现在和问凤梅这么一理论，王艾清醒了。她和他绝对没有什么可能性，不过是北京城太大了，有个熟人，还不至于太心慌而已。

怎么会不心慌呢？有回在秀水逛街，买了个两百块的A货钱包，拿到了手，她还默默告诉自己要多赚钱买大牌。只是，钱太难赚了。她甚至都违背了爱好，没有去看过什么乐队演出、小话剧，没有按图索骥走过一个个历史地标。她义无反顾地来到北京，冲的就是她的繁华和底蕴。等到真踩在这坚硬的水泥地上，却忙得不知所措。她总想着，反正在这里又不是待一天两天，哪一天不能去看呢？她就是这么认为的，事有轻重缓急，挣扎奋斗养活自己才是当务之急。

早餐就在地铁口买个四块五的鸡蛋灌饼，十次有八次都被汤汤水水溅到衣服上，她也顾不上收拾。坐地铁哪能好好看什么书呢，她就拿着ipod看美剧。不觉间，《实习医生格蕾》居然也看到第六季了。

支玉叶有一天不知怎么看到了她的微信，突然问："你们剧组怎么整得跟个售楼处似的？"

"什么售楼处？我换了工作没跟你说过吗？"王艾装作一副无辜的样子。

"意思是你现在成了卖房子的小姐？"

"什么啊，我这是售楼顾问。"

"你说说你。你好赖也是学英语专业的，你就不能找份正经工作吗？"

"售楼的怎么了？售楼的最懂房地产市场行情。"她准备说说听来的一些老套故事，某某某卖房，靠着一套倒一套，现在都成了房地产商了。

可这一套说辞说服不了支玉叶。支玉叶说："你还是给自己积点德吧。我成天给你念经诵佛，你可倒好，净干些吹牛皮害人的事。"

王艾最后离开中介，倒不是被她妈的因果报应论吓倒了。她实在是肺活量不行。嗷嗷喊了四个月，一套房没卖掉，光那点底薪，根本看不到什么希望。

4

搬到万通新世界的楼上，又是半年后的事了。每天看到那些拎着电脑包，打着时不时蹦出几个英文单词的精致美女，王艾也挺直了腰板。原先的浮躁也被消磨掉了。好多个夜深人静的夜晚，王艾光脚站在窗前，看外面的城市。这座城市毫不吝啬地把最广阔的世界推到了她面前。原来的胆怯、小家子气，甚至矫情，统统不见了。平时上班，为赶地铁，她穿平底鞋，到了公司，还是会蹬上高跟鞋。还戴假睫毛，就是没睡好，感觉眼睛也有神。忙里偷闲，还得补补妆，口红就不说了，有时候谈判，如果是碰到男性客户，一抹腮红样的娇羞简直是必杀技。她没少在化妆方面下功夫。

有一回和问凤梅闲扯，邀请她来北京玩，突然就说了一句：

“谁掉到这样一座庞然大物的腹腔里不会害怕呢？但北京就是这样。在高压力和快节奏的环境下，根本容不得你矫情，你会迅速蜕变成一个强大坚韧百毒不侵的bitch。”

王艾说话还是这样，一副过来人的腔调。其间，和老柴也聊过几回。隔得天远地远，免不了抒抒情，有时候仗着喝了酒，言语暧昧，甚至有那么点调情的意思。

王艾没想到老柴会真来北京看她。他说是出差，连个箱子也没带。能怎么办呢？说是地主，其实平日里工作忙，也没怎么在北京好好转。就去过一回南锣鼓巷，也被一拨一拨的人挤得没了兴致。好在她对吃的地儿还算了解，就带他去六铺炕吃金生隆，她喜欢那里的生切羊肉。她像给客户介绍北京一样，说起金生隆的历史，说起正宗老北京火锅的吃法。到了才发现人多，里面坐不下，两人就在门口支了张桌子。路灯并不怎么亮，街上也是吵闹。但她根本听不见这些嘈杂。她只是透过满是雾气的铜火锅直直地看着他。多年没见，老柴还是那么白净帅气。有个藏族小伙子沿街卖唱，一曲十块，走过来问老柴，要不要点一首。王艾本来嫌小伙子没有眼色，打断了她和他的相处。老柴却连声说好，好像这个时候值得高歌一曲。卖唱的小伙看起来没多少经验，歌声发飘，嗓子也在抖。老柴听完了，来了一句，你是不是想家了？小伙子脸虽然黑，还是能看出来他的腼腆。老柴又说，这么晚了，怕是客人少了生意也淡了，坐下来和我们一起吃吧。喝了两杯啤酒，小伙子话多了，好奇地问，你们这是到北京出差吗？老柴捋了下自来卷，漾出一阵笑意，王艾的心又荡了一下。老柴吸了一口烟，透过烟雾缭绕看着王艾的眼睛，笑着说：

“我不是来出差啊。我坐火车来，就是想来看看她。”

王艾当时就瞪大了眼睛。吃完饭，老柴也没怎么和她说话。能聊些什么呢？那个时候在学校，她和他还有一段交集。现在还要回忆从前吗？似乎意思也不大。她不像那个时候，会问问他的生活，问他又看了些什么有深度的书。他呢，也像是故意回避似的，没有再问她的日常琐事，包括那些乱七八糟的恋爱。这一顿饭，吃到最后，王艾就感觉有些精疲力竭。好在有这么一个陌生人，帮着杀掉了不少时间。吃了饭，老柴也没有要走的意思，王艾就说，我带你去我办公室看看吧。从德胜门到阜成门，并不远，但她感觉还是太慢了。进了楼，王艾说：

“你可别看这楼不起眼，当年潘言都是从这里起步的。”话出了口，她才后悔。到底还是虚荣啊。说这些能证明什么？证明她待的地方风水好？她没有说她住在官庄。他也没有问。只有她自己知道每天辗转于八通线、1号线、2号线三趟地铁，满打满算一个小时零二十分钟。

老柴过了一阵才接茬，特别地善解人意：“你好好干吧，这么好的榜样就在身边，想没有出息都难。说不定，再过些年，你就是女版潘言了。”

“我长成那样，还嫁得出去吗？”

“不是，我是说，你就是张欣了。再说，我也挺喜欢潘言的。他有气质。再磨练几年，说不定就会跟他一样有气质，有修养。”

“你大老远跑来，不会就是跟我说这些吧？”

“就是怀念当年一起去空瓶子酒吧看演出，一起去迷笛音乐节的岁月了。”

“你的心态多好。我现在根本没有时间想那些，每天累成狗了都。”

电梯里的灯光虽然很暗，王艾还是没敢看他。

去了趟卫生间，洗完手，她照例掏出化妆镜，又补了补口红。也是抿嘴的时候，她骂了一句，好像是越发恨自己不争气了。她用湿巾抹了把脸，抬头望去，镜子里的女人，眼神空洞，一副丢了魂的样子。

进了办公室，她给他介绍，说哪一个格子间是她的办公桌。五六十平方米的空间，摆了将近二十张桌子。地上堆着乱七八糟的机器。她说她现在工作总算是对口了，就是时不时地去非洲，去南美，卖机器。老柴说，那不错，成天东奔西跑，不正是你向往的生活吗？

老柴在那里东看西看，走到每一张办公桌前都要弯下腰来。有时候，还会翻一翻他们的书。王艾不知怎么就有些烦了。她说她就是不会处理人际关系，刚来不久，就有一个同事追她。她又不好意思拒绝，反正他请她吃饭，她也去，怕不去，影响关系。可去的次数多了，她又惭愧。她一点都不喜欢他。

“他没有什么爱好。每天最爱干的一件事就是背单词，看这些做机台的书。”

“一个男人有点上进心，不也挺好？”

“问题是他吃饭的声响太大了。”

她这是抱怨吗？不知怎么她就回想起当年做学生时，对问凤梅的教导。她什么都懂，只是真的等事情撞到自己头上了，她发现自己还是不愿意轻易妥协。她不知道能和谁说这些隐秘的事情。再说了，成天把自己的苦恼挂在嘴边，也太无趣了吧？不光无趣，还没修养。北京有多少人？一千万？两千万？有时候，她穿着平底鞋，在地铁里挤来挤去，就想，自己碰到的那点事儿算个什么事儿呢？她看着满车厢的人上上下下，人人似乎都有明确的目标，又叹了口气。况且，这个时候，和老柴说这些又有什么意义？一想到意义，她彻底闭了嘴。她发现时间真能改变一个人。这才过了多久啊，她就不是当年那个没心没肺的王艾了。

老柴说：“我可以抱抱你吗？”

王艾就说：“不好吧？我真的当你是好哥们儿。”

送走老柴，王艾上了地铁，倚在车门角落，懒懒地读着一本《身边的江湖》。不经意一抬眼，看到对面小小移动电视上正在播放李健的《似水流年》。关于老柴的记忆都涌出来了。书也不看了。她翻着手机，发现过了这么久，她居然一直留着和他聊天的微信记录。那个时候，她和他是有话说的。他说，王艾，你来，我带你去吉庆街，喝酒，吹风，我们穿海魂衫回力鞋戴红领巾去看摇滚。她想起临近毕业那阵为找工作六神无主，也是无聊，跟他发微信，说，老柴我想去武汉工作了，我们还能一起走街串巷看演出，写诗喝酒玩儿摇滚，好不好？老柴却说，你不是一直想去北京么？她知道了他的意思，这是往外推她了，也就没再回复。老柴又来了一句：去吧，青春就这一次，去嫁给自己喜欢的城市。王艾那个时候是真生气。她一直把他当好朋友、好哥们儿，没想到他会那么虚伪。难道他是害怕她缠上他吗？她有些恨自己不争气，发招聘简历的间隙，手贱，又翻他的微博，才看到他和某个涂着黑色指甲的姑娘有频繁的互动。她一下子就明白了。她只是不明白，过了这么多年，他为什么又突然心血来潮来看她，还当着一个素不相识的人那么说话。真是要人命了。她虽然什么都明白，但这个时候，她还是不知道该怎么办。

这都是多久前的事了啊。问题是，谁没有点青春时的暧昧、迷恋与躲藏呢？王艾想，也许在六铺炕吃完饭，就此别过，该有多好。手机提示，内存空间不足。起先，她左删一点，右删一点，忙乎了半夜，竟也没删掉多少。她这是要留恋什么呢？到了后来，突然发狠，索性把全部文件都删除。手机恢复到出厂模式，整个人像是久病过后的样子，疲惫，浑身无力，心情却顿然轻松不少。

5

若不是支玉叶突然去世，王艾肯定没想过还要回麦城。母亲的病，她大抵知道一些，看她成天顶着两个浮肿发绿的眼泡就能看出来。她问过母亲，说要不来北京，到大医院看看。支玉叶说没事，可能是没休息好。王艾明白，母亲心里肯定有事。一天两天没睡好还能理解，长年累月，都休息不好，就是精神出问题了。到底是什么问题，支玉叶不说，王艾也不好刨根问底。她只是想不通，支玉叶念佛诵经好赖也快二十年，怎么还有那么强的执念呢？她见过母亲如何勉强父亲，口口声声说都是为他好。王有德也是成年人，有些脾性不是说改就能改的，气不过，免不了要吵闹。王有德有时候一急，口齿囫囵，骂得那么厉害，感觉恨不得诅咒她去死。碰到父母梗着脖子对骂的时候，王艾就躲在阳台上看《哆啦A梦》。她是多么渴望拥有一只来自未来世界的猫型机器人，用它神奇的百宝袋和各种奇妙的道具帮助她解决各种困难，可哆啦A梦从未出现。她有时怔怔地看着支玉叶摆在阳台上的佛像，看着支玉叶把家里所有的书柜都摆上她从大庙小庙请来的佛经佛像，看着小小的家里慢慢成了供佛的地方，又想，母亲拥有万千善念，还是自私的。父亲吼归吼，到底还是在让着母亲。那个时候，王艾不知道有多害怕母亲。她情愿被父亲暴打一顿，也不愿意成天听母亲讲那些因果报应。她知道，支玉叶讲的故事都是劝人向善，是为她好，问题是，她也没有做什么恶事。她不过是想活得更轻松些。问题是，仅仅这样就够了吗？那个时候，她是惶恐的。她也还没看到王小波的书。要是那个时候她不是成天沉迷于动画，而是读了《思维的乐趣》，恐怕也不会那么恐惧。说到《思维的乐趣》，王艾对麦城的印象又好了一层。那是有一回周末在南宫等同学，同学半天没来，她就在旧书摊上闲逛。她一眼就被这本朴素的小书打动了。那个下午，太阳热辣辣的，同学来没来，她都没关注。她坐在喧嚣的大街上，读了一篇，又读了一篇。她甚至连版权页也没放过，一看，北岳文艺出版社。她没想到麦城家还能出这么好的书。有些话多好啊：

“愚蠢是一种极大的痛苦；降低人类的智能，乃是一种最大的罪孽。所以，以愚蠢教人，那是善良的人所能犯下的最严重的罪孽。从这个意义上说，我们绝不可能对善人放松警惕。假设我被大奸大恶之徒所骗，心理还能平衡；而被善良的低智人所骗，我就不能原谅自己。”

这个时候想起的竟然是这些，不孝了。

到了家里，来看望的人并不多。有几个熟人，也是小区里平日和支玉叶一起念佛放生的老太太。支玉叶早就不和人交往了。王艾看不出父亲脸上有没有悲伤，或许他悲伤的时候早就过去了吧。男人怎么可能把脆弱的情绪写到脸上呢。

第二天火化，王有德拉着王艾到了龙山。下了车，父女俩也没着急往悼念厅走。这个时候的麦城，清冷，路上也灰蒙蒙的，像是常年沉浸在某种哀痛绝望的气氛中。倒是进了殡仪馆的小区，露水似乎还没干，抬头就是满山松柏，简直可以用郁郁葱葱来形容。平日里，王艾闻不得麦城的气味，这个时候好像又觉得麦城并没有想象的那么难以忍受。看见母亲尸体的时候，她吃了一惊。素淡的妆容遮住了支玉叶暴戾的面容，脸上紧绷绷的，过去常年水肿的眼泡都消失了。整个脸像蒙着一张薄薄的牛皮纸。化了妆的支玉叶，完全像个陌生人。王艾一时拿不准，到底是母亲临终前终于参透了，还是入殓师技术太高超，反正从支玉叶的面相上看不出她们家曾经发生过的扞格抵牾了。想到母亲得了解脱，两行泪水才滑出来。

家里没了支玉叶念经诵佛的动静，反而让人有些难以适应。王有德好像是觉着待在这样的屋子里太压抑，便问王艾要不要出去走走。王艾说好。父女俩出了门，又往东山森林公园更高处走了一截。路也是这几年才修的，车少，人也不多，偶尔有骑行的人从山上冲下来。王艾就说，爸，你也应该整个山地车，平时骑一骑，至少可以比走路能到更远的地方。王有德没吭声，过了一阵儿才问：

“你准备多会儿结婚？”

王艾这时才想起来，她和家里人说过，待在北京，是因为一个放不下的男人。姑娘几年不回来，王有德肯定认为这事儿十有八九是板上钉钉了。关于结婚的事，父女俩没少说，但王有德似乎有些不依不饶的架势，每一回被王艾呛完，下回照样要问几句。王艾说：“结婚？这么早就结婚？我可不想套在婚姻里，成天鸡零狗碎的，什么也做不成。”这么说的时候，她又想起了母亲。支玉叶早就不上班了，就是炒菜也不用荤油。早两年，王艾在麦城上学，王有德还有心思炒两个菜，等到王艾去了外地，她们家桌子摆的两盘菜，一荤一素，一吃就要吃好几天。起初，她以为是父母节省。现在，她似乎明白，原来父母早就没了一起过日子的胃口。

不知道是长年北漂累了，还是因为支玉叶的去世刺激了她，她挽着王有德的胳膊说：

“爸，我决定了，还是得回麦城。”

她没说回来是为了方便照顾父亲。面对父亲，她不知道该怎么表达感情。她只是说有个同学帮她联系上了，可以去教育厅做一份翻译工作，据同学的说法，就是每天给老外们冲泡咖啡，开会了，做个口译。最主要的是那工作自由，不用坐班。

“回麦城？”他看了眼女儿，又说，“你不会是想我老了，得有个人照顾吧？我跟你讲，当年你去成都念书，又跑到北京上班，你妈天天和我唠叨，让我做你的工作。我一直在敷衍。你想想，我已然成了个这了，斗不过你妈了，我不能让我的女儿天天受她的影响，变成第二个她，对不对？我不是这个时候说你妈的坏话。”

王艾挽着父亲，好像是在认真听。

“知道吗？有一回我看你给我拷的电影《楢山节考》，才明白日本这个民族真正厉害的地方。”

“我还给你拷过电影？”

“是啊，那一阵子，照相馆突然没了生意，连胶卷也卖不掉了，我闲得无聊，让你推荐几部电影，消磨时间。”

王艾想起来了。那时候，她也是照着北京电影学院的考研影单，给父亲下了一堆，而父亲说的这些，连她自己也没看过。

“虽然那电影讲的是几百年前的日本人，但他们的价值观已然很超前了。因为穷，老人们到了一定年纪，就主动去山上等死，为的是不占用年轻人的口粮。我们中国，也有这方面的传承，比如孔夫子也说老而不死是为贼，不过，更多的人受的影响都是讲孝道，就像你妈一样，动不动就说你不孝顺，就这么一条，就把你们年轻人都束缚住了。多荒唐啊，这个孝，推演到极致，就是什么割股奉母、卧冰求鲤，你说愚不愚蠢？”

王艾长吁了一口气。她没想到父亲会这么说话。她一直觉得父亲的脑子早就被母亲侵占了。谁知道王有德却暗地里作着斗争呢?

"我只是想回麦城。在北京找不到归属感。"

"这么想也好，我就怕你是因为你妈一去世，心里愧疚，脑子发热。人年轻，到处跑跑没什么不好。不过，想回来，也不是坏事。我跟你讲，我年轻时候还想过当摄影家呢，还傻不啦唧地跑到省文联入摄影家协会，好像得到一个会员证，就找到组织啦。其实，这些年，我干了些什么?我就开了个小照相馆。"

"不错啦，爸爸，你不也活过来了吗?"王艾话是这么说，她不知怎么就想起了当年母亲找父亲撕扯的情形。支玉叶说："什么人体艺术?搞人体摄影，就要把人家叫到家里来衣服裤子全脱光?"王艾想，母亲生气完全是对的。父亲哪里不能搞人体艺术，干吗打着摄影的名义把姑娘约到家里来?也许，王有德后来不再钻研人体摄影，也跟支玉叶的严加管教有关。她不收拾男人几次，这个家，恐怕早就不成样子了。

从山上看麦城，还是灰蒙蒙的，就像常年不收拾的厨房，油腻，腌臜，似乎抬脚进去一下，都会搞得浑身不清爽。好在天色暗了。万家灯火亮起来，猛一看，也是一派大城市的气象。

6

熬过冬天，感觉好多了。走在建设路上，还没拆完的某个角落，小烟筒还僵在那，只是不冒浑浊的烟了。街上一溜新栽的桃树，枝叶还没长出来，就挤挤挨挨地开满了粉白的花。王艾看得高兴，忍不住掏出手机，拍了张照。

就是那个时候，她看到了站在人行道上打电话的赵婧。长卷发换成了短短的波波头，文眉，斜刘海，戴一副框架眼镜，依然是浓黑粗眼线。她本想打个招呼，又怕赵婧不认得她了。到了单位，她还和问凤梅在微信上聊，说人的变化真大。问凤梅问她怎么又感慨开了。她便说这个赵婧一直是她心目中的女神，十六岁高一，别的妹子上课时偷偷用课桌里的小镜子照刘海的时候，这个赵婧已经开始试各种美瞳和眼线了。

“你能想象吗？长得细白高挑也就算了，还穿恨天高，化大浓妆，走马观花地换着对象，而我小心谨慎的细黑色眼线在她的爆炸头假睫毛白粉脸荧光眼的对比之下，简直弱爆了。”

“说重点。”

“我也是听同学们八卦才知道，我不停地在星巴克打一个晚班再加一个晚班的小时工的时候，她不停地换各种有钱更有钱的男朋友。二十四岁的时候，她真的嫁了一个有钱的男人，靠婆家的关系进了事业单位，过清闲稳定的阔太生活。”

“你也不差啊，虽然一个人漂来漂去，事业不也有了起色？”

“屁。”

话是这么说，听到问凤梅夸，王艾还是开心的。也不是立什么牌坊，最起码，她也算是想当人上人的要强姑娘，只是道路不同而已。毕业三年，辗转换了几个城市工作，去国内外一些地方旅行。工作也好，生活也好，见了些不同层次的女人，她发现事业上出色的女人，轻声细语，面容干净，眼睛明亮，极少浓妆艳抹，穿的衣服鞋子轻易看不出品牌，却散发出一种内在的美丽。

因为看到赵婧的变化，王艾走了一截神。把该译的稿子译完，大半天又过去了。到了晚上，她去北美新天地闲逛，破例花了两千八，给自己买了一套雅诗兰黛。

到了家又是不停地收拾，把以前淘来的地摊货都归拢，准备扔。王有德听姑娘在房间里弄得哗啦乱响，敲开门，见地下摆满了瓶瓶罐罐，问：

“不是失恋了吧？”

“什么呀！”

王有德好像闲得很，他靠在门边，又说：“这些年来，我什么都想干，什么都想去尝试，结果什么也没干成，就是那么想了想而已。最可怕的还不是自己做没做成，而是看到别人有一点成绩，马上就要怀着阴暗的心理去揣测。人生就在这样无聊的猜忌和虚妄中耗尽了。整个人的面貌，到了最后，连自己也讨厌起来。多年前，还会装一装，现在索性什么都不管，好像整个人都活够了。”

“爸，你这是准备给我上课吗?”

“我就是希望你不要重复我的悲剧。”

“我只是现在有时间收拾下屋子。你不觉得我买了太多这些乱七八糟的便宜货了吗?”

王有德走出去端了杯水进来，悠悠来了一句：

“你知不知道明天是七月初七?”

“还没出服呢，你就逼我出去相亲?”见父亲有点懊恼，她又说，“爸，你觉得我能嫁出去吗?”

王有德没再接话，又转过身子拖地去了。她突然看见父亲的背有些驼，心又颤了一下。

晚上和问凤梅在微信上聊完，王艾还看了几篇关于化妆的文章。先前，她尽量干净，裸妆打底，以为这样就显得温和，也大气。现在她不这么想了，她会在每天的妆容上加一处亮点。说白了，就是职业需要。她不禁就想起了办公室的头儿大刘。大刘说：

“人生就是不停地练级。”

她打过一点网游，也知道为获取那些装备需要花费时间。只是她好端端的，为什么突然想到了大刘呢？好端端的，大刘为什么要苦口婆心给她说这些？大刘这样的人，哈工大高才生，读过长江商学院的EMBA，十几年前就放弃央企的职位下海了。每一回跟着他出去办事，感觉走到哪里都是他的熟人。王艾表达过自己的羡慕，大刘说，人脉、阅历这些都是自然积累的，最主要的还是心态。她不知道他挣了多少钱，只看到成天很忙。就是这么一个大忙人，有时候竟然愿意花几个小时和她深度沟通。对，她就是这么认为的，普通的聊天怎么能涵盖得了他和她的全部呢？辞掉教育厅的兼职，到了他的公司，说起来，新工作内容也简单机械，不外乎是刷网络推广，录入数据，参与活动策划和文案策划，翻译资料，听译视频。有时候，去和客户开会，她也从来不发一言，只是埋头做会议记录。这是她喜欢的职场生活，快节奏，感觉生命中的每一分每一秒都用在了刀刃上。偶尔，遇到交代的事情没做好，大刘问起来，王艾就像是受了委屈，免不了要大声争执。而大刘呢，理智得很。他说人生就是打游戏。倒不是他的观念颓靡，而是告诉她，要保持良好的心态。

“在你的眼里，我是不是活得还算光鲜？事情不是你想的那样。有了车有了房，甚至有了婚姻有了孩子，又能证明什么呢？我在央企上班的时候，又要负责技术维护，又要搞管理，简直忙得焦头烂额。我忍了十年，才出来单干。我以为自己做事，要自由，其实呢，哪里有我期待的那么大的变化？有时候我带你出去见客户，难道你没发现我们就是在和一群疯子一群骗子打交道吗？到了我这个年纪，可以心灰意冷，就是不能表现得太明显。得负责任了。就像打个最纯粹的游戏，你不光要考虑自己，还有队友。你得一步一步地练级。”

既然打开了游戏，就要有输的准备。事情就是这样，往往到了最后，王艾也不是被他那些似是而非的道理说服的。她是被他高大帅气的样子迷住了。这么高大帅气的男人，竟然愿意陪她闲聊。到底是哪里出了问题？她好像是隐隐约约看到人到中年的空洞，又难受了一分。

见了鬼了，化个妆，居然满脑子都是办公室的领导。这不是脑子进水了吗？

她本来只是琢磨怎么化妆，却被父亲一句话搞得她彻底失眠了。雨敲着窗，窗户上挂着一道道水痕。王艾索性不睡了，光着脚站在窗前。雨下得很急促。过了一阵，雨小了些，她稍微开了点窗户。一股强烈的土腥味席卷了她的鼻孔。她贪婪了。这雨水带动泥土松动的气息，似乎还裹挟了桃花被清洗的新鲜。那一阵子她有些恍惚，好像在这样的夜晚里，在雨水的滋养下，她生命的每个细胞都在迅速分裂，生长。

雨不知道是什么时候停的。她再次望向窗外的城市，除了昏黄的路灯还亮着，千家万户都在沉睡中了。这一回，她看见明晃晃的月亮就在头顶，亮得都有点不真实。她和人说过，在麦城不怎么看得到星星和月亮。这回，她才意识到，并不是看不看得到，而是她成日低着头，很少想要抬头打量这无穷尽的星空。她完全忘了世界有多大。就像刚刚，她一直都在纠结一点点混乱的心思。她一直在想着那个大她二十来岁的大刘，一点一点地想，那么好的一个男人，她怎么能动他的歪心思呢？太不道德了。还是得听他的话，要慢慢练级。一想到自己竟然有可能在挖空心思勾引人，她不由又骂了句：

“Bitch.”

7

那天傍晚路过迎泽桥东，看见一帮年轻人穿着明亮的衣服在公园里跑步，王艾心动了一下。她就在微博上搜麦城夜跑，果真看到有这么一群人在搞活动。又看了半天关于跑步的注意事项，一页页看下去，才意识到跑步也是挺复杂的工程。看得眼晕，她也不管那么多了，想着既然有心，就先跑起来再说。第二天就去万达广场买了双纽巴伦。到了下个星期一，不到六点，她蹬上鲜艳的跑鞋就往迎泽桥底下走。

王艾就是在这里认识小九的。夜跑团的人大多是年轻人，来的人也实在是因为喜欢运动。小九说加个微信吧，王艾也没往别的方面想。那就加吧。加了微信，她也没想着看他朋友圈。是他主动留了言，她才点开他的空间，一路看下去，才知道他的生活竟然很丰富，不是在骑行，就是准备出门。他在路上的样子野得很，有两张是在康西公路上的三郎洞，七八月份最热的时候，山里还有冰。小九呢，浑身脱得差不多精光，卧在冰上。王艾倒没注意到他到底脱了多少，就是看到他那一身腱子肉，心口好像颤了那么一下。

又能怎么着呢？她没想过主动和他说话。她更没想到小九会跟她搭讪，说："周末有乐队在livehouse演出，你想不想去？"

愣头愣脑地，好像他们是熟悉得不能再熟悉的朋友。她当然知道亲贤街那家店。麦城的乐队，她哪一家不清楚呢？她只是好久都没去泡吧了。

"不行啊，我晚上兼职呢，还得代课。"

"你这么拼命干吗？挣钱的事还要你做？"小九好像是心疼她那么拼命了。

太大男子主义了。她没有再理他。他以为他是谁啊，凭什么说她？

他却有些不依不饶，又问："在哪里？"

"新建路。"

到了晚上，差十分九点的时候，王艾微信上接收到小九发送的位置。就在学校楼下。

她下楼，看见了他的车号。小改装车旁边站着一个高高瘦瘦的男生，戴着黑框眼镜，清秀得像从漫画里走出来。这是第三回见小九。人是同样一个人，只是总感觉和前两回好像又不太一样。

晚上乐队唱的什么歌，她了无印象，只记得晚上他送她回家，也没怎么说话。就是见她搓着冰冷的双手时，默默调大了暖风。那一刻，她有些感动。她是有多久没被人关心了啊，简直不能细想。到了家，她左思右想，终是没忍住，发去一条信息，说："我到家了。"

"到家了就好。"

仍是不冷不热的话，还有那么些寡。王艾的心思就这么被逗起来了。"和我在一起是不是特别没意思啊？"

"没有，没有，我只是害羞，头一回跟女孩待着，不知道还能做什么。"

王艾怎么可能相信呢？他那么懂得察言观色，还要跟她装单纯，摆明了是要和她调情了。但这个时候，她知道她不能性急。着着急急去问，已然输了先机。再不矜持点，不像话了。她噢了一声，他也再没动静。她恨恨地握着手机，一宿也没睡踏实。

到了第二天，他才频繁发来微信。她简直用了两个脑子，一个工作，一个回消息，生怕她没忍住，又让他看出来。太熬人了。下了班，她已经精疲力竭。接到他的位置发送，显示就在她单位咖啡厅楼下。王艾好像特别无奈，说：

“也好，我在二楼，你要不上来陪我办公？”

“不啦，我去打台球啊。你加完班了告我。”

这头正掏出化妆镜补妆的王艾，瞬间石化。这急急慌慌的，到底是要干什么呢？她化完妆，把手头的工作又归整了归整，索性收拾起办公室来。有些放东西的纸箱子该扔的扔，该摞起来的摞起来，水杯上有厚厚一层水垢，她也洗了。原先混乱的局面好像又变得清爽了。

她再打过去电话时，可能信号不好，也没打通。

到了第二天，王艾给他发短信，说，你中午来和我一起吃饭吧。小九说，没问题。可到了快中午，王艾一看自己满脸菜色，又说，不行啊，临时加班，恐怕吃不了饭了。

又熬了一天。

快下班了，小九终于打来电话，问她在哪里。她说，能在哪儿，几天没睡好，一个人窝在咖啡馆里加班呢。她是在抱怨了，好像都是因为他，她才变成现在这副鬼样子。小九说，处理完公司的事儿，我就去找你。她说，哦。

八点半，小九进来了。二十出头的男孩子，走起路来的样子真是好看。这个时候的王艾，好像紧张了，也不和他多说话，假装忙得很，两只手在电脑键盘上胡乱敲打。

小九霸道得很，都不管她，大手就把屏幕掰下来了，“干吗呢？”

“没干吗，没干吗。”

“要不唱歌去吧？”

王艾端起水杯，喝了一口，连连点头。她本来还想着问问他喝点什么，他却拎起电脑包，甩腿就走。王艾跟在后面，心脏跳得咚咚的，她捂住胸口，好像都快摁不住了。

唱开歌，小九变了一个人。他嚎莫西子诗，简直撕心裂肺。到底是年轻人啊。王艾没敢放肆，就坐那里哼《斑马》。灯光被小九刻意调暗了。气氛是有些暧昧了。可到了十点，他和她，也只是面对面坐着，一人拿一麦。最后要走，实在是嗓子唱哑了。

王有德见王艾又是晚上快十一点才到家，问："这是谈恋爱了？"

"恋爱？"见王有德眼神黯然，女儿惭愧了，"就是去相了个亲。"

看到姑娘终于为自己的人生大事上心了，王有德好像很满意。话是这么和父亲说，其实只有她自己知道，他这个二十七岁半的女儿快把持不住了。这三天对应的三晚，她和小九，夜夜微信到两点，上了班，还要时不时地聊几句，一副缠绵的架势。她搞不清楚她为什么要和他说那么些不咸不淡的话，完全毫无道理嘛。就算他是头一回追姑娘，可她呢，她早就经历人间沧桑了啊。

上了床，小九又发来微信，问她的婚姻观，问她的生活日常。又问她平日里寂寞了怎么办。她装傻。她说她怎么可能有寂寞的时候呢？她每天忙得要死。她把自己设置成了无休假模式：周一到周五，白天上班，晚上上课，周末不是上课，就是接待客户。每天中午还要去锻炼，晚上上课前看会儿书。她做过销售、媒体、翻译、公关，现在呢，她回归了，主业是英语老师。她哪里有时间空虚呢？更没有时间儿女情长。熬到最后，简直就是她在鼓励他："你想说什么就直说吧。"

"我想跟你说个事儿。"

"说。"

"……算了，说了你就不淡定了。"

王艾鄙视开了："你是不是男人啊？"

"说了怕你就不理我了。"

“那要看你说什么。”

“征服感你明白么?”

王艾就笑，说：“想从我身上得到征服感，你还是洗洗睡吧你。”

“你这样我能说么?” 小九好像是破罐子破摔了，根本不等她的同意，又来了一句，“算了，说就说，大不了删了我。”

“删不删我说了算。你说你的。”

“算了，给你留个好印象吧。说了你就翻脸呀。”

王艾真想扇他一巴掌，都是什么人嘛。她好像意兴阑珊了，懒懒地来了句：“我脸大，不好翻。”

“你肯定觉得我嘴脸丑恶。”

“至今为止，你在我的印象里还挺好看的。”

“我想睡你。”

王艾一下子就竖了起来。她的手抖着，快摁不住手机屏幕。她抠了抠胳肢窝，全是汗。她一个字一个字地念，确认信息无误了，才发过去：“小九，虽然我看着放荡，可我真没一夜情过。你也看出来了，我是不讨厌你，可我没法儿配合你。”

她好像是怕他再不理她，又半开玩笑似的，加了一句：“谁知道你有没有病呢?”她还补了两个坏笑。这一句还没发送出去，小九就回过来了。

“你当我啥也没说。”

倒是小九生气了，他说：“我不滥情，也不是谁都约，我也没有过一夜情。”

王艾就想，这个家伙，还真是先礼后兵啊。有什么话非得要在手机上问呢，隔着那么远的距离。有些事情不都是两个人在一起水到渠成的吗?她说：“好好好，别闹了。好好睡觉吧。”可小九呢，还想继续缠下去，他说：“明天来我公司看看吧，小作坊，参观一下。”

“我上午开会，中午要陪闺蜜吃饭，下午还得带课，晚上还要去健身。等哪天周末吧。”

小九却像是等不及的样子，到了最后，几乎是蛮横地缠着她，让她推掉中午的饭局。

到了中午，他来接她。他问她想吃什么，王艾就说："我好养活，牛肉面就行。"

"那怎么行？第一次带你吃饭怎么能吃这么低档的？快点儿挑，二十块以内的。"

两个人哪有心思好好吃饭呢？他胡乱吃了几口，就看着她。她问他看什么，他说她眼睛的形状真的很美，微微有点上挑的眼角，加上那个眼妆，看人的时候似乎总显得在笑，很妖媚的那种笑。他说他的魂都快没了。王艾就有些恼，说，你不是八辈子没见过女人吧，再这样，我不理你了啊。赶快吃饭，小家伙。小九还想说些什么，王艾已经把饺子推到他跟前了。他简直就是把饺子倒进了肚子里。王艾还在旁边说，看见男人吃饭香，心情就好。小九咂吧着嘴，说，那以后我们天天一起吃饭不就得了？王艾又飞了他一眼。

小九的公司真是小作坊。城中村的院落，三层小楼，房间里，横七竖八地卧着一些陶陶罐罐。别看平时清淡得很，到了周末就有人来这里玩陶了。王艾又哦了一声。平日里不见面，有说不完的话，这个时候，反而没话了。村里安静得很。她玩了会儿电脑，不知道是刚吃饭犯困，还是歌声低沉引起了她的睡意，看见旁边有个折叠床，就躺了上去。

刚迷糊一会儿，小九就过来了。

他动手的时候，她抗拒了几下。到底是没他力气大，就顺从了。他体贴得很，就像常年没吃过肉的孩子，夹到一筷子肉不停地哈气。他原先的暴躁都不见了。到了最后，她忍不住，想伸手去抱他，可他还是那么蛮横，他一只手压住她的一条胳膊，感觉就像被他钉在了十字架上。是有些不舒服。他完全没顾及她的感受。可到了最后，她还是颤栗了。

事后，她穿上衣服，又聊了一会儿。还得上班。他仍旧开车送她。路上还聊了会民谣、电影，当然也说了些色情的话。

晚上下班，小九没打来电话，王艾也没问。到了家，她打了会儿坐，就开始洗脸，墩地，收拾家。

她给小九发了条信息，说："哥有点后悔啊。"

又给老柴发了条信息，说："又遇到了当年的你。"

等了半天，没人回复她。她把手机调成静音，一觉就睡到了天亮。

8

早上醒来，她点开微信，才看见把小九老柴的信息发反了。王艾竖了起来。该怎么解释呢？手机上八十一个未接来电，都是小九打来的。也许，不主动解释就是最好的办法。在床上翻来覆去的时候，她不知怎么就想起了母亲。支玉叶三十几岁后就诵经念佛，一辈子都活得很焦虑，年纪越大，更是紧张多疑。倒也不能怨母亲。谁让她不是个省油的灯呢？支玉叶每天都安排得很精密，几点吃饭，几点念经，几点出门走路，都是严格执行养生堂专家的说法。王艾还不能说，一说，支玉叶就能举出更多的反面例子，再加上又有王有德成日里看微信，总能听到一些可怕的事，水出了问题，雾霾又在围城，还有转基因，总之是不能活了。王艾想起和支玉叶在北京住过的那两个月，简直是度日如年，每天数着日子。等到支玉叶真的回了麦城，王艾才哭了起来。她想不明白，曾经那么亲近的人，怎么就是不能坐下来好好谈一谈。她甚至在想，自己身上的戾气，是不是有很大一部分来自于母亲。一想到这个时候还在从别人身上找原因，王艾不由又对自己多了几分鄙视。有什么用呢?

她想，这样子结束也好。

再见到小九的时候，王艾就把自己的情史完完全全和小九坦白了。她以为把自己说得足够淫乱，小九就会嫌弃她，和平分手。没想到小九只是直瞪瞪地看着她，说：

"我要救你。"

这不是王艾想要的答案。但小九既然作出了承诺，王艾也没有更合适的理由拒绝。更何况她现在也没有更喜欢的男人。倒是王有德有一天问她："你到底找了个什么人啊？"

"什么？"

"有什么事情值得天天吵呢？"

王艾都没有意识到自己在天天和小九吵架。她厌倦了没完没了地跟他解释，听他说些夹枪带棒的话。她每一回下定决心不去理他，可他又会马上道歉。她也认为好不容易碰到一个谈得来的、有共同志趣的人不容易。有时候她也反省，谁让她有那么多过去呢？甚至，她认为他和她争吵，也并不完全是因为嫉妒。他就是因为看到了一个和他相似的人，所以想着也要把她变成跟他一样的人。这样的说法也是读了点心理学知道的。那段时间，她装过疯，甚至扬言去死，最终也没吓退他，倒是自己陷进去了。她开始读心理学，书中说，两个恋人契合度达到百分之九十，总有一方想更贪婪地消除掉剩下百分之十的差异。她想原来是这样。她以为她理解了他。等到再次争吵，她却忘了要去理解他。事情就是那么崩溃，架吵得再厉害，只要他把她按到床上，两个人折腾一番，又好像雨过天晴。她完全被他搞得失去了理智。和问凤梅说，问凤梅还笑话她是老牛吃嫩草。

"你这是显摆你的小男友能干吗？"

显然，连闺密都认为她说的每句话都是间接的自我吹嘘了。出了这档子事，说不别扭，肯定是骗鬼。心情不好，跑步的事却没有落下来。到了约定的时间，两个人照例跟着夜跑团的人在汾河湿地公园跑步。活动结束，两个人一起上了胜利桥。王艾见空气糟，就捂住了鼻子，还咕哝了句麦城环境如何差，简直不是人待的地方之类。不料，小九却义正词严开了：

"现代社会要发展工业，就是个这。不发展工业，国家收不上税，人们吃啥喝啥？"

她就是发泄下不满，竟然被男人上升到国家层面，王艾就有些冒火，想不通他的脑子怎么竟然会主动为政府考虑：“发展工业就得牺牲我们老百姓呼吸的空气，就得让我生活在垃圾场里？”

“按照哲学家阿兰·巴丢的说法，在当代，我们这样的人既不是消费者，也不是劳动力。在资本的眼里，我们就是被遗弃者，是不存在的人。”

“意思是我天生就得忍受？”

王艾生气了，只是表现得并不明显。她有些纳闷这个男人的脑子里到底都装了些什么。她只是表达下对新鲜空气的渴盼，他竟然就讲出这么一番道理。还说根本不用拯救什么地球，地球有自己的生命周期。要拯救的是人类自己。问题是，把环境破坏得这么厉害，现在都快存活不下去，还等过几亿年地球自己洁净自己？大马路上车来人往，声音又嘈杂，震得她耳膜直响。她一句话都不想再多说了。她不想说话，是突然想起，更早些时候，她是愿意听男生讲天文地理历史军事，扯些她不懂的事。这才过了多久，她怎么就变了呢？

“你不想在麦城吸霾，可以去北京，可以去成都，可以去武汉啊。”

王艾又叹了一口气。根本就讲不通道理嘛。

过冬至，领导请同事们去吃饭。王艾本来不想去，领导就说，你又没结婚，有什么事那么要紧呢？等到结了婚，你想出来玩，我们都不会叫你。领导的意思是，将来自然会有一条绳索拴紧她。王艾没办法了，就跟小九说，得陪领导去应付一个酒局。小九就问酒局是谁组织的，都有些谁。王艾怎么跟他说得清楚呢？小九还说，重点是男的都有些谁。这话不礼貌了。王艾本来嫌他问得麻烦，这个时候竟然还揪住不放，态度就更是不好。小九又说，这回你准备喝多少？王艾说，一点点，或者不喝。小九就说，忽悠我有意思？王艾说，到时看情况，领导不劝，我是不会主动的。小九说，你们是什么单位啊，你们领导怎么可能不劝？王艾就说，兴许我们领导这个时候和你一样通情达理呢。她明显是讽刺他了。小九却像是没听懂，仍说个不停，说，酒桌上不可能，你见过不劝人喝酒的领导吗？都这个年纪了，还成天出去吃喝，身体不坏才怪。她没再吭声。小九又说，你那好工作，贫困线的工资，还要学领导干部腐化堕落。王艾说，不是腐化，是为了积累点人脉，走进更广阔的生活。小九说，什么呀，是早点进医院。王艾又没吭声。小九就说，喝完酒是不是还要陪着领导去娱乐场所潇洒潇洒？王艾愤怒了。这是怎么说话呢？她也知道，喝了酒，要是领导高兴，是有可能去高歌一曲。问题是，唱个歌，在小九的眼里什么时候就变得如此不堪了呢？她说，行了行了，你可以了啊。有完没完了。

饭还没吃完，小九又打来电话，半天没吭声，王艾就想，这个男人这么小家子气，又是来查她的岗了，顺手就把电话关了。

到了晚上回去，才知道，他居然和她爸通了个电话。王有德说，男人有肚能装海，女人有肚能装崽，你干吗老和一个姑娘家计较？你让着一点，就太平无事了。

王有德还说，我和你阿姨年轻时也老吵架，但我们没谁想着离家出走，要是我生闷气在床上躺着，你阿姨就去看店；要是你阿姨在床上躺着生闷气，我就出去拼命做事。

听了王有德一番话，小九好像轻松了。等到王艾进门，说，你们家终于有一个讲道理的人了。他把王有德的话又重复了一遍。简直是走火入魔了，竟然还有这样的男人。她也听过他的故事，小时候母亲不辞而别，而他看见别人可以躺在母亲的怀里，就忍不住嫉妒。他说来说去，意思是他之所以变得这么古怪，不单是他的错。这让人绝望。更多的时候，看到他做出种种匪夷所思的行为，她只是觉得他可怜。

那种难过她能对谁说呢？男人对她如此不信任，丁点儿事情就要惊动老父亲，将来遇上点事，还怎么过？仅仅因为他年轻，就可以原谅他的愚蠢吗？她年轻时也碰到过焦头烂额的事，可从来没想过要把家人卷进来。

等到他吃完饭，又扳过她的肩膀，准备和她说说是怎么和王有德沟通的，王艾只觉浑身像散了架。她对他翻了个白眼，几乎是在哀求：

“有什么话明天说不行吗？我真是累了。”

可他不让。他说：“你还没有回答我早上提的问题，你们有没有去歌厅潇洒潇洒？”

“你不是有病吧？”

两个人的对话，全是反问句，呛得很。王艾受不了小九的监视和控制了，说：“你为什么什么都要管呢？你不累吗你？”

“我这是爱你！”

“你就是想搞集权，你是不是希望我每天给你早请示，晚汇报，把我当成你的奴隶？”

“因为你是我的——我才管你。外面的人我才懒得管呢！”

“你可说得真好听。”

“你之前不也和我承诺，说要一心一意的，两个人过日子吗？你忘了你的承诺了？”

王艾突然有些想哭。这个小九。她终于忍不住了：“我那是有病。我有病，真的，你不要跟我说什么爱不爱，我们都应该去南十方看看心理医生。”

“你说得真是轻巧，一句‘我有病’就把所有的一切都抹掉了。你可真是会说话啊。有一天，你把我弄死，我都还不能让你负责任，因为你是神经病。好你个王艾啊，你和你以前的男朋友也是这么说话的吗？”

王艾心底的绝望难以名状。她想起了王小波的话，他说，一切痛苦本质上说是对自己无能的愤怒。小九像个怨妇在那里控诉，王艾听一句，心里就要反驳一句。我的从前和你有个什么关系？先前，她认为年轻，想法会单纯，现在她明白了，他是单纯，单纯得都有些无知了。还不能和他争，一争，他说他那些狭隘又迂腐的想法，是因为爱情。清醒的时候，她推荐他看些心理学方面的书，比如亨利·克劳德和约翰·汤森德的《过犹不及》，希望他不要动不动就把感情当成侵略武器，可他呢，一副无辜的样子，好像她学了两年英语，就不把自己当中国人了。

“够了。”

“我想和你多待一会儿也不行吗？”

“你不是多待。你自己不求上进，也不让我学习。你天天纠缠着我，我做什么都没有心思。”

“你想做什么？有我还不够吗？”

“靠你？靠你成天开着你那五菱宏光，去喝西北风吗？”王艾没有想到自己突然说话那么恶毒。打心底里说，她没有瞧不起他的意思，但谁知道这些话那么顺溜，就从嘴里流了出来。感觉她早就掂量好了，只是一直在等这么个机会，好把这些伤人的话狠狠地掼给他。

她脸上的笑容越来越少。

到了后来，她几乎不参加朋友们组织的任何聚会。

更多的时候，为了避免与他正面相遇，她情愿待在卫生间，有时看书，有时什么也不干，好像天下最有意思的事就是蹲在马桶上。她有本事在卫生间一待老半天。他进来了，她装模作样看书。他和她说话，她就变得神经兮兮的，说，你说为什么我一想到人除了死，还可以疯掉，怎么就会没来由地松一口气呢？小九好像觉得她不可理喻了，说，你是在说你和我在一起感觉生不如死吗？王艾又不说话了，好像真是疯了。等小九一走，王艾大脑放空，听到冲马桶的声音，她就想，要是人生也有这么一个按键，按一下就能把污秽冲进下水道，那就太完美了。

屋外的雨拍打在雨罩上，她看着表针指向了凌晨一点，脑子里像是有无数的铁丝拉来扯去。她想不明白这烦躁又懦弱的人生什么时候可以有个了断。三分之一的人生过去了，一事无成，惶惶不可终日的感觉原来是这么恐惧。人真的能成为蜘蛛吗？她绝望了。

9

好在公司突然组织集训，一下强行将她从原来的惯性中拽出来了。

小九送她去南站的时候，还说：“这下好了，你远离我的魔掌，可以好好享受人生了。”

小九说得那么伤感，整得跟生离死别似的。王艾说：“行了，行了，我又不是不回来了。”

直到高铁启动，王艾才长吁了口气。整件事都太疯狂了。她和他，两个人简直就是上帝弄错了性别。

到了北京，王艾平静了不少。她每天听完课，到了晚上总会绕着学校跑上两三圈。也是在慢跑的时候，出一身汗，整个人才好受了些。小九晚上仍会打电话，有时候说得不高兴了，王艾就把电话挂了。他再拨过来，她摁掉。到后来，索性关了机。

再开机的时候，满屏都是小九的信息。他声泪俱下地道歉，还拼命地解释，说他就是想和她说说话，她为什么要这样对他呢？满屏都是质问，话呢，却说得相当漂亮，一副受了委屈的怨妇样。王艾能怎么办呢？她不是个狠心肠的人。照小九的形容，他和她都这样了，怎么能独自抛下对方？太不道德了。两个人又说开了话。小九就说：

“你等着，我周末去北京看你。”

王艾没想到的是，这个小九每个周末都来北京找她。本来按她的设想，到了北京要好好休整，即便不休整，也可以和小九保持一段距离，两个人都冷静冷静。

结果成了个这。

培训快结束的那个周末，小九又来了。正是最热的时候。王艾想，还能怎样呢？就问他周末有什么打算，小九就说，要不住在鸟巢附近吧，到时还可以去国家奥林匹克森林公园跑步。现在她和他，也就剩跑步的时候不吵闹了。

她破例去西站接了他。找到鸟巢附近的一家汉庭快捷酒店，两个人都出了一身汗。这么热的天去逛鸟巢也不太合适，就一起冲了澡。

后来王艾反复回忆，事情就坏在这次冲澡上。要不是这一回，她就不可能怀孕。

又是一个月后了。

知道王艾怀孕，小九听到的头一秒，非常紧张，说，怎么可能呢？又听王艾分析，说肯定是住在鸟巢那一夜出的差错，小九就说：

“能在鸟巢怀上我们的儿子，简直就是天意啊。”

“儿子儿子，你怎么肯定就是你的儿子？”

没想到小九低声来了句：“那倒是。你在北京两个月，怎么偏偏那么巧呢？”

这话恶毒了。王艾气得直哭。小九也抱着她一起痛哭，说：“怎么办呢？王艾，你看看我现在的样子，我能养活儿子吗？我是想和你结婚，可你看看，我的小作坊还没有成气候啊。”

王艾好像突然清醒了，抹了一把眼泪，问：“那你说怎么办？把孩子打掉？”

“目前看来也没什么更好的办法啊。”

“你想都别想。”

王艾也是气糊涂了。她说起第一次流产的痛苦。她说我真是受够了你们这些臭男人。她说得那么多，完全没有顾及小九的心理感受。那时她还没大学毕业呢。是和孟亮出的事。那个孟亮倒是劝她把孩子生下来。可王艾不愿意。王艾不愿意，一部分是王有德生气，一部分是支玉叶急了。支玉叶说：

“王艾啊，我万万没想到，我想到谁家都有可能出这样的事儿，就是没有想到我们家会出这样的事儿，你还好意思说你是信佛人家的姑娘吗？”

父母觉得丢人，王艾也天不怕地不怕，想着不就堕一次胎吗？学校附近小旅馆旁边卖流产堕胎药的多的是。支玉叶到底信佛，也劝姑娘，说，要不把孩子生下来。那一阵子，王艾脾气不好，和孟亮天天吵架，时不时的下身就流血。去医院一检查，医生说保是能保住，就怕影响胎儿发育。王艾可不想要自己的孩子一出生就不健康。就说，堕胎吧。堕胎也有几种方案。王艾自己在网上查了半天，说，无痛人流倒是快，可对女人身体伤害太大，子宫膜刮一回就薄一回，万一将来怀不上就麻烦了。

于是决定吃药。两颗米非司酮吃下去，王艾就后悔了。天天躺在孟亮的家里干呕。支玉叶天天陪着，拿上药，也不给她喂，说：

“我天天在这里念佛放生，你倒好，你给我杀生。”

她把药放在王艾手里，说：“你自己吃，我不能助纣为虐。”

王艾根本听不见支玉叶在说些什么。她肚子里翻江倒海，脑子里像是有个斗战胜佛到处惹是生非。一天两颗，一共吃了三天。王艾根本闻不得油烟味儿，什么东西也没吃，胆汁都吐出来了。王艾哭着说：

“娘啊，要是我不行了，你记得去米缸里找找存折。”

支玉叶绷着脸。孟亮也看着她们母女俩，一副做了错事的小学生的样子。

第四天去医院，王艾都快坐不住了。孟亮还和大夫说这药的副作用有多大，他女朋友三天都没吃饭。大夫就说，三天不吃饭，你就不知道带她到医院来输液？怎么连点生活常识都没有？

真正让王艾决心离开孟亮的，是接下来吃米索前列醇。她吃完，不到二十分钟就吐了出来。孟亮说，可不敢吐了，再吐你之前遭的罪就白受了。你得捂住。结果再想吐的时候，她硬生生地咽了回去。

想起头一回堕胎的痛苦，王艾怎么可能再去受一次罪？都说吃一堑长一智，她怎么就是长不了记性呢？看着小九焦虑的样子，王艾说得非常平静：

“小九，我不是要给你增加什么负担。我肯定不会再去堕胎了。我再堕胎，我这辈子怕就怀不上孩子了。我只求你一件事。”

“什么？”

“这段时间你不要再来骚扰我，也不要给我家人打电话。你看，我现在都成了这个样子，也不会和别的男人怎么样了。”

“你这是想甩我吗？”

“我现在没心思和你谈这些。我知道你也没心思和我谈这些。我只是希望你不要再惹我生气。”

回到赛马场，王艾和大刘请了个假，就把手机关了。

起初王有德还以为姑娘得了什么病了，怎么一天比一天胖。他问，你这成天也不上班，就窝在家里不停地吃，不会是身体出问题了吧？

知道姑娘又怀了孕，王有德还是很生气。他说，我都懒得说你了，你说你妈要是知道了，指不定会跳起来怎么说你。

因为说到了支玉叶，父女俩又是半天没说话。最后还是王有德没沉住气：

“你们多会儿办？”

“办什么办？”

“难不成你要我来给你养孩子？”

“爸，你放心，我都想好了。这些年上班，我存了一笔钱。”

孩子生下来，倒是健康得很。家里添了丁，死寂的空间又有了活气。王有德很高兴，戴着老花镜，把康熙字典都翻了出来，取了半天名字，王艾不是嫌拗口，就是说太普通了。王艾说：

“反正暂时也不用上户口，就叫他丢丢吧。”

她也不上班了，没事就临一临《般若波罗蜜多心经》：“依般若波罗蜜多故，心无挂碍，无挂碍故，无有恐怖。”有时候念得恍惚，王艾会突然想起母亲。她不知不觉就变成了她曾经鄙视且厌恶过的那一类人。一念及此，免不得又滚出几颗泪来。

10

丢丢两岁的时候，王艾才渐渐缓过来。

她整个人胖了一圈。孟亮看到她的朋友圈，还留言：“孩子的营养都补在你身上了。”

有事没事，她爱和孟亮聊几句。有一阵，孟亮说他的微信号被盗了，又申请了一个新的。加上了，孟亮也不怎么说话。偶尔回一两句，也是上班工作的时候。她要是晚上问他话，从来没有过回音。王艾不是忍得住的人，第二天一问，孟亮就说了实话。果真如她猜想的那样，之前的那个微信号被他老婆发现了。发现自己的男人竟然还在和前女友联系，女人不干了。

“好你个孟亮。你偷偷和你的新欢旧爱聊天也就算了，还要给她的照片点赞。点赞也就算了，还要肆无忌惮地给她留言，说什么晚安。你说说，你是不是太目中无人了？”

孟亮说起和老婆的争吵，似乎特别郁闷。他也就是和王艾微信上聊两句，怎么就好像炸了天呢？王艾就说：

“女人都一样。逮住点蛛丝马迹不好好收拾你，过几天你就反天啊。”

孟亮说：“天底下的女人都像你这么善解人意就好了。”

“都像我这样多寡啊。”

“你家娃娃长得真机灵，这是随了你吧？”

因为说到了孩子，王艾不知道该怎么接话。孟亮就问怎么啦。她说没什么。高兴的时候，她和他好像什么话也能说，有时候，又感觉实在寡淡得很。想着不知不觉就成了一个破坏他人婚姻幸福的小人，她满脑子都是绝望和悲哀。孟亮还在那说：

“到北京了，记得告我啊。”

王艾说好。

有一回和问凤梅打电话，说了一堆不着边际的话。问凤梅说，有部戏值得你去好好看一看。这世上还有什么戏值得看呢？王艾就哟了一声。语气里的惊讶好像是在说，问凤梅这么务实的人，竟然也会去看戏。听问凤梅的意思，还不是随便一座城市的青年宫工人文化宫之类的地方有演出。问凤梅去的是北京，在国家大剧院。

“虽然贵了点，一千二一张票，但好东西就是好东西，一分价钱一分货。”

王艾有些嫉妒。这些年自己都干了些什么呢，兜兜转转，除了生了个娃娃，似乎什么也没做成。而她曾经不怎么瞧得起的问凤梅呢，果真如愿嫁给了她的国防生男友。熬了八年，虽然现在还是两地分居，到底结婚了，又生了两个孩子，一步都没落下。不光没落下，听她的口气，日子过得还挺滋润。这不，都开始享受精神生活了。

“什么戏啊这么贵？”

“《剧院魅影》。”

晚上她找出安格斯·杨的CD一个人听了会儿。可也没听多久，丢丢就闹着要看动画片。她能怎么样呢？到底依了丢丢。折腾到九点，把丢丢哄睡了，自己翻来覆去，睡不着了。鬼使神差地，点开了支付宝，抢了张火车票，又把周末要看的戏票预定了下来。

带着丢丢上了火车，王艾才给孟亮打电话。她也没说要去看歌剧，就说老公在昌平搞工程，可能得在北京停留一下。孟亮应承得很畅快，还把吃饭的地点都定好了。王艾就说：

“不要太吵闹的地方，找个安静的茶馆之类，我就想和你好好说说话。”

孟亮可能没想到王艾会带着孩子来。

坐在茶舍里说话时，孟亮的眼睛一直在跟着孩子转。王艾还在编造她的故事，说她的老公如何不顾家，这不，要见他一面，还得自己带上孩子去找他。

多年没见，孟亮的变化不明显，一身休闲小西装，就是有了点小肚腩，也显得很成熟。倒是王艾刻意了。大波浪卷，嘴唇抹得猩红，像是要吃人，还蹬着一双大红高跟鞋。她不知怎么就说这双高跟鞋就结婚穿过一回。孟亮说，那肯定很好看。他脑子里好像有了结婚的画面，眼神闪过一丝嫉妒。王艾说，结婚就是做给别人看的，忙乱得很，哪顾得上欣赏呢？她这么说的时候，好像是在暗示她对曾经婚姻的不满意，只有现在，只有现在穿着这双红色高跟鞋才能够好好地自恋一番。孟亮含含混混说了一些话，无非是日子过得怎么样。王艾的日子虽然过得不怎么样，只是这个时候她没有刻意要说些什么。她说来说去，就是她一个女人，其实需要感情生活。而她现在呢，尽管找了个有钱的男人，感觉还是太不如意了。好在丢丢帮了她大忙，要不然她真不知道这套谎话该怎么继续编下去。

丢丢非要吃肯德基，王艾就抱着孩子往外走。出门的时候，孟亮说，这附近的肯德基还有一截，要不我来抱吧。王艾递过孩子，顺便按了一把他的肚子，说：

"你吃得太多了。"

丢丢倒也不认生，趴在孟亮身上也不哭。孟亮说，叫叔叔。丢丢就说：

"爸爸，爸爸，肯德基。"

说完了，还嘟起嘴往孟亮的嘴上凑。

王艾就笑，说："这个死孩子，见人就叫爸爸。"

孟亮说："你有没有发现你家孩子扑闪着一双长睫毛的大眼睛？"

王艾说："说得好像你没有孩子似的。"

"我是说我们那个孩子要是还在，是不是也这么大了？"

"说什么呢？"

王艾瞪了他一眼。吃完饭，又去了王艾预订的酒店。王艾、孟亮两个趴在丢丢的旁边，哄了半天，孩子才睡着。孟亮好像认为这个时候得做点什么，就去牵王艾的手。王艾说：

"别这样，一会儿孩子他爸就来了。"

孟亮又用了点力。王艾说："别这样，你回去陪你老婆去吧。你也要好好过日子，我就是闷得不行，想来看看你。"

等到孟亮走，王艾才想起，来北京前，她是给孟亮准备了礼物的。她买了两块情侣表，依波路。也没有别的意思，就是想着，这个她生命中的第一个男人，虽然懦弱，可能也并不怎么爱她，却和她认识的别的男人不一样。她想要找他的时候，他都会出现。最可怕的还不是这个。是她内心里认可他，愿意去找他。可这个时候，她看着箱子里的两块表，又想着，送别人表太不吉利了。

晚上没睡好觉，第二天白天吃饭都是直接叫餐到房间。她陪丢丢说话，讲故事。到了下午，她才带着丢丢往国家大剧院走。一路抱着孩子，双手都快累断。

进剧场前，她去了趟洗手间。洗手时，才看清眼皮上有掉落的睫毛膏，就抬起手揩了一下，谁知手上有水，结果把妆全弄花了。她趴在洗手池前，才看见镜子里的女人简直是虎背熊腰。她掏出包，用化妆棉擦着不清爽的地方，那么用力，那么仔细，像是要擦掉那些溃败的过往。她想起这些年，从一个地方逃到另一个地方，从一个男人扑向另一个男人，每一次逃离，都好像给人生重新披了块好看的伪装，但只有她自己明白，她搞得那么潦草，无论如何掩饰，都掩盖不了她一无所有的事实。她看着镜子里一塌糊涂的脸，想，任是再怎么努力，还是什么都抓不住了。想到这里，她的眼泪哗地流了下来，又闭了下眼，整个妆全花了。她看着镜中的自己，全是对自己的嫌恶。她索性洗了把脸。她不耐烦地涂着卸妆水，好像彻底洗掉这些涂抹了半天的东西，就能看清原来的自己，但还是控制不住眼泪。旁边有人在看她了。她顾不上。要不是丢丢揪着她的裙子，她差点就崩溃了。低下头，整理丢丢的裤子时，也不知道是用力太猛，还是有些低血糖，她眼前一黑，差点没有站起来。

王艾抱着丢丢，跟着人流。丢丢东张西望，不停地喊妈妈。王艾就说妈妈在呢妈妈在呢，怎么啦宝贝？丢丢说，好大。王艾问，什么好大？丢丢说，好大好大。旁边好像有人看她。王艾也顾不上别人，生怕自己转晕了，找不到门。紧赶慢赶，在开演前的那一刻，王艾找到了自己的座位。放下丢丢，她像是不放心，又掏出化妆镜，感觉眼角还是不干净，就拿棉签擦了一下。丢丢说，妈妈你在干什么？你怎么把长长的眼睫毛都弄掉了啊？王艾说，那都是假的，宝贝。丢丢说，可是那好看啊。背后座位有人不耐烦她们母子俩的对话了。丢丢还要说什么，王艾说，求你了宝贝，求你了宝贝，不要说话，一会儿我们去吃好吃的。丢丢也学着王艾的样子，身板挺得直直的，朝舞台上看去。丢丢可能没看懂，就扯着她的衣服问，妈妈妈妈，上面有什么啊？王艾就说，宝贝别说话，唱戏的人就快出来了。她说完了，还要朝旁边的人投去抱歉的笑。

灯光一暗，大提琴曲《夜之乐章》响起来，感觉那琴弓就像走在她的心弦上。王艾身板一挺，整个人都揪了起来。

电影节

1

还没到大学报到，叶茨的心就悬起来了。

公交车穿过一片又一片玉米地，终于停在了校门口。通知上写着住公寓，还是睡八个人挤着的高低床。按父母的愿望，他挑的是正热门的专业，计算机科学。他对软件编程兴致不高。突然有了那么多自由时间，怎么能继续坐在教室读死书呢？他最喜欢的还是到处串宿舍，和人海谝上一气，或者在操场上奔跑。

有一回踢球，听见中文系的一帮人筹划办杂志，叶茨马上附和，说他高中就写过诗。其中一个叫周游的，让他誊几首瞧瞧。回到宿舍，找出以前的本子，读了半天，别扭又做作，叶茨索性重写了一篇。真是白话，他就讲到了大学如何无聊。因为还提到了穷和掩饰不住的咳嗽，提到了女人白生生的小腿、黑且粗的眉毛，周游过几秒钟就拍一下大腿一个劲叫好，这是在猛夸他写得好。到底心虚，没敢用真名，就叫了个叶子。周游有天叫他，直呼叶子，他还一时没反应过来。才知道他的处女作就这么发在了创刊号上。写诗的热情由此一发不可收拾。等到杂志出来，一帮人在文澜楼摆了几张课桌叫卖。没什么人来，几个人就在那里拿叶茨的名字说笑。

应该是受了这份意外的鼓励，同学们有空不是去网吧打魔兽、玩传奇，就是在宿舍里打牌，只有他，成天闷在图书馆。起初，也不是全看书，就在一个书架前又一个书架前逡巡，看着那么多书竖在那里，他不由感到深深的绝望。偶尔，看见某本陌生的，也会抽出来。荡起的灰尘进入他的肺，他会忍不住咳嗽，压抑地打着喷嚏。后来，活动的范围就比较固定了。翻了一遍文学史，他不知怎么就喜欢上了超现实主义。多有想象力啊，叶茨也想着怎么一鸣惊人，推翻旧世界。再看什么古典现当代，怎么会有出息？得出新。他就搬了物理学、天文学方面的书，乱翻一气。多数看不明白。不过，这又有什么关系？他挑看得顺眼的，哪些名词够复杂，又有象征意义，就摘出来。

他的头发也蓄到了肩边。他自诩为放浪不羁，却有女生说他简直像个流氓。说笑归说笑，只有他自己清楚，他哪里像个流氓呢？都大二了，还没交上一个女朋友。他甚至都不好意思说他成天在图书馆干了些什么。书不好好看也就罢了，有一回在期刊室读到阎连科的《坚硬如水》，竟然把其中男男女女的事情全复印下来了。复印一张五毛钱，大半本杂志复印下来，花了将近上百块。回到宿舍，还迫不及待地与舍友分享他的兴奋。结果人说，有这钱，都可以去岔道口包两个夜场了。这一样吗？他知道岔道口的录像厅，夜场里时不时放些三级片，来看的多是附近的建筑工人。到后来，他懊恼的也不是花了这么多钱，而是从这所有的举动中，看到的都是自己的愚蠢，神经，自以为是。

他一直不敢回忆大学生活，就是因为除了看到一个奇怪别扭的自己，更大的背景是乏味空虚的现实。一个精神病样的患者，每天坐立不安，在校园里四处溜达，竟然从没有被人指认出来。想到后来，就有些魔怔，他佩服自己，年纪轻轻，居然可以伪装得如此正常。要不是神经出了问题，怎么看待他种种匪夷所思的举止？也许刚上大学的孩子，都有些盲目，无法控制那吞没一切的情欲。不然没法儿解释他对胡媚的跟踪行为。

是有意吗？若不是故意，为什么处处都能碰到她？他从来没想过走到她跟前说说话。他不敢看她说话，只是远远地听着。说是远远地，隔得那么远，他就竖起了耳朵。光远远听她说几句话，就够动人心魄的了。怎么会这么喜欢一个人呢？真是走火入魔了。

最难熬的是周末。一个人的时候，他就想她肯定在这城市的某个地方进进出出。能怎么办？就在本子上写胡媚的名字。开始，他的嘴角还带着微笑，后来越写越快，字迹潦草，好像一个人在绝望地呼喊。周游又回来叫他踢球，见他趴在那里，还以为是在写诗。直到他讲出真相，周游瞪大眼睛来了一句：兄弟，你这是在书写爱情的乐章啊。叶茨说，你不了解爱情。怎么形容呢？就像有一只小奶猫冲你走过来，脑袋靠在你胸口蹭啊蹭，你能忍住不去触碰它吗？忍不住的。周游大笑，说，还是你这个比喻好。那时，周游也在追一个姑娘。周游说姑娘终于答应和他一起游泳了。姑娘愿意一起去游泳，这让周游两眼放光。他拍着叶茨的肩说：

“兄弟，再不碰你的小奶猫，她就蹭别人去了啊。”

尽管周游说的都对，叶茨还是不喜欢他如此评价胡媚。说得她好像是个水性杨花的女人。

就这么干想，也不是办法。胡媚有什么爱好，他大概也清楚。比方说她也喜欢足球。就凭这一点，叶茨认为他和她应该有许多共同话题。欧洲杯期间，他还请她在西校门的正大录像厅看过几场球。虽然是两个联谊宿舍的人在一起，他还是认为她对他有点意思。他熬夜，为喜欢的球队快激动死。大半夜的，胡媚在他身边睡着，他都没有觉察到。非典期间，他和她都没回家，学校又停课了，两人的接触多了起来。有一回在茅坡的小馆子里请她吃水煮串串。胡媚吃得嘴里直哈哈，叶茨也没敢挪动一下，生怕弄出什么意外的举动惊扰到她。胡媚还是被他痴呆的样子吓着了。她问他，双眼如此通红，是不是病了。

“是啊。”

“那怎么不去看医生？”

“我这病，除了你，谁也治不好。”

"少胡说八道。"

既然姑娘把他绝望的相思病定义为胡说八道，他就没继续说下去。这之后，他和她的关系不咸不淡，好几回，她对他说起她失恋的痛苦。她的男友之前在煤干院读书，后来回了榆林。回了榆林，她还坐着绿皮火车追去找过他几次。

她说了那么多，叶茨就明白了一个现实，胡媚的男朋友是搞煤矿的。这个时候，他好像才明白她拒绝他的原因。和周游说起这一切，周游说，人家姑娘愿意把这些最隐秘的话告诉给你，说明信任你，有戏，赶快上哇。在周游的眼里，只有弱肉强食，只有先下手为强的丛林原则。甚至还让他把姑娘约到主楼教室里一起看电影。当时周游几个人还搞了个电影公社，隔三差五，总在教室里放一些文艺片。

他没想到胡媚也爱看电影。可不是普通的言情剧。有一回聊天，不知怎么说到了一部老电影，《冲突》。她说这个片子虽然有些冗长，但是这个题材好，一个人与世界战斗。总体来说，保持正直很重要啊。叶茨没看过这部电影，还是听得热血沸腾，好像自己只要足够努力，就能做到她理想中的样子。却没想到她又说，真没想到阿尔帕西诺年轻的时候鼻音那么重。叶茨问她还喜欢看什么电影？他是想着努劲儿看了，再和她好好聊的。谁知胡媚却来了一句，看那么多电影有什么用？又不能指导自己的人生。这话再明显不过了，她喜欢踏实的人，不看电影也可以交流嘛。

再一回约胡媚，吃完饭，两个人在操场上走了一圈又一圈，直到天色暗下来。还有三三两两的男生在不知疲倦地打篮球。不远处的看台上有两对情侣搂在一起。清冽的风灌进肺里，叶茨觉得肺都疼了。胡媚去厕所了，他拿着她的包，鬼使神差地，就拿出她的手机给那个榆林的男人发了短信，意思也简单粗暴，你个混账东西不懂得爱惜女人以后不要再骚扰我家胡媚了。结果对方就把电话打过来了，劈头就是，你是谁？叶茨就说，我是谁？我是谁你还不知道？我是胡媚男朋友。没想到对方声音一降，简直是在哀求他，说，你知不知道我有多爱她你不要破坏别人的幸福好不好？叶茨直接就蒙了。这个时候，胡媚回来，抢过电话，直接挂了。他以为她生气了，半天不知道该说些什么。倒是胡媚说开了话：

“不是你想象的那样。”

这话没头没脑了。叶茨想着那个榆林男人的哀求，一个男人为了爱情竟然可以这么没有原则，竟去哀求一个素不相识的人。怎么事情并不是像胡媚说的那样呢？她一直把自己说成了一个被抛弃的可怜人。

就这么一直坐着，直到天黑。叶茨想着自己总得干点什么，就一把薅住胡媚，嘟起嘴拱向她。胡媚简直是在死命推他，到底没有他力气大。他把她按在墙边，气喘吁吁的，想把舌头塞进她的嘴里。胡媚嘴巴闭得紧紧的，想说什么，都被他堵了回去。直到她狠狠咬了他舌头，他才疼得松开了手。胡媚跑回了宿舍。他站在操场上，心里七上八下。连忙发短信，解释他对她的喜欢。半天了，都没收到她的回信。他意识到这回死定了。他发了一条又一条，说他的喜欢如何绝望，说他在她跟前如何自卑，说他真是不想活了。许是被他的话吓着了，姑娘终于回复了：

“你怎么可以这样？”

这是在质问他了。他辩解，说自己如何情不自禁。胡媚说，以后不要再见面了。叶茨也冷了心，说，那你把我的日记还给我吧。之前，他向她表露心迹，证明他的喜欢与众不同，把写满了思念的本子送给了她。隔着围栏，胡媚把日记本，还有一条玫红色围巾，那是他送给她的生日礼物，都放在了地上。他心惊肉跳，好像这些被她抚摸过的礼物和他一样，都被无情地遗弃了。宿舍熄灯后，他就着手机微弱的光，翻着那本日记，每一页都写得那么无助和哀伤，有几页被胡媚粗暴地撕掉了。他想不起自己在那几页上都写了些什么。那个夜晚，叶茨想着那个搞煤的榆林男人，想着胡媚如何坐着绿皮火车去榆林，只为追寻她想要的爱情，他的心像闷声钉进一根铁钉子。一晚上风刮得窗户乱响。

他以为也就这样了。没想到暑假，几个共同的朋友组织去终南山，他和胡媚又见了面。为省钱，他们没去景区门口，而是在附近村里找了户人家住下来。兴头足得很，下午就去爬山。刚到山顶遇上阵雨，胡媚冻得哆嗦，他翻出背包里多余的长袖递给她。他看着她穿着自己的长袖，高兴得忘乎所以。临到睡觉，叶茨才意识到，来的人都是一对一对的，尽管没有明说，大家似乎都把胡媚当成了他的女朋友。总共八个人，关系明确了的那对研究生，住外间的双人床。剩下的六个人睡大通铺。叶茨听从安排，睡在最里面，紧挨着胡媚。大家在黑暗中开着玩笑，好像对明天爬山看日出特别期待，只有他紧张得一声不吭。他都没想到自己那么胆大，竟然把她的胸罩解开了。胡媚满手是汗，捉住他的手。他有时候也跟着别人哈哈大笑，手上却没闲下来。其间，他把手伸到她的小腹处。他的心跳到了嗓子眼。刚开始也在和大家说笑，还容忍他的姑娘，这个时候扭过了头，那么嫌恶地瞪着他，要吃人一样。叶茨突然对自己的所作所为感到厌恶起来。多年后，他仍然无法原谅自己的轻浮。他想起黑暗中胡媚的眼睛，好像这才看清了自己的德行。

2

从终南山回来，远远看到胡媚，叶茨总是绕道逃开。

为了排遣寂寞，他和老乡，同一个班的吴小仪走得近了些。他陪她打开水，一起去食堂，在路上故意说些段子，他哈哈大笑，好像完全没有因为一个女人的拒绝，遭受到任何打击。这不，爱情说来就来了。

他没注意到舍友莫汉武的脸色。等到胡媚和莫汉武好上了，叶茨才意识到自己犯了一个多么糊涂的错误。他不该和吴小仪走得那么近。谁都知道莫汉武一直在追吴小仪？莫汉武竟然可以掉头就喜欢一个他不感兴趣的女人。叶茨想不明白一个男人的嫉妒心竟然如此之重。那是他头一回对爱情失望，为女人的智商着急。

他课也不上了，成天只是在宿舍里睡大觉。偶尔听见莫汉武给胡媚打电话，都百爪挠心。他总是在想，是不是应该提醒一下她。他冥思苦想，多少个日夜过去，他还是没有想清楚接下来的一天究竟应该干些什么。他脑子里反反复复出现的都是莫汉武的话。说起来，莫汉武头一回约胡媚还蛮有戏剧性。那时，他刚买上手机，和胡媚聊了几句。胡媚说：

“知不知道我们班有个女生喜欢你？”

“谁啊？”

“你请我吃饭我就告诉你。”

结果莫汉武还没请她吃饭，胡媚就说了，胡媚说她喜欢他。莫汉武得意洋洋地给大家看他的短信。他说，他明知道胡媚是和他开玩笑，但他还是直接回应了她。他说他也喜欢她。她问他喜欢她什么，他说喜欢有关她的一切。他问她喜欢他什么，胡媚说：

“因为我从来没见过一个男人跟女人说话还会脸红。”

要是胡媚有一天发现莫汉武根本不是这么个人，会后悔吗？这些折磨人的细节在脑子里滚了一遍又一遍，叶茨还是找不到解决问题的办法。他从上铺坐起来，看着夜色中的步行街上，人们三三两两地要么跑步，要么兴高采烈地谈论些什么。他跑到厕所，含着烟，抖抖索索掏了半天，结果打火机却掉进了下水道里。几乎是突然，他把烟咬断了。他不信自己做不成一件事。他痛恨自己对完全没有把握的事情如此上瘾。

周游他们在学校附近的茅坡村拍小电影时，叶茨还客串了一把。其中一场床戏，需要叶茨露出脸来。尽管在被子里裤子都没脱，他还是感到了羞耻。他以为自己一心只喜欢着胡媚，谁知道，和一个不太熟悉的女人躺在床上，竟然也能勃起。电影拍完，别人都往外撤，只有他僵在被窝里，好像还在留恋这个女人的温存。等到周游送走别人再进来，叶茨才开始穿上衣。周游瞥了他一眼，问，对这个姑娘有感觉？叶茨什么也没说，他脸色怪异，走路一瘸一瘸的，好像失去了平衡。

那段时间，同学们该找工作的找工作，该考研的考研，莫汉武也从宿舍搬了出去，叶茨想嫉妒都找不到明确的对象。有一天，莫汉武回到宿舍，见叶茨举着一支烟，便打燃打火机，递过来，还问：

“兄弟，还在写诗？”

叶茨嫌他语带鄙视，不免心头冒火，舔了下干裂的嘴唇，说，屁。也是说了这么一句话，好像才意识到自己态度恶劣了，又说，为毕业了该干什么郁闷呢。莫汉武说，我听朋友讲，边防也招人，我也想去。叶茨说，你不和胡媚好好的吗？你走了，她怎么办？话一出口，他就有些后悔，好像一不留神暴露出了他的担心。倒是莫汉武没注意到话里的意思，说，将来的事谁说得准？再说了，去部队上锻炼个两年不也挺好？一去就是副连待遇。

鬼使神差的，他和莫汉武坐上606路车就去了雁塔广场。应聘简历早就做好，他的成绩单马马虎虎，补考过十来门专业课。唯一不一样的，他复印了自己在周游那本刊物上发表的十来首诗。找到应聘的地方，穿军装的人翻了翻他的简历，打了个长长的哈欠，问他，理科生？叶茨点了点头。又问，喜欢写诗？叶茨又点了点头。又问了他家里什么情况。问了几个问题，感觉和参军毫无关系。出来后，叶茨头一个念头不是担心有没有选上，反而怀疑这些人不太正规。每天看着人越来越空的学校，他照例愤怒又焦虑。不承想，一个星期还没过去，接到电话，说要是体检没问题，就可以跟着他们走了。找工作不是应该很难么？他都准备好了吃点苦头。叶茨满脑子疑惑。可他顾不上思考更多。同学们都有了去处，他总不能再死皮赖脸找父母要钱了。听到莫汉武因为查出了梅毒落选，叶茨还有些失落。这么看来，他还要和胡媚继续纠缠了。

叶茨没时间整理这些乱麻了。周游听说他要去海南边防，还专门叫了几个玩得来的朋友小聚了一回。喝了几杯酒，叶茨的情绪才起来。周游说：

“海南好啊，有比基尼美女，还有走私船。”

剩下的话周游没说出来，但别人似乎都想到了。大家又使劲碰了一回，喝到快到熄灯铃响，才摇摇晃晃回到宿舍。

坐着火车一路南下，火车轮子咣当咣当响着，叶茨也以为终于熬出来了。部队集结在文昌。到了驻地，才真切体会到部队的生活并没有想象的那般惬意。根本不用他去拦截什么走私船，更别提什么阳光沙滩。连长听说他的特长是写作，就把写材料的任务交给了他。年中年底，没少熬夜。这他也认了。终于不用待在大学，不用受单相思的折磨，还有一群天南海北的战友一起训练，叶茨也没觉得部队生活有多可怕。要是还在学校，可能很容易就会看出他处境的可怜，然而这是在部队，每天都在忙忙碌碌地训练，他哪里有单独的时间和空间哀怨人生呢？

除了写写材料，叶茨很少拿起笔来。之前，他喜欢自由，受不得一点管制，稍微遇到点麻烦就牢骚不断，更不可能主动做什么事情；现在呢，什么事情来了，撸起袖子就干，也不和人计较。那些烦琐的公文，他理解不了，也会照领导的要求，一遍又一遍修改，改到领导满意为止。有时候领导嫌他理解不了，会吼，他有抱怨，也难过。不过更多的时候，他表现得特别谦虚，反而弄得领导没了脾气。日常的训练，也不甘人后，别人训练三个小时，他会给自己加一倍。他跑步，做引体向上，把自己晒得更黑了。

到了第二年，因为在各项训练中的优异表现，他受到了嘉奖。

其间，和战友们到文昌城里玩过一回，看到摆摊的人，看到眯着眼睛晒太阳的老人，看到街上的每一个人，都在专注地做着自己的事情，那些活泼的人生切面，就这样毫无遮拦地推到了他的眼前。他这才意识到，都过去了这么久，他还是没有找到人生目标。

正是最不甘心的年龄，哪能那么轻易地承认自己不行？转业的念头就是那时开始滋生的。都两年了，他还是习惯不了南方生活，这里潮热，成天浑身黏糊糊的，自己就像一条快要晒干的咸鱼。吃的喝的，永远有那么一股熏人的腥味。他怀念神木。那座从小长大的城市是脏了些，好像也没什么好玩的去处，却有他熟悉的一切。更何况，落后又能说明什么呢？恰恰说明这是一个有发展潜力的地方。父母也在催。

“你小学同学叶明远，你还记得吗？小时候经常来家里蹭吃蹭喝，现在可是发达了。他不知怎么就认识了买家和卖家，中间一倒腾，一分本钱不花，从去年秋天到现在，还不够一个整年呢，挣了八九百万，家里买了五辆车，喝酒洗脚，抢着买单。”

父母还说他孩子都有两个了。父母说来说去，就一个意思，眼看着黄金就堆在脚底下，就是没有精力去打捞。而他们培养了半天的儿子，都这么大了，钱和女人什么也没折腾下，竟然还沉得住气天天在部队里做操喊口号。

人们挖煤都挖疯了。父母急得要死。叶茨坐不住了。他好像这个时候才反应过来，对啊，当年追不上胡媚不就是因为没钱吗，而现在，父母给他指出了一条光明大道。

3

当兵第三年，叶茨转业，回到神木做了一名武警。

上班头一天，他到每一位领导的办公室都坐了坐。他给他们递烟，自己也拿着烟，好几次都差点点上。他这么转了一圈，得到最多的回应就是：你还这么年轻，好好干。他是想好好干，可也不知道能干些什么。二十六岁的他，之前除了学校，就是军营，过的差不多完全是一种理想主义的生活。有时候琢磨，他之所以能在部队里待那么久，说到底，那些独断，崇拜，集体主义，和他的诗歌信念不无相符之处。等到真的回来，他无所适从了。说是武警，还是干老本行，坐办公室，给领导写材料。他倒也没打算好好上班，问题是看到每一个人都比他脑子机敏，还是百般不适应。坐到办公桌前，他展开纸，写了一个简短的计划。话简短，内容也不少。比如，要找一个结婚对象，要攒人脉，要赚钱，几乎每一条，都需要他投入大量精力。

同事好心问他，找对象有什么条件。他说，能有什么条件，女的就行。说完还打了个哈哈。他认为自己的毛病一大堆，哪里还敢要求对方？

虽然经常因为想女人想得发狂，但他认为自己早就不会和女人沟通了。谁知同事却上了心，不久，同事抄了个手机号和QQ号给他。

“她叫贾丽，你们先聊聊，合适了就见见。”

姑娘在幼儿园上班。头一回见面是在肯德基。按约定时间，到了门口准备联系她，才发现贾丽早就坐在那里了，还给他点了一杯柠檬茶。姑娘并不是他喜欢的类型。长相不入他的眼，另说，主要是她的话太多了。他不明白，她怎么能做到一副和他自来熟的架势。她好像恨不得一口气把这半辈子的事全抖搂出来。说了那么多，叶茨就搞明白了一条：她二十五了，虽然工作一般，但因为有个在武警工作的亲戚，一家人在神木过得也还行。单单活下去是没什么问题，只是成天和一群小孩子打交道，也让她困惑：

“难道这一切就是我想要的生活吗？一辈子呀。”

后来，叶茨反复回想，他之所以没注意到更多的细节，就是被贾丽这句话蒙蔽了。他一下子找到了认同感。他甚至都没想到她会那么自然地叫他“小叶”。她问起他之前的经历。叶茨说从学校一出门就去了海南边防。不光是海南，还是边防，姑娘好奇得不行，问，那应该很有意思吧？能有什么意思呢？天天看守一片西瓜地。他的脑子里闪现出自己趴在办公桌前写材料的情形。可能他做梦都认为就是守一片西瓜地也要比写材料有趣吧。他散漫又夸张地说起在海南的生活，间或把听到的一些传闻杂糅进去，好像他的那段人生也并不是他曾经认为的那么平庸、乏味。贾丽明白他是在说笑，托着腮，等着他再讲下去。他说他就是因为做什么都是一股学生腔，所以吃了太多亏。他说起当年写诗的岁月，那些让周游惊为天人的语言天赋，不过是他东拼西凑起来的。他说的全是实话，只不过感觉更像是谦逊地评价自己。他挑挑拣拣，专门为贾丽炮制了一副形象：作为一个有才华且理想并未幻灭的转业军人，他正津津有味地与火热的时代打成一片。就是讲起这些，他也是特别的无辜。好像他在学校、在部队过的那种理想主义生活，那时时刻刻为信念而牺牲的价值观，一下子就灰飞烟灭了。生活变成了无数碎片。“我现在就是在打捞。”他用了个巧妙的双关语，好像他变得那么市侩，也并没有忘记曾经的理想。他谈到如何挣钱时，贾丽的眼睛已经瞪圆了，好像那些她平日里只敢在心底幻想的场景都被他轻松地描述了出来。他甚至不无轻佻地暗示她，只等后院安定下来，他就可以轻松出击了。喝完柠檬汁，贾丽仍没有要走的架势。叶茨看了眼手机，说，快到饭点了，要不我们换个地方再聊?

贾丽嘴里还含着饮料，忙不迭地点头。直到站起来，叶茨才看清她的身高。好家伙，比他还要高半头。等到吃完饭，到了家，他还是想了半天，琢磨该给她发一条什么样的短信，删减了半天，最后也只是不咸不淡地问候了一句。在短信里，两个人又聊了半夜。

“我才反应过来，你说你还写过诗?”

“做学生时不知天高地厚，瞎胡闹呢。”

“长这么大，我都还没收到过诗。”

叶茨好像听到了姑娘的叹息。他说了句你等着。结果熬到第二天凌晨，才写出了半页分行的句子。他头一回感到无话可说。他想不起当年是怎么在日记本上填满整页整页对胡媚的思念的。第二天要不是贾丽问起来，叶茨可能还要持续沮丧一阵。他说写得太垃圾了，再给点时间。这话很直接了。贾丽说她一直听人们说什么一见钟情，她还以为他对她有点感觉。叶茨忙不停地解释，说是当兵几年，净写材料，得换换脑子。

有空就见面。白天如此漫长，夜晚太短了。好像因为贾丽，叶茨又恢复了活力。照贾丽的话说，他是她喜欢的类型，高，瘦，斯文，看上去有点羞涩，认清他本来面目了，感觉还挺男人。部队留在他身上的痕迹慢慢消除了。简直有说不完的话。也没什么内容，好多时候，都是她在那里说个没完没了。大中午的，她也来找他，说是得盯紧点，怕他被别的姑娘撬了。贾丽这么说话，叶茨内心里是高兴的。他从来没觉得自己会在一个人的心目中这么重要。吃了饭，她还要去他的办公室坐一坐，进了办公室，又死活赖着不走。他总是说，再不走，同事们来上班，看见我往办公室里带女的，怕是影响不好呀。她就说，你老实交代，是不是经常往办公室带女的？见叶茨不说话，她又说，看来被我说中了。我真走啊。可出了门，她返回来，推开门说，我真的走了啊。叶茨说，走吧走吧，你下午不是还要上班吗？她拉上门，在外面站了会儿，好像还听见他在哼歌，又猛不丁地推开，说，我走了，你都不出来送送我啊。叶茨好像被她孩子气的做法逗着了，说，哎呀，别折腾了，快走吧，时间真不早了。贾丽出了门，想了想，却又返回来，再推开门，说，叶茨，你好没良心，我走了，你是不是可开心啦，还唱歌。叶茨说，那你让我哭？你这是没完了吧？贾丽好像是神经质了，过了一阵儿，又来推门。她还没开口呢，叶茨却笑了起来，说，你简直就是个孩子。贾丽被人当作孩子，好像还挺享受的。过了一段时间，叶茨才反应过来，他自己都还没长大，哪里有经验照顾一个二十五六岁的孩子？一个二十五六岁的孩子，想想也挺可怕的。

他的精力旺盛得出奇，恋爱就够折磨人了，叶茨还想着怎么发财致富。都这个时候了，他哪里坐得住呢？回到神木，人们就关心一件事，怎么在煤炭生意中插上一手。那么多人都发财了，稍微用点脑子就能发财，能不蠢蠢欲动么？他和每一个相熟不相熟的人打听，问有没有什么门路。一晃又过去了大半年，一桩生意也没谈成。还是贾丽点拨了他。大生意做不成，完全可以做点小买卖嘛。

他在一中对面开了个话吧。得空了，他就守在时常清冷的话吧里。虽然没人，却也能从日常的枯燥中回过神来。他也算是有副业的人了。他看得见店门口走过的每一个人，也听得见隔壁孩子们打游戏的吵闹声。他知道自己不是孩子了，可正在做的这些事情又让他不停地懊恼，他到底还是孩子气了。那么多能挣钱的门路不去琢磨，怎么偏偏就开个话吧呢？他竟然想着一本万利。他看着门口的人，不知道他们接下来会走向哪里。他这么想的时候，就会继续想到接下来路过的每一个人。一天当中的大部分时间，他都在那里走神。从前梦想闲散的生活，等到真的坐在这里，他才明白无所事事的生活也实在煎熬人。

他喜欢神木的夏天，空气清新，二郎山上还有松树的香味。这个时候，他才感觉到这是他真真切切的人生，是无趣了些，不过命中注定，这是属于他的生活。偶尔和贾丽不说话了，他站在二郎山顶，看着远方，会无端想起和胡媚在终南山度过的那几天。不过这样的时候并不太多，他一直在考虑，贾丽到底适不适合结婚。

有几天，贾丽来找他，问他怎么不给她打电话。他嫌她质问他，声音不免高了些。贾丽态度倒是软了下来。叶茨越发感觉没意思，好像真是烦厌，竟然连个架都吵不起来。到头来，还是贾丽问他，叶茨你是不是一直都这么始乱终弃。这话难听了。他更不想解释。贾丽又说，一个男人狠得下心来，肯定是有了第三者。她见他没反应，就伸手抢他的手机。手机里其实也没什么秘密，他还是被她的行为激怒了。一个女人的脑子里成天琢磨的都是宫斗戏，他怎么喜欢得上来呢！这话还不能说。要说出什么宫斗戏，贾丽马上会咦一声，好像他太看得起自己了，动不动就把自己当国王。他夺过自己的手机，态度恶劣得很：

"你他妈能不能不要这样？你他妈的知不知道你这样做就像个神经病？"

贾丽问他凭什么骂她妈。他怎么是骂她妈呢？这是语气助词。语气助词，你不明白吗？贾丽肯定是被他狰狞的面孔吓着了。她连说了好几个好。她问他是不是又有别人了。叶茨说，我天天和你在一起，去哪里找别人？贾丽说，既然没有别人，我看看你的手机，你干吗那么紧张？叶茨说，隐私你懂吗？你懂不懂尊重一下别人？贾丽再次笃定地看了他一眼，好像越发认定他出轨了：

"前两天我去看大仙，就说你这个人手里还有一个姑娘。看来真是被说中了。"

他没想到都什么年代了，竟然还会有人去相信一个素不相识的算卦人。他和她价值观完全不一样嘛。他想起有一回在她家里，不知怎么就说起了自己的哮喘。她妈肯定没反应过来他为什么要说这一茬。这个快六十岁的女人说，哮喘啊，哮喘是大不孝，以后孝顺一点就好了。这是什么样的对话呢？他憋得慌，再不想多话。这都是什么样的母女？他还是不吭声。贾丽活生生把火气压下来了，又问，叶茨你到底想不想结婚。他从来没料过一个女人竟如此渴望结婚。他想起胡媚甩他时的冷漠，鬼上身似的，说，结婚？你觉得我目前一事无成的德行，你敢嫁吗？贾丽说，不是我敢不敢嫁，是我问你还打不打算结婚。叶茨被她的态度彻底惹恼了，说，结个屁。

“好你个叶茨，你不和我结婚你早说呀。我好傻呀我。”

“你就是个傻瓜，你的所作所为，都让我觉得恶心。我真是痛恨自己的眼睛，我怎么会认识你。”

叶茨没来由地一通夹七夹八，直骂得贾丽摸不着门。到了后来，她缓过来了，开始还击。两个人把对方的缺点数落了个遍。原来两个人都在忍着，这下好了，不用再刻意表现了。

过了两天，有好几个同事和叶茨聊天。他们委婉地夸赞着贾丽，还说他的眼光好。看来这是她找人来劝和了。说这个贾丽挺好的一姑娘，好好处吧，不要这山望见那山高了。原来贾丽是同事的亲戚。说是同事，也是局里的一个领导。同事都和人说了，准备吃他叶茨的喜糖了。听说的人都附和，说叶茨这个小伙子人不错。

本来，吵完架，叶茨也后悔。他知道她如何鄙视他，都是一时意气用事。他只是没想到她的补救方法是找外援，好像搬出她的领导关系就能让他乖乖就范。一想到得因为这些去妥协去道歉，叶茨就特别地愤怒。一直以来，他痛恨的就是这样的人，谁知自己却不明不白卷进了这样一种关系网里。

不知道是因为吵架伤了神，还是确实没有用心工作，这天，领导把他叫到办公室，问了他到底怎么回事。没头没脑的话，叶茨听得心底发虚。嗫嚅着，半天没说出一句囫囵话。领导说，你是不是嫌我们这里庙太小？领导说的话越发直露了，说，我倒是听人说有的同志正经工作不好好做，竟然一心想着吃夜草。你还是军人?！叶茨知道领导这是在批评他了。他站得笔直，只是不停点头。

有一天，和远在北京的周游打电话，不知怎么说到了部队上的事，周游问他这么多年都在部队里干了些啥。

“能干啥，天天看守一片西瓜地。”

关于在海南边防都干了些什么，叶茨最喜欢和人说的就是，看守一片西瓜地。好像这么自嘲一下，也比成天苦哈哈地写材料要体面。后来，叶茨还是没忍住诉苦。他说他转业回来，以为能搞点煤矿生意，谁知道还是坐办公室，写材料。

“当年要不是被你毒害了，去写什么诗，我能成个这？”叶茨好像也被自己的怨天尤人吓着了，“你说说，为什么大家一听说我的特长是写作，就让我去写材料？”

周游现在电视台做编导，说是编导，其实也就一临时工，上面有什么任务了，需要个什么样的片子，他就拉起一帮人拍回来。周游说：

“兄弟，不要发牢骚了，来北京转转哇。”

4

终于从安河桥北地铁站走了出来。

周游偏着腿，骑辆自行车在那儿候着。叶茨本来失魂落魄的，见到周游，好像这才踏实了，上去就杵了他一下，说，几年没见，兄弟，有点意思了啊。周游双手从蓝色牛仔裤里抽出来，摸了摸自己的平头，说，靠，上车哇。叶茨坐在后面，看着一路上的车和人，想，这就是北京啊。他长吁了一口气，好像自己的心胸也跟着舒展了起来。到了租住的地方，电视里还在播放残奥会的闭幕式。周游问，还想见谁？他说话的口气，好像只要叶茨吱一声，就能把他想见的人都喊出来。叶茨说，你决定哇。扫了两眼，周游给几个在北京的同学打电话，不巧得很，都有事。周游说，算了，就咱俩出去喝一口吧。还没走出小巷，就听见响声不断。叶茨问是什么声音。周游说，刚刚不是在电视上看了吗？运动会闭幕了，在放烟花。叶茨像是才反应过来，大笑了几声：“你总算到北京啦！”

饭馆是小了点，木炭铜火锅架起，却也吃得人浑身冒汗。一人喝了瓶啤酒，又上了两瓶。快吃完，叶茨才擦了擦眼镜，问：“我过来，不会影响到你和小董吧？”

“快别提了。我这成天都是拍些突发事件。你知道小董怎么说我吗？说我就是雷声大雨点小，拍电影拍电影，三年了，拍了个屁。”

叶茨知道小董研究生学的就是电影理论，毕业后就留了校搞电影史研究。他听周游大概谈过，刚好上的那阵子，周游动不动就拍些 DV 短片，小董好像是相中了他在电影领域里的才华。他也确实和人说过，侯孝贤、杨德昌、姜文、贾樟柯的能耐，早琢磨透了，黑泽明、小津安二郎、克日什托夫·基耶斯洛夫斯基的底细，他也清楚。但凡和人谈电影，他脑子里马上就能给人排出一部戏来。结果小董研究生都毕业两年了，周游的剧情长片还是停留在酒后牢骚阶段。叶茨想象不出小董发脾气是什么样子。他见过那个姑娘，小巧，一笑两个酒窝。在学校那段时间，周游和小董这一对鸳鸯，大家都看好，叶茨私底下没少表达过羡慕。叶茨说：

“小董还会欺负你？”

“唉，别提了。”

周游说他现在电影理论、胶片观摩都差不多了，就缺一样，成块的时间。叶茨只是说：

“这两年我还在村里当村官。你抓紧，群众演员不要你一分钱。帮着宣传宣传咱村就中。”

周游连说几声操，举杯又要碰。叶茨说，我真是没你那么多想法，我要是有你的脑子，你说提个摄像机在神木扫上几圈，剪个纪录片什么的，会不会也在戛纳获个奖？周游眼睛也直了，说他夸张了。拍个纪录片要什么思想呢？

“最重要的是运气。”

这句话像是戳到了叶茨的心窝子里。他自认为智商不算特别高，不过比起周围的人，也不算特别差。看到他们倒卖煤炭，做得风生水起，而他，死活用不上劲。这不是运气差又是什么呢？他夸张地讲着神木的煤炭帝国，那些道听途说的故事，曾经诱惑过他，折磨过他的幻想，再次激活。

“不说拍别的，就拍点人们躲债追债的故事，也很牛。”

至于这样的故事到底如何与众不同，叶茨也没说出个所以然。后来就谈到了电影节。周游说，你有那么多优势，又认识不少煤老板，完全可以搞个策划嘛。搞个电影节怎么样？周游好像也为自己灵光乍现的想法激动了。叶茨还有些疑惑。周游说，就是套钱嘛。你天天吆喝，说要“倒煤”，说到底还是缺个平台不是？你有了电影节这个融资平台，钱不都流进来了？叶茨还在等着他继续往下说。周游说，要闹就要闹得像个样子。周游提到了几个关键词，纯正，自由，多元。周游甚至暗示，他和贾樟柯见过几面，如果能把他的关系用上，不愁找不到导演来参展。在周游的描述中，电影节已然办起来了。叶茨连说了几句我真没用。他好像在纳闷自己怎么就没想出这么好的点子。他喝多了。周游还在那儿说话。他说到了北京，这么大的地方，不能漫无目的地瞎转，得有个计划。

“我都给你安排好了。吃地道北京馆子，逛南锣鼓巷戏剧节，兄弟想看看装置艺术，还可以去798。这么一圈下来，北京的精粹差不多也得一半了。”

周游的舌头已经卷起来。叶茨只是嗯嗯。到了周游宿舍，脚都没洗，就沉沉睡了过去。

第二天起来，周游已经上班走了。叶茨洗漱完，做了四十个俯卧撑。喘着气瞪着外面的街道，也不知道该往哪里去，索性缩在电脑跟前听王玥波讲评书。中午周游打过来电话，叶茨放下还没吃完的方便面，说他刚去外面吃了驴肉火烧。周游说，靠，晚上等我，一起去王府井。叶茨说，去什么王府井，带我去个接地气的地方。周游说，那就西单吧。

也是等到酒醒，叶茨才特别地懊恼。他想起自己喝多了酒，虚张声势，气焰嚣张的样子。他总是这样，平日里言语沉默，做什么都谨小慎微，喝了酒，就完全变了一个人，好像整个人都热情有力，散发着无穷的光芒。只有他自己明白，自己是如何脆弱可怜。只有仗着酒劲，他才会骂看不惯的人和事，才敢去抱那些平日里都不敢正眼看的女人。就像现在，酒醒了，满脑子全是后悔和可怜。别人都在生气勃勃地生活，他跑到这里来是在干吗呢？吃泡面，看电视，神木不能看吗？

他是临时决定马上回神木的。到了西站，叶茨才给周游打电话，说家里有点事。他说的语气那么急迫，好像他真是忙得不行。周游又连说了几句对不起，表达了很多遗憾。叶茨说：

“我代表我们村九百多人欢迎周导来投资拍电影。”

周游笑起来，叶茨也跟着哈哈大笑。周围有人在看他。挂了电话，叶茨在大厅里站了一会儿，上车时间还早。他看见一个女人带着个孩子走过来，问能不能给她一块钱，她就差一块钱买票了。当时他还愣了一下，想不明白为什么要给她一块钱。女人见他疑惑，掉转头又拉住了别人。他整个人骤然停住，掏出钱包，想都没想，就给了她几张五十还是一百。而女人呢，仍是不卑不亢的，说了个谢谢，顺手把钱放进口袋，又去扯另一个男人。他看了半个来小时，女人十回有五回都能成功。也是看着这个女人，叶茨又认真地想了想昨晚周游的提议。他要是也有这么好的耐心，只要他把方案做得足够吸引人，神木那么多老板，就没有一个欣赏文化的吗？有那么一个，一个就够了。

火车出了石家庄，突然慢下来。暮色中，他看见火车在隧道里进进出出，一些含混的想法正在他的脑子里形成。他想起这么多年自己的所作所为，也不算是太敷衍，只是总缺了那么点坚持。他翻开理查德·耶茨的《革命之路》，是从周游那儿拿的。他没怎么读进去。有小孩在哭闹，还有人在大声地唱着歌，方言太重了，他没听明白，倒是其他人听一句，就哄然大笑，还拍掌叫好。他皱着眉头扭过去，看见他们戴着一样的黄帽子，意识到他们这群老人刚刚朝圣完北京，兴奋劲儿还没过去呢。叶茨侧了侧身子，挑了个舒服的姿势，看见身旁的姑娘正举着葱白的胳膊涂口红。姑娘涂得那么专注，抿完嘴巴，又张开嘴，喝了口牛奶。这时车到麦城，姑娘提着包，要他让一让。整个车厢都没几个人了。他再次翻开小说，看到男女大吵一架的时候，突然嗓子紧了一下。他不知不觉就沉了进去，想着那个男人怎么可以如此执拗，难道他就看不见这个女人的困境吗？他再次看了看作者简介。很久之后，他还会和人谈起他读过的不多几本小说。关于这本小说都讲了些什么，印象不深。他总是说，那个作者挺帅的。他好像还沉浸在最初阅读的震惊里，完全难以想象，一个长得那么好看的男人，竟然对人世领会得如此通透。他唾沫横飞，又着急，又真诚，特别渴望一个理解他的人去看看那个男人的长相，好像这样也就理解了他，理解了那作品的格局。

5

元旦前一晚，周游打来电话，说已经下了火车，从榆林坐上了大巴。

大巴车上，一直在放金源时代激情之夜的碟片。周游看了一阵，开始还跟着笑，后来脸就有些僵。邻座是个姑娘，一路上与人大谈办彩妆培训如何赚钱。有时候听到电视里带有性暗示的对话，她总是低下头，干净的耳根发红。周游不觉看得呆了。还是姑娘把眼神迎过来，他才扭向窗外。一路上就这么东张西望。快下高速时，看到灰突突的窑洞，不远处直插空中的烟囱，因为修高架桥满山挖得乱七八糟，他一拳砸到靠桌上，坐上叶茨的夏利车，周游的情绪还没有降下来。

“那村子，那窑洞，真叫个绝了。真牛的诗意。好莱坞搭的场景也不过如此。”

周游一心计划的是马上投拍的片子，叶茨只是盯着前方的路，没有接茬。周游搗了他一拳，问咋啦？叶茨说，不咋，女人的那些事。到了土菜馆，上了两扎啤酒，周游又说开了电影的事。他问叶茨：

“你有信心吧？啊，来，我们先喝了这杯酒就决定拍啊。”

“都这来大岁数了，钱和女人，啥也没闹下，生活压力大呢。”

一句话说得周游倒笑了。叶茨说他现在还要给原单位写材料，又是村里的支部书记，话吧倒闭后，又和朋友合伙开了个台球厅，每天东奔西跑。周游听出叶茨话里的意思了。

“知道你忙，忙一点充实。说正经的，你看看，我把配音的那些碟片都带来了。”

叶茨推了推眼镜，好像这才回过神来，说：“我去，你这回是当真的啊。拍不拍，你说了算，你是导演吗。不过得空了，你可以去咱村里看一看，先采下风。”

周游听得笑了，放下杯子，又从包里拿出黑色墨镜往脸上一蒙：

“像吧，还像吧。听我说，叶子，片头片尾我都想好了，片头要打一个‘神木电影公社’，然后是哗，大提琴起，然后女人走过来。你想想，这张力，这诗意——”

“可是厚重感呢？”叶茨喝了两杯酒，疯闹的劲儿也跟着上来了。

喝酒的间隙，叶茨给职业技术学院的朋友打电话，说是来了个北京的导演，要去学校挑演员。吃了饭，面了几个学生，孩子稚嫩得很，离周游想象中的场景差得太远。演员迟迟定不下来，叶茨说他还得去照看台球厅。玩了会儿台球，他说：“要不这样吧，旁边就是网吧，你先去那里把剧本写出来，完了晚上我们再讨论一下，看看有没有拍的必要。”

周游说好。其间，叶茨进来几次，看看剧本的进度。周游戴着耳机看《偷自行车的人》，看一阵儿，就写几行剧本。到十一点多，凑了二十来个镜头。叶茨再进来时，周游说差不多了，剩下的可以现场发挥。

第二天，叶茨又叫了几个朋友过来。他扛着借来的摄像机，对周游说，这就拍啊。周游说，拍不好，就在你的村里待着，我就不信熬不出一部好片子。同来的几个人就笑。去村里的路不好走。叶茨一直在说话，他说山上种树的每个窝子他都熟悉，是一个一个数出来的。有人问他数没数过村里的留守妇女，叶茨不说话，只是跟着哈哈笑。倒是周游没怎么吭声。看见土灰的山岭，周游也晃动着摄像机拍。看见一个小镇，周游也要停下来拍。镇上的人很好奇，看见摄像机上“神木电视台”的字，还是很配合。只是他们不明白周游对着那些常见的小市场晃来晃去晃个什么劲。叶茨也不明白，周游说，就是要拍这样一些空镜头，到时做后期剪进去，可以转移人的审美疲劳。叶茨没想到周游会讲这么书面的话。好在周围的人除了张望几眼，也没凑过来。

看见桥，周游说：“这桥真好。”

看见跑着的狗，说：“这狗真好。”

看见村子里新建起来的剧场，上面署着“和谐剧场”四个镏金大字，说：“这剧场真好，比北京的人艺都有感觉。”

村子叫白孟庄。白孟庄没什么人，安静得只听见狗的叫声。走了一会儿，穿过好几户人家，不是因为房子太破不满意，就是因为房子上了锁进不去。好不容易找了家门开着的，里面却有一只大狼狗在院子里蹲着。叶茨叫了半天，也没见人出来应答。周游走进去，趴在窗户上往里看，只有一个小孩在桌子跟前做作业。周游咬着舌头说，能不能把你家借一会儿？小男孩有些腼腆，什么都没有说，埋下头，跑出去赶狗。狗的声音低下去，叶茨说，就这？周游说，就这。他开始给演员讲故事。

没有移动轨道，周游就把摄像机放在平板车上。平板车是房东装垃圾用的，里面尽是狗屎，冻得硬邦邦的。叶茨边干活儿边说：“这个道具好，太伟大了，也只有我们能想得出来。别人肯定也能想到用平车，但谁会想到还会用装狗屎的平车呢。”

从窗外拍室内的镜头时，高度不够。叶茨在旁边喊，给我们周导把那个垫脚箱拉过来。几个人扶着平板车，周游一步跳上去，让演员靠在炕边瞪着看天花板上的旧报纸。

正忙个不停，房东回来了。看着满院子陌生人，她有点不知所措，以为发生了什么事。等叶茨说了下大致的意思，她明白了。进去端了杯茶，就站在狗窝旁守着，好像生怕狗乱叫，影响拍摄的效果。下午三点，周游想看看先前都拍了些什么。可是打开一看，才发现，叶茨居然把录音的那根线插错了，整个就是一默片。周游的脸色一下子变了，直喊算了，算了。到底没忍住恼火，冲着叶茨叫唤，说，你做的都是些什么事儿。叶茨倒笑了起来：

“没有场记没有编务就是不好。不过，你也不要着急嘛，你看看总共也才拍了十来分钟，大不了重拍一次。”

到底是导演，周游压下火，又重新开始。看到镜头里的演员表现得越来越自然，周游说：“绝了，绝了，有戏，有戏。我要把拍的这几个镜头卖给贾樟柯。贾樟柯拍的也不过尔尔。”

“是几组镜头，不是几个镜头，一定要专业，要用专业术语。”叶茨好像比周游还兴奋。

叶茨时不时地就会想起这回跟着周游拍电影的事。他总想着电影是工业，复杂得很，却没想到自己动起手来，会如此简单。当然，更多的时候，他想起的都是拍了半天，结果发现没有声音，还得从头再来的情形。他不太相信命运，只不过在反反复复的回忆中，某些场景被强化了。有一个场景他一直记得，村里空荡荡的戏台前，他们推着平板车凝神屏息，生怕弄出意外的举动，毁了正在拍摄的好戏。空寂的村子里，困在笼子里的狗也不叫了，只是瞪着眼睛看着这群来历不明的人。

片子没剪出来，周游就回了北京。叶茨有时给他打电话，问起电影后期的事。那头的周游好像忙得不行。倒是叶茨却像上了瘾，成天想的都是怎么策划神木电影节。

又过了半年，周游打来电话，说他准备结婚了，姑娘搞的是外贸生意。叶茨心里一紧，知道周游的电影到底也没挽回小董的心。还能说什么呢？恭喜完了，又说他拿出了电影节的可行性报告。

“你帮我改改。”

周游好像蒙了，脱口就爆了句粗话。他看了两眼报告，给叶茨打电话，说写得太随意了。叶茨问，然后呢？不能给个具体的建议吗？周游说我再想想。过了些天，周游也没联系，叶茨也没多问。

有一回喝酒，碰到县旅游局的人，酒喝多了，说起搞电影节的事。对方兴趣很大，说，你拿个方案嘛。虽然是酒后的话，第二天，叶茨还是把方案发了过去。又上网搜了半天贾樟柯，看见有他工作室的联系方式，打印了一份寄给了他。

仗着喝多了，叶茨给周游打电话，说：哥儿们，兄弟已经将可行性报告寄给贾导了，你能不能通过关系提醒他一下，这样兄弟的事情就可以往前再推一推。周游那边像是在参加什么酒局，嘈杂得很，不过并不影响周游说教他，你丫能不能现实点，瞎吹吹牛乐和乐和你还当真啊？叶茨说，我怎么就不现实了？你不知道我有多厌恶这个地方，冬天漫长，春天也是那么短，我成天就在这里走来走去，周遭的一切就像是一座监狱。要不是你来拍什么电影，鼓励我搞什么电影节，我差点就以为我会死在这里。他没说只有真正拿上摄像机，到处和人联系，才真正感觉看到了那么点希望。

周游嫌他矫情，态度相当不友善了，说，你这是又喝酒了吧？你要是成天就这么喝下去，别说拍电影，你就是看电影也未必能看懂。

"你就说吧，你帮不帮兄弟。你要是兄弟，就帮兄弟最后一个忙。"叶茨大着舌头，感觉自己像是正在谈一笔大买卖。

"帮个屁，你以为我是谁？兄弟我都三十岁了，掂量掂量自个儿，务实点哇。"

醒来后，叶茨差不多忘了自己说了些什么。

接下来的一年他没闲下来，父母催他见姑娘，都是抽空。遇到孟小冬之前的那一阵子，除了搞策划，就是读小说。他可没少读小说，福楼拜的《包法利夫人》、托尔斯泰的《安娜·卡列尼娜》、索尔·贝娄的《赫索格》、约翰·威廉斯的《斯通纳》、乔纳森·弗兰岑的《自由》，都看了。

看得多了，他惊恐地发现，自己也是那个愚蠢又懦弱的郊区男人。只是属于他的那个爱幻想的女人呢？他甚至不无绝望地想到，要是读过这么多小说，最终还是选择那样一个女人，只能说明他的智商确实有问题。

他感觉孟小冬不像是那样的女人。姑娘听说他在搞电影策划，还挺欣赏，说年轻人就得努力折腾，至于能不能成，并不重要。这话叶茨爱听。到了这个年纪，他找女人不像从前，想着能不能聊得来，而是看她们能不能给自己的生活带来点积极的变化。孟小冬能不能给他带来积极的变化，叶茨也不敢确定，只不过感觉她像是个通情达理的女人。

正说着话呢，周游打来电话，说贾樟柯去榆林了，你知道不？叶茨就哈哈笑，说，真的假的？送上门来了，铁定得去看看。挂了电话，又问孟小冬，这就去榆林和贾导商量合作的事啊，想不想去玩一趟？孟小冬倒是识趣得很，说，你忙正事吧，我这两把刷子还能上台面？不丢你的人了。周游就说，看你说的。临别，他和孟小冬留了电话，还说要多联系。姑娘笑了笑，说，就怕你没空。

到了榆林，也找到了贾樟柯住宿的酒店，却一直等到晚上酒宴的时候才见到贾樟柯。喝了点酒，叶茨什么都不怕了，走上前去打了个招呼，直接就说起了要办电影节的事。贾樟柯态度也很好，说，这个想法很好，你办吧。虽然这话说了跟没说一样，叶茨还是兴奋得很。他跟贾樟柯合了张影。事后还不忘发给周游。打电话的时候，叶茨还没扔下酒瓶。他嘴里全是天马行空的想象，好像电影节马上就成了。

周游啊啊了几声，说信号不好，先挂了。挂了电话，叶茨又给熟悉的人拨电话。给贾丽拨，贾丽直接就挂了。又给单位没结婚的同事拨。开始她们还很惊讶，好像没想到这个时候他会打来电话。说着说着，叶茨嘴里就是胡话了。她们挂了电话，他又给结了婚的同事打。他好像激动得不行，要把得到大导演支持的事告诉给每一个人。

第二天醒来，叶茨才后悔。他看着手机里的通话记录。他竟然在酒后给单位的那么多女人打过骚扰电话。他想起平日他还像个人样，没有想到自己喝了酒会是那样可怕，哪里还有什么德行？他完全想不起自己都说了些什么了。有那么两天，他提心吊胆，生怕别人问他为什么喝那么多酒。结果根本没人注意到他。

没人问他喝酒的事，也没人关心他的电影节。

6

单位的事能躲他就躲了。

叶茨动不动就去电视台借摄像机，亲戚还纳闷，他一个写材料的，成天扛着个摄像机干什么呢？叶茨也不解释。平日里，他在大街小巷乱窜，看见有意味的镜头就拍下来。周末碰到孟小冬加班，他就开着夏利车满山转悠。有一段时间，跟中了邪一样，竟然动不动就跑到贺家川专门拍黄河，好像滚滚流水里有太多值得玩味的镜头。后来索性放下摄像机，只是捡些样子特别的石头。烈日底下，翻捡石头到底无聊，索性枯坐在河边。刮风去，落雨也去，有两回睡不着，大半夜也开着夏利车跑过来。黑夜里，听见大河滔滔，真是惊心动魄。

积攒的素材一多，他又去网吧下载了个视频剪辑器，剪了两个十几分钟的短片。发在人人网上，同学们还点了一圈赞。点完赞，有的同学说没有看懂，为什么要用那么长的镜头一直拍黄河流去呢？叶茨就笑，说他拍的是时间。这话还是有些装。他在黄河边一坐就是半天。也不是多么喜欢黄河，就是窝在这里的时候，才觉得心里不是那么麻烦。

他无数次有跳进黄河的念头。他看着浑黄的河水不断地流淌，好像那流逝的水中有无穷的诱惑。确实他是想通过摄像头展现他的忧伤和绝望。事实证明，连最熟悉他的朋友们都没有读懂他内心的隐秘情感。到了最后，他也只能跟着大家哈哈一笑。清醒了还会暗骂自己几句。

电影没拍成什么样子，单位新来的领导听说了他的导演能力，元旦的时候说是内部办一个联欢晚会，要他来搞策划。和周游说起这件事，叶茨还有些悲愤，说这是把他当什么啦？他的才能难道是用来排一个不入流的联欢会吗？倒是周游适时打断了他的话，劝他，难得有领导欣赏，干吗不好好表现一番？

叶茨不喜欢周游用这副口气说话，过去那个能和他一起说说笑笑调侃生活的朋友不见了。他有些泄气。不过冷静下来一想，又感觉周游说的句句在理。这么多年，除了在相亲的时候，和那些陌生的姑娘吹吹牛外，他的生活一点起色都没有。说到底还是不成熟啊。等到有一天和领导们吃完饭，他主动跑在前面又是推门，缩肩耸背，让领导先出门，看着他们坦然地坐上了车，才觉得前所未有的踏实。

周游在老家蓝田办婚礼那天，叶茨和几个同学跑过去参加了。朋友们在车上有说有笑，他偶尔也会说起和周游干过的糗事，还说他做梦也没想到周游真的会和一个与小董完全不一样的女人结婚。

等到真的看到了新娘，叶茨好像又理解了。新娘要比小董更漂亮，至少化妆后看起来是这样。周游一口一个我媳妇儿，介绍叶茨时，说他是诗人，是导演。周游说得那么随意，叶茨却听得有些别扭。周游和他们打了个招呼，又去招呼别的客人。在婚宴上，叶茨也没有闲下来。他照例打开摄像机，胡乱地拍摄。典礼开始前，叶茨坚持要新娘对着摄像机说点什么。新娘到底对着摄像机说了些什么，叶茨并没有听清。也是在镜头下，他专注地看着新娘。他也暗示过自己，这是兄弟的婚礼，他来了，应该为兄弟高兴，应该为他们祝福，可他只是盯着新娘，好像躲在镜头下，才不会说出冒犯周游的话。他也不是担心冒犯周游，他担心自己要是说出一些煞风景的话，肯定会让人觉得可怜。他越是想着自己不要表现成那样一副讨人嫌的德行，内心就越是蠢蠢欲动。他明白他这是在嫉妒了。多么不幸，他竟然是这样一种人。难道周游早就发现了？要不然，他怎么就突然冷淡下来，再不和他谈论什么梦想、人生的意义了呢？

在饭桌上，七嘴八舌，说谁又生了小孩，又谈论工资，比较待遇。叶茨叹了一口气，说：

“当年那么看好的一对校园情侣，居然说散也就散了。”

然后就有人提到了莫汉武和胡媚。他们说莫汉武毕业了一直在跑保险，而胡媚呢，去了电视台。在学校的时候，他们就不看好这一对。果不其然，毕业没多久，莫汉武有一回就冲进电视台，对着一个什么制片主任扇了几耳光。说的人脖子通红，兴奋得很，在他形象的描述中，这个莫汉武居然表现得挺爷们儿。他们说得那么开心，好像胡媚搞出的这档丑闻，让他们彻底松了一口气。有人可能注意到了叶茨的脸色，认定莫汉武输在了职业的欺骗性上。胡媚那样的女人怎么可能找一个跑保险的呢？甚至到了最后，好几个人都在羡慕叶茨，说他是部队转业的，工资高，工作又轻松。

“要不然怎么会有那么多时间培养自己的爱好？”

叶茨借着酒劲儿，表面谦虚几句，曲里拐弯地也讲了不少大话。中途，他上了个洗手间，对着镜子洗手时，他看着镜中的自己，又是挤眉又是弄眼，好像只有做着夸张变形的动作，才能让自己清醒过来。

临别时，周游还说，兄弟到时把片子剪出来发给我们啊。叶茨说好好好。在路上，几个人说起周游，其中一个说周游好像变了，说这个周游不知道是不是在北京待久了，居然有了北京腔。叶茨也跟着附和，说他不喜欢周游讲话的方式。他还特别肯定地说，现在的周游之所以会变成这样，肯定跟早年受过的刺激有关。一个人总认为自己足够有能力，结果没有得到应有的关注，心理不出问题才怪。叶茨本来就是想说周游变了。人嘛，谁不会变呢？但说着说着，就变成了对他的人身攻击。没人再接茬。等说完了，叶茨就恨不得把舌头剪下来。这是要干什么呢？为什么喜欢编排别人的不是？

他极其不喜欢现在的自己。

7

再次见到莫汉武，是在毕业十年聚会那天。

叶茨改不了平日习惯，仍是拿着个摄像机到处乱拍一气。镜头一个个晃过去，他看见了莫汉武腆着肚子走进门来，胡媚挽着他的胳膊。叶茨眼皮猛跳起来。倒不是因为过了这么多年，看见他俩还在一起而嫉妒，而是胡媚不年轻了。他印象中的那个女人，那么年轻，富有活力，这才过去几年啊，虎背熊腰，肉滚滚的。

到了终南生态山庄，时间已经不早。吃了饭，就是分房间。又有人组织去KTV唱歌。叶茨主动要求清唱一曲《要死就一定要死在你手里》。唱歌之前，他说，把这首歌献给每一位美丽的女同学。还改了几句歌词。下台后，同学们都说叶茨成熟了。叶茨还笑。胡媚端着啤酒过来和他碰杯，问他，怎么变黑了。叶茨就说，可能是骑行晒的。胡媚说，得保重身体。胡媚大方得很，主动要了他的电话，又加了微信。胡媚说，下回来西安一定要打电话。叶茨呵呵一笑。唱完歌，晚上又有人组织打牌。叶茨没参与。他们三十来个人，住的是联排别墅，大家楼上楼下到处串门，独叶茨早早就睡了。也没睡着，就在那翻手机，想起了当年往事，顺手就把胡媚的电话和微信都删掉了。

孟小冬打来电话，问他碰见初恋的感觉怎么样？叶茨就假装生气，说她胡说八道。到底是底气不足，又问她晚上吃了什么。孟小冬却有些不依不饶，说，你要把你们聚会的人都拍上，我要检查。叶茨说，你当我傻啊。孟小冬说，你这个人就是对我藏的掖的太多了，我总没安全感。叶茨叹了口气，说，别胡思乱想了。两个人又缠磨了一阵，才挂了电话。

第二天回市里，在车上，有人组织玩游戏，真心话大冒险。轮到胡媚，问她是选择真心话还是大冒险。她说要大冒险。都是成年男女了，出的节目也多和性暗示有关，就让她亲一个男生。胡媚呢，机敏得很，吧唧就亲了莫汉武一口。出节目的人就说，这算什么大冒险，好不容易有个福利，还不润泽到同学们身上？胡媚扶着座椅靠背，东倒西歪地往车厢后面走。到了叶茨跟前，胡媚停住了，也没多问，抱着叶茨就亲。这一吻，一下就激活了叶茨当年的回忆。别人在车上起哄，独叶茨晕头晕脑的，心慌得很，别人一路嘻嘻哈，独他憋着气，差点犯了哮喘。

要不是胡媚再次加他的微信，叶茨可能也不会做出后来的事。胡媚像是很惊讶，或者说她没想到他都三十来岁的人了，居然还跟个孩子似的，动不动就把什么东西扔掉。她问：

“干吗把我删了？”

叶茨发了个尴尬的表情。胡媚却像是完全不介意他删过她，只是说，那回之所以在车上选择亲他，没有别的意思，想着就他还没结婚，要把祝福送给他。叶茨回想起来还不自然，说一切都发生得太快了，他都没反应过来，这些天尽想着莫汉武会不会吃醋了。胡媚发了个咧嘴大笑的表情，一口白牙。叶茨像是心领神会了，回了个憨笑的表情。这种感觉太神奇，像是偷情，却又没有打破平衡。总是感觉有些什么东西不一样了。平日里，他不怎么翻朋友圈，现在呢，他几乎每天都会把她的空间研究一遍，看一看胡媚这些年都做了些什么。

这天，写完单位的年度总结，他听见手机响了一下，拿起来一看，见胡媚发了几张孩子的照片，还拍了《安娜·卡列尼娜》中的几句话。原来是说陶丽得知丈夫引诱了家庭教师，赌气想离开这个家，结果丈夫道了歉又去上班，而她，还得面对家里的一团琐事。胡媚说的是“工作和家务是医治抑郁的良药”。叶茨也没多想，就问：“都还好吧？”

能好到哪里去呢？叶茨都能想象到胡媚说话的惨淡。叶茨这才明白，胡媚最终和莫汉武走到一起，纯粹是被他的胡搅蛮缠搞昏了头。或者说，她错把男人的嫉妒心当成了强烈的爱情。她枝枝蔓蔓说起自己的工作，说起平时与人的接触，中心就是一个意思：待在她们那样的工作环境，怎么可能不接触人？而这一切，在莫汉武的眼里，都成了不守妇道的表现。那个时候，她应该是被他精神控制了，要不然怎么能理解她的做法呢？婚后的莫汉武，经常跟狐朋狗友喝烂酒就不说了，还被她逮到在外面找小姐。找个良家妇女，她还能忍，而她的丈夫竟然堕落到去嫖娼。叶茨忙问是怎么回事，原来她看到了莫汉武的体检报告，上面明明白白写着，他感染过梅毒。叶茨本想解释这是大学前的事，可回头一想，他干吗帮着解释。到了后来，还不忘敲边鼓，说做丈夫的也委实太不负责任了，再怎么胡来，也得考虑家人的安全。

这么一通昏天黑地地闲聊下来，叶茨简直有些精疲力竭。倒不是看到她过得不是想象的那么幸福而激动，而是胡媚居然能原谅丈夫和别人私通。他一直在附和着，或者说是诱导着她说更多的话。他总是说：

“这太糟糕了。”

胡媚却好像看透了一切，说：“还能怎样呢？”

知道了他一直在筹备电影节，胡媚说他还能坚持自己的梦想真是有定力。这话他虽然爱听，不过听到这样的话从她嘴里说出来，他还是有些难过。他有什么值得她佩服的？那些看起来冠冕堂皇的样子，不过是他刻意营造或者是他们自以为是的想象，这么多年，他孤独地活着，抑郁，沮丧，当然也曾暗暗较劲，只有他自己明白，大多数时候，他是如何窝囊。显然，胡媚并不关心他真实的样子。她只是认定，现在他有可能拽她一把，把她从泥淖中带出来。

叶茨心里乱得很，正好孟小冬打来电话，就对胡媚说了句保重，关了电脑。路上，孟小冬牵他的手，叶茨还不自觉挣了一下。吃了饭，孟小冬又去厨房和面，说是再蒸两锅馒头。叶茨躺在沙发上，没有去玩手机，也没看电视，而是瞪着天花板。认识孟小冬前，房子就买了，前些天说是准备结婚，就又刮了一遍。他看见灯上面沾了些灰白的乳胶漆，别扭得不行，又不知道怎么把它弄下来。孟小冬搓着手上的面泥，好像发现了他的反常，问：

“又想谁呢？”

“能想谁？”

“谁知道呢，你找过那么多女人。”好像谈起这些过去的女人，孟小冬尤其兴奋，“你不知道，我刚到你家的时候，总是在分辨，哪一件东西是谁谁谁留下的，哪一件又是谁谁谁的眼光。”

叶茨白了女人一眼。他翻了个身，屁股朝向她，好像这就表明了他的态度。

只是没有想到胡媚元旦会来神木。她说是来采访一个企业家，开了房，才想起他也在这里。叶茨本答应下午陪孟小冬去看电影，又临时撒谎，说省里来了领导，中午得陪喝酒。孟小冬说，少喝点酒，多喝些牛奶。叶茨表现得有些不耐烦，说，知道啦。他又着急安排吃饭的地方，谁知胡媚说，干吗搞得那么隆重呢？酒店旁边有家小饭店，看上去还不错。

吃完饭，出得门来，原来阴灰的天色散了。叶茨说，去黄河边转一圈吧。路过白孟庄，叶茨讲了些当年和朋友拍电影的旧事。本是没话找话，胡媚却走了心，说，还是年轻时候好，做什么都清清爽爽的，有它该有的样子。叶茨没接话。到了河边，两个人走了半天。曾经浑浊的黄河，此刻被冰层囚住。太阳打在冰面上，时不时能听到一声闷响，也不知道是不是冰层在坍塌，胡媚却时不时地往冰上走，还让叶茨帮着拍照片。叶茨又带她去悬崖边的古堡。说是古堡，不过是残砖乱石垒了两堵墙。胡媚爬上墙，让他从下面拍照。胡媚说：

“最好看的时候应该夏天吧，下回邀请我来可别选择冬天。”

风刮得脸生疼。胡媚的话，叶茨没怎么听清，担心她动作幅度太大，跌下去，叫她先下来。

8

临近中秋那天，叶茨去外面洗澡，走到楼下，才发现没拿手机，也懒得再上楼取。

不承想这个间隙，胡媚打来电话，孟小冬还顺手给接了。胡媚喂了两声，孟小冬听见是女人，就没说话。过了半个小时，胡媚又打过来，孟小冬接通了，还是没说话。胡媚就发过来一条短信，问，老叶，怎么回事啊，有件事想求你，挺急的。这下孟小冬起了疑心。这称呼。应该是很熟的一个人了。

等叶茨进门，孟小冬还是气鼓鼓的。审问了半天，叶茨能说什么好呢？就说是大学同学。孟小冬说，就这么简单？叶茨到底心虚，只好在孟小冬的监督下给胡媚拨了过去。胡媚在电话里问刚刚是谁接的，叶茨就哈哈笑，说，能是谁啊，我媳妇儿啊。胡媚就说，这么快就结婚了？也不告我，我还准备给你上一份大礼呢。又说，你媳妇儿也太吓人了吧，接通电话也不说话，我还以为见鬼了。叶茨还是打着哈哈笑，问什么事。胡媚说没什么事，就是有份稿子台里要得急，请他帮忙看看。还说不是无偿的，会给他丰厚的回报。叶茨说好，你发过来吧。

挂了电话，见孟小冬脸都气青了。孟小冬说，看你们聊得那热乎劲儿。这下好了，你帮她改下东西，过两天，人家又给你打钱，这一来二往，指不定什么时候才能断呢？孟小冬得出的结论就是“这女人的心机太深了”。叶茨本没想到这么多，经孟小冬一分析，感觉事情还真是严重。能怎么办呢？他只好答应孟小冬，坚决不帮这个忙。只要他假装忘了这一茬，胡媚应该识趣，明白他的意思。哪里知道胡媚不依不饶，第二天晚上又打过来电话，质问他，不帮忙就算了，干吗答应得好好的，又不做到，误了她的事。

“老叶，你也太不厚道了。”

叶茨只好低三下四地说，这事老婆都知道了，闹翻天了，弄得他没法儿招架。不解释还好，一解释，把胡媚的闷火给点着了：“你真不是个东西，你要不说，谁能知道？你真是恶心！”叶茨一声不吭，想着她发泄完了，兴许就会放他一马。

孟小冬应该看出了苗头。这才结婚几天，狗日的男人就玩开这一出。她有事没事儿就给叶茨上紧箍咒。她说，是大学前女友吧？想不到你挺专一的啊，这么多年了，还不死心。叶茨不吭声。孟小冬又说，能耐啊你，这把年纪了，又和初恋纠缠在一起，是不是终于圆了梦了？叶茨不吭声。到了后来，孟小冬说，你不要给我装死。我跟你说了，你跟我装死没用，我学的就是刑侦，要是我发现你背着老娘再和别的女人不三不四，看我不把你阉了。叶茨哭丧着个脸，终是回了句：

“事情没你想象的那样龌龊。”

他想起就在去年，他给了自己一个期限，三十岁前一定要把婚事解决了。他甚至都想不起来为什么要和孟小冬结婚。可能是两个人年龄都不小，到了该组合一个家庭的时候了，就像他妈说的：“人一辈子总得有个自己的香火对不对?”他不能太自私了。再说了，玩了这么多年，也早就玩够了。没有什么可遮遮掩掩的，他和她的婚姻是最普通不过的了，但他还是不能肯定，孟小冬就是他一直想要的那个女人。准备结婚那段时间，照婚纱照，她也没嫌他个子低，而他呢，起初踩在垫脚箱上还别扭，后来去公园里照外景，他自己倒主动拿起那块木板。两个人也有说有笑的，好像真的无所谓了。这不是因为她真的想要和他在一起，又能证明什么？孟小冬见叶茨真生了气，也就没有再刨问下去。

转眼又耗过去半年。

叶茨也不怎么四处和人说电影节的事了。倒是时刻拿着摄像机的习惯一直也没改。单位领导见叶茨有这方面的才能，就把新传媒这一块交给他打理。所谓新传媒，也无非是在微信公众号上贴点工作简报，有时心血来潮了，会拍点视频放上去。

系统内部搞新传媒培训班，单位推荐叶茨到北京学习三个月。这头他还没适应，孟小冬又每个周末都坐高铁来，劲头大得很，说是要趁这个机会，好好逛逛北京。来了也不再问有没有人和他联系，一见面就说她又想好什么计划了。只是有一回在奥林匹克中心，差点露出马脚，叶茨说他还在这跑过步。孟小冬问，都有谁啊？叶茨说，能有谁，一起培训的同学啊。孟小冬又问，男同学女同学？叶茨说，男女都有。孟小冬又问名字，叶茨就急了，说，说了你能认识？孟小冬说，你急什么急？你没做亏心事，急什么急？叶茨这才闭了嘴。

一起跑步的，就有唐嫣。跑步也算是一时兴起，唐嫣提议，又有几个人附和，每天早上就跑了起来。有一天，唐嫣看见他气色不好，突然问了一句。叶茨就像是找到了救命稻草，把自己的情感困惑说了出来。唐嫣说，这些都是执念，你应该到我们学习班上体验一下。

这个时候，叶茨才知道唐嫣信佛。她也不是像平常人那样念句阿弥陀佛，烧个香，祈求人生平安，长命百岁。照她的话说，一起来学习的人都是北京搞传媒的一帮年轻人，学了能得到智慧。学什么经呢？《菩提道次第广论》。叶茨头一回参加，紧张得很，话也不会说。他说他对佛的理解，完全是因为丈母娘信佛。他还谈到了他的激动，没想到他们读经读的这么高级。出了门，唐嫣说，信佛没什么高级低级。重要的是心中有信念，有了信念，你就不会害怕，就不会长出各种各样的念头。叶茨想起平日里和孟小冬的抵牾，好像又顿悟了一层。也可能是没话找话，叶茨就说他有个好哥们儿也是搞传媒的，就在中央电视台上班。唐嫣说，是吗，那你引荐一下呗。

唐嫣可能是顺口一说，叶茨却上了心。约了两回，周游不是在上海，就是去了贵州。其间，叶茨跟着唐嫣，又参加了回读经研讨会。下回孟小冬来，问起他平日里都干些什么。他说，跟朋友读经啊。孟小冬像是放了心，说这个好，以后就跟着这个姐姐好好念经。叶茨的心思也不在什么念经上，他就是感觉和唐嫣一说什么，对方马上就能理解，和她在一起挺舒服的。快结业时，周游终于得空，说是一起坐一坐。见了面，叶茨还开玩笑，拍着周游的肚子说，才多久啊，皮带都看不见了。唐嫣说，原来你就是那个著名的导演啊。周游嗯嗯啊啊地，不知道在想些什么。叶茨问他，是不是在操心孩子。周游说是啊是啊。硬聊不下去了。叶茨主动要了两瓶啤酒。喝了瓶啤酒，他憋住快要打出来的嗝，问：

“说说你这些年都拍了些什么正经东西？”

周游好像不习惯叶茨和他这么说话了。他翻手机，装作没听清。叶茨又对着唐嫣说了句当年他和周游策划电影节的事。周游早忘了当年提议搞什么神木电影节。叶茨一直以为他和周游很熟悉，现在才明白，他和他没什么共同话题。他们的话题还是围绕着当年的大学同学现在都在干什么，他明明知道这些同学也无非是和他一样结了婚，生了孩子，想着一些赚钱的门路，可他装作什么都不知道。偶尔说两句年轻时干过的荒唐事，周游都会打一个哈哈，好像叶茨说的声音太大，暴露了他的底细。只有谈到北京的房价，买基金之类话题，周游才往前凑了凑身子，和他碰了一杯。他甚至给叶茨的人生提了许多建设性的意见。很明显，他认为叶茨还在企图搞什么电影节的事，实在不靠谱得很。

“我当年就那么一说，我以为你也就那么一听，哪知道你竟然会当真。”

叶茨没想到周游会这么评价当年聊得那么热火朝天的梦想。他坐不住了，就叫服务员，说结账。周游好像生气得很，一把推开叶茨：

“你这是干什么？成心恶心人是不是？”

唐嫣还在旁边笑，说：“你们同学真是亲热。”

送走周游，叶茨还和唐嫣走了一截路。又不知道说什么好，便讲这些年的窝心事，因为喝了点酒，说的话都像是在掏心掏肺。

这些年来，他一点点和别人比较，但凡看到周围的人比他有出息，他都不无带着恶意去嫉妒，去猜疑，直到确证他们的父母都有背景，他才长吁一口气，好像这样就可以原谅自己的平庸。他羡慕的人实在太多，甚至也曾想过像美国电影《天才雷普利》那般，靠着阴谋诡计，改头换面开始新生活。但要真那样交换，他也很犹豫。他没有他们掌握的那些本事，怎么面对那样的人生呢？问题是，那只是一个美国梦，对不对？

唐嫣说：“你真的有慧根。一个人能反省，说明你还是个明白人。”

他知道她又要说佛了。他本来想说，人总得信点什么。一度也曾抄过一段时间经，他还想着信佛，可一想，信了，又得投胎转世，转来转去，累不累啊，万一再变成人，就太恐怖了。话都到了嘴边，他又忍住了。看她兴冲冲的样子，说这些又有什么意思呢？

有一阵儿，两个人都没说话。天气热得要命。进了电梯，空间陡然逼仄，唐嫣说，你们多有意思啊，年轻时竟然就有那么多想法。叶茨嘿嘿笑了一下。他不知道该怎么把话接下去。大概有那么几十秒没人说话，他到底没沉住气，说，都是表演，背后的困境谁知道呢，有一段时间，我看什么都是漆黑一团。唐嫣忙着看手机，没听清他的话，只是含混接了句，是吗。幸好这个时候，电梯到了她的楼层，他什么都不用说了。回到房间，他冲了个凉，光光地躺在床上。

半夜没有睡着。许久没犯的哮喘又犯了。浑身难受，就好像漂在黑夜里蓝得发黑发紫的海面上，手脚被捆住，肺里没有空气进出。只求一死。没法儿躺了，他一整夜都站在窗前，大口大口地喘气，意识还在，能感受到无休无止的痛苦和无奈。他看着外面楼房里的灯一点一点暗下去，又看着天色一点一点亮起来，脑子里像杵进了根木头。

9

两口子又四处借钱，买了个学区房。

为叶牡舟将来报什么兴趣班，他和孟小冬还有过不少争吵。按孟小冬的意思，男孩子嘛，就应该多才多艺，不说学钢琴，至少也要去拉个大提琴。叶茨却说：

“钢琴都烂大街了。学个钢琴肯定出不来。”

他担心的是光买一架钢琴就得几万块。

有一天，两口子抱着叶牡舟去广场玩，看见几个十二三岁的小男孩在那跳街舞，周围围了一圈小姑娘，叽叽喳喳的，好像麻雀看到了粮食一般，不停地以他们为背景自拍。叶茨对孟小冬说：

“我想好了，我们得给孩子报一个兴趣班，就让他去学街舞。”

“为什么啊？男孩子就穿那吊裆裤，匪里匪气，也太没样子了吧？”

“你懂个屁，这样才衬他们的自由个性。”

其实有些话他没和妻子说，他认为街舞很新潮，说不定将来靠这个还能吸引到女孩子。他想着现在得为儿子的命运从长计议一番，也不是他有什么远见。当年在白孟庄，村里的人一个个搬走，有的是为了孩子上学，有的没有孩子，也一个个去了城里，他问起来，村里人还瞪着眼睛，说，娃娃都十来岁了，待在狗日的这地方能娶下媳妇儿？好像明眼人都能看清楚的事实，他叶茨竟然想不明白。妻子喜欢他谈论孩子的教育，两个人设想了半天孩子的未来，一想到这个小小的生命还有那么多的可能性，叶茨就不由得干劲十足，搂孟小冬腰的力道都大了几分。叶牡舟也不管父母两个，拼命往中间挤。

这天上班路上，叶茨迎风暴走，看见人来车往，还满脑子狂想。到了单位，同事王二还问他今天怎么没送孩子。叶茨就说孩子病了。因为说到孩子，叶茨兴致很高。他说他家叶牡舟不知道从哪听来的，动不动就说，我们家可穷啦。孩子的话本是无心，叶茨听了，却分外难过。王二就说，是啊，是啊，待在这样的单位能干什么？钱钱挣不上，麻烦事还不比别人少，要是孩子知道咱成天就是这么窝窝囊囊地活着，会不会很失望？王二嘴角的肌肉跳了一下，说，我们是没有办法了，总不能让孩子再受这一茬罪。最近的基因编辑你听说过吧？要是咱能挣上钱，把咱孩子的基因都编得好好的，什么都无敌，咱们又何苦担心他们的未来？叶茨就说，到时候人人都这么厉害，没有缺陷，没有情感的痛苦，没有失败的锤炼，那人活着岂不是也成了行尸走肉？王二说，这越来越像美剧《西部世界》里的桥段了。你说说，我们在这里好像明白了点什么，会不会有一个上帝看见我们的异常，突然又把我们的程序重新升级调整？一想到人世的所有一切不过是没完没了的重复，不过是早已设计好的程序，叶茨就更加沮丧。王二见叶茨突然不说话，又说，这些都是妄想。老哥你平日里又写材料，和领导也有接触，走仕途应该没问题。叶茨平素以为和他也算聊得来的，不承想自己在他眼里却是这般形象，不免扫兴。他说他对混仕途没兴趣，见同龄人溜须拍马，自己先浑身别扭。

说到后来，叶茨又讲了些两人都熟悉的一个人干过的败兴事情。看上去叶茨讲的细节无比真实，只有他自己明白，那些句子经过了怎样的字斟句酌，经过了怎样的嫁接。说完了，他还不无得意地大笑，好像为自己勇敢捅破了真相而兴奋不已。尽管同事也跟着附和，说他讲得在理，只是等到闭了嘴，叶茨才后悔不已。到底是为自己的恶毒感到不好意思，过了半天，他又担心说的话漏出去，不停解释，说主要是他认为钻营这一切，没什么意思，他这样的背景，升到副处，到头了。捞不到外快不提，可能还得成天做些无用之事，敷衍上下。有这功夫，还不如另谋生路。两人发了番牢骚，又各自坐在桌前喝茶。

待单位同事陆续到齐，才知道上午要搞打靶比武训练，一车人被拖到郊区。叶茨也算是单位有经验的老人了，他站在新来的姑娘背后，托着她的手，告她怎么瞄准。有人还拍了他们的合影，专门给他看。叶茨还笑，说，这么好的照片快微信给我。后来，他又顺手传到大学微信群里面。果然有人起哄，问他是不是每天都这么摸姑娘的手。

“拜托，我们这是指导年轻人，能不能不要想得那么邪恶？”

叶茨假装严肃得很，内心里却有那么一些得意。只是没得意多久，他看到莫汉武紧跟了句评论，说，真没想到大家这么快就到了油腻中年。倘是别人调侃，叶茨也不会这么在意，莫汉武凭什么这么定性他呢？他无名火起，却又不知道找谁撒。

胡乱翻了一阵子手机，熬到下班，正准备回家，王二打来电话，说是来了个客人，你来陪一下。说是借他的面子，不过是找这么个机会大家喝一通酒。从前，叶茨喝了酒，也节制得很，坐在那里，安安静静地，不说话。今天，他不一样了，饭桌上，不该接的话，他也要抢一两句。有时候听到别人聊官场传闻，听到别人讲黄色笑话，也会哈哈狂笑。甚至无话可说的间隙，他也会冷不丁地纵声大笑，别人还以为刚刚发生的一切实在有意思得不行。别人提酒，他举杯就喝，到后来，都快散了，他还敲着桌子问：“今天谁请客？”这是暗示酒不够了。王二面子上挂不住，不听劝，又叫了一瓶。气氛像是更热烈了些，桌子上不再有什么中心，都是揪住身边的人说个不停。独把叶茨剩了下来，左右都找不到人说话。他突然起了高声，把王二叫过来，锁着眉头，大骂一气：

“我平时对你不错吧，有什么好事都招呼你，叫你去帮我弄个市委的通行证都不帮，你还是不是兄弟？你不把我当兄弟，老子干死你，信不信？”

这话难听了。谁也没想到平时看上去文文弱弱的一个人，突然发这么大火。何况他和王二也算能聊到一起，竟然这么不给面子。好在大家都喝得有些多，拉拉扯扯，先把王二劝走。等叶茨出门上厕所，其他几个人分析叶茨的状态，也没说出个所以然。还有人说，这个老叶，不会是提前更年期了吧？

回到家，叶茨仍是暴躁得很。他抱住孟小冬又是摸，又是啃。孟小冬说，你看看你这个德性，再喝下去你就完了。叶茨皱着眉头，问，我什么德性了？你要看不上我，又何苦和我在一起？孟小冬说，你说的什么混账话？不会是和你的初恋闹别扭了找我出气哇？叶茨没顾上说话，冲进卫生间，抱着马桶就吐。孟小冬倒了杯蜂蜜水。叶茨咕咚喝了。又说，耳鸣得很，老婆帮我掏掏吧。胡乱折腾了一气，仍是耳鸣。他听不太清楚孟小冬在说些什么。看着孟小冬的嘴巴一动一动，他突然笑了起来。也是这个时候，才意识到，他的笑声如何空洞，吓人，好像是在时时提醒，他是一个多么分裂的人。

鬼上身了一样，连续几天，都是半夜这个时间点醒来。醒了，又怕惊醒家人，就在那里硬挺着翻手机。耗得手机没电了，又走到阳台前，看着外面的城市。对面楼上还有个男人在黑暗中斗着地主，电脑屏幕闪着蓝光，映得男人的脸发亮。年轻时候的幻想一个都想不起来，倒是酒后的胡闹，与胡媚相处的尴尬，唐嫣对她的劝告，在一件又一件事情上耗费的无妄精力，他却记得明明白白。

终是没忍住，又打开了电脑。孟小冬像是被他的举动弄醒了，说，神经啦？什么时候了，还上网？叶茨就说他睡不着，想找个老电影看看。孟小冬说，你这不会是神经衰弱了吧？黑暗中两口子一递一声说了一阵，分析了叶茨这些年的表现。

“搞了半天，原来我就是抑郁啊。”

好像被确诊了，有病，反而轻松原谅了自己。怎么能指望一个病人有出息呢？就是这么乱想的时候，他还和孟小冬说了会儿话，也不是什么要紧事，有一搭没一搭地。他说他总想着当年上大学时的情形，要是再努力一点，生活会不会不一样呢？也不等孟小冬接话，又说，以后叶牡舟的志愿一定要填好。好像别的都不重要，重要的是他这个当父亲的得给儿子把好关。孟小冬哼了一声，扭过头去，给叶牡舟掖了掖被子，没再接话。

叶茨还盘着腿，准备把《公民凯恩》找出来看一看，不料却被跳出来的广告分了神，本是想关掉，却不知道怎么给点开了。看到里面的激情片段，他又用狸窝全能视频转换器一个一个剪辑，他干得那么兴奋，嘴里的舌头都快濡不动了。他就这么不停编辑着，满脑子狂想，完全忘了当初的想法。

迎风暴走

1

每天下午，待在万邦国际的四楼，赵明德总是忍不住要走到窗前。

送快递的小伙子还是跨在他的三轮车上，大口喝着水，身着白色上衣灰色短裙的姑娘望着他，两个人一递一句地，说着什么话。他们背后，是透着暖黄灯光的美滋每客蛋糕店。赵明德在停车场见过这对年轻人，男孩总是那个时间来接她下班。姑娘剪着齐刘海，乌油头发，高高的鼻子，两腮几粒雀斑若隐若现。不知怎么，留给他深刻印象的，却是她穿着一件薄薄的粉色毛衣，胳膊处撑开两个小洞，露出一圈白生生的肉。季节似乎突然到了夏天，两场雨下来，杨树毛毛虫一样的花开败了，满树披挂上亮黄色的圆叶，空气里到底还氤氲着凉沁沁的寒意。他们两个旁若无人地，自顾自地往前走。起风了，男孩脱下工作服披在姑娘身上。她小小的身体裹在暗色的大衣里。驶出停车场，他看见他们居然还没走远，就蹲在路口的烧烤摊吃着东西。

“真是疯了，你知不知道，我周围有两个同学在闹离婚。”

赵明德听见姑娘的声音从不太嘈杂的人群中传过来。正是绿灯，前面接送孩子的汽车、电动车、自行车，搅拌在一起。不耐烦的司机长长地摁着喇叭。男孩像是说了句什么，女孩还是那么一副惊诧的口气，说："什么人到中年？他们还不到三十岁啊。好像离婚就能解决所有的问题似的。"男孩又说老板换了仓库，拉一次货得两个小时，工作时间更长了。话意都是抱怨，脸上却始终带着笑。姑娘脸色生动，看不出丝毫丧气。有几个路人朝着他们说话的方向看去。赵明德又望了一眼。那女孩像是接到了他的眼神，不管不顾地看过来。赵明德往窗外弹了弹烟灰，摇上了窗户。

车过新建路，又堵在了铁路桥下的涵洞里。自从五龙口海鲜市场搬到了附近，就没有不堵车的时候。正想着要不要给孙改兰打个电话，买点鱼虾回去，一列绿皮火车缓慢驶过。他的眼光跟着火车追了许久，直到火车完全消失，脑海里还是那个倚在窗户边读书的女人，安静温和，跟画里一样。

梗塞了半天的车流又慢慢蠕动了。

七点了，孙改兰还没有回来。拨过去电话，半天也没人接。他打开冰箱，十字对开门冰箱填得满满当当，看了半天，还是取了罐黑啤，走到阳台上，又把正接的一桩案子重新过了一遍。犯人长着一张再普通不过的脸，难以想象，就是这么一个人，竟然自制炸弹，去了市政府。到底有着多大的仇恨，才会想到这样去自寻死路？

窗外的北沙河两岸变成了一片繁忙的工地，往昔破烂不堪的平房不知什么时候推平了。好些年了，他一直和孙改兰说，要是住的地方有个公园，他就能跑步了。看到正在改造的北沙河，他在想，这是不是一切都在变好的征兆。

孙改兰进门，看见歪在沙发上的赵明德，又看了眼电视。电视里正放着纪录片《荒野求生》。孙改兰说，回来了。赵明德看着电视说，哦。赵明德又问，吃饭没？孙改兰不紧不慢地脱外套，说，哦。赵明德眼皮直跳，声音高了些，问她怎么电话也不接。孙改兰说单位要整改，账对不上，重做了几本，这才把账平了。

"你说我可可怜怜挣这么两个钱，图个什么？成天提心吊胆。"

“我不是说过让你辞掉工作？你又不愿意。”

“我工作也不全是为了钱，好吧？”

不知道从什么时候开始，两个人对话都是带着质问。赵明德又说了阵北沙河改造的事，他好像对即将到来的前景特别期待，说：“到时就可以跑步了。我们一起跑步好不好？”

孙改兰却像是疲惫得不行，一点都不照顾男人的情绪，直接就回绝了：“一点都不好。你以为人人都像你，成天无所事事，在法庭上说点人话鬼话，钱赚上了，回到办公室，还有女秘书跑前跑后招呼？”

赵明德脑子一下就炸开了。两口子散个步，这个要求难道过分吗？在他的想象里，散步的时候，孙改兰不和他一起出门，情愿牵条斗牛犬独自溜达，邻居们看见了会怎么想？他在这个家里的位置难道还不如一条狗？

女人还在客厅叫唤：“赵明德，你知不知道你多不厚道？我忙到半夜回来，连口热饭也吃不上。你倒好，生怕别人不编排我，就要折磨我。我真是受够你了。”

赵明德半天缓不过神来。结婚之前，他对孙改兰谈不上有什么了解，不过是因为两个人都在警校念书，除了读书，也找不到更有意思的事干，就好上了。真到了谈婚论嫁，孙改兰爸妈却嫌他是村里的，在麦城连个房子也没有。拿什么结婚？天天喝西北风？即便是受到了岳父岳母的歧视，赵明德的情绪却也没有受到多大影响，至少他没有表现出丝毫不满。他知道女人怀上了他的孩子，他都快要做父亲了，怎么会和两个毫无远见的中年男女一般见识？他骑着自行车，带着孙改兰大街小巷地乱转。看见鸣笛驶过去的切诺基，他回过头说：“老婆你等着，不需要几年，我们也会坐进那样的车里。”孙改兰什么也没说，只是把头贴在他的腰上，手呢，伸进他的衬衣里，轻轻揉着他的乳头。他浑身充满干劲，恨不得把自行车踩得飞起来。这才过了多少年啊，他都差点忘了这些年怎么过来的，等到车子、房子都有了，他和孙改兰却没什么话说了。

又看了会儿《荒野求生》。接下来，怎么睡着的，他完全忘了。

早上他被厨房里豆浆机的声音弄醒，发现身上盖着毛毯。女人可能怕他掉下来，还把茶几移到了沙发旁边。孙改兰蒙着黑面膜从厨房里走出来：“用不用炒个菠菜什么的？”吃饭的时候，孙改兰又说：“我有没有和你说过，我们单位的钱润平真是不要命了，天天喝酒，没完没了。”孙改兰有段时间没怎么提起钱润平了。赵明德看了女人一眼，说：“人到中年，什么都有了，又没什么具体的事情做，不喝酒，还能干些什么？”

“喝酒就能解决问题？问题是他喝酒，还要把别人捎带上。”孙改兰提起这一茬好像特别的生气。“简直是不要命了。真不知道你们男人成天都在想些什么。”

“焦虑呗。你以为什么都有了就不焦虑？人到中年，就跟你们女人的更年期一样，那是病，由不得自己。”

“少把自己对生活无能为力的焦虑归结为人到中年的焦虑。”

赵明德不知怎么笑了起来。好像看到女人还是像过去那样鄙视他，处处反对他，一点都没把昨晚的争吵放在心上，他这才踏实下来。

到了事务所，赵明德把包扔在桌子上。祁可进来给他倒了杯茶，又问有没有什么别的安排，他摆了摆手。他掏出手机，看见李查德给他转发了条信息。不知是谁用他的案例写了篇文章。他倒没有为里面的内容感动，只是不明白这信息是怎么做成的。他打过去电话，问了半天，李查德说：

“这个简单啊，就是个微信公众号。你想要的话，我也可以给你申请一个。”

等到李查德过来，拿着他的手机一通折腾，又让他设置密码。过了会儿，李查德问：“起个什么样的名字？”

“不玩花哨的，就用事务所的名字，明德。”

“不加律师事务所？”

“两个字就挺好。”

接下来的大半天，赵明德就在那里琢磨微信公众平台上的模板。他先是想着发点平时接过的案子，把自己写的辩护词贴上去，却又感觉太冷血了些。他让祁可把过去事务所接过的案子都翻出来。他回想着过去为当事人奔波的情形，将其间曲折的过程清清白白地敲在了电脑上。写的过程中，偶尔也忍不住夸大自己的功劳，只是，多数时候他感觉自己像是陷在泥潭里。等到老老实实讲完，才意识到，这几十年来，他光顾着索要辩护费用，很少考虑到当事人的困境。写完了，他也没作多少修改，就贴到了网上。

李查德发过来微信，说，赵主任，你可以么，现在没几个人对当下的生活有忏悔意识。你的境界可不是一般的高。赵明德说，比起你们专业人士来，还是差一大截。两个人客气了一番，见李查德后来话少，只是不停回些笑脸，他也就放了手机。顺手拿起案卷，想再写点什么，到底毫无头绪。想到自己就因为李查德说了那么几句心里话，竟然还飘飘然，赵明德又叹了口气。

2

"二哥，李奎他们出来了，想请你出来坐坐。"

老四打过来电话的时候，赵明德在盘古正和律协一帮人喝酒。老四说，那喝完了过来，一起宵夜。挂了电话，赵明德又接着刚刚讲到的玉石话题。有那么两年，他喜欢玩石头，从买回家里当摆件的欣赏石，到玩玉，他在这上面没少投资。他不经意地从腰间解下来一块白亮的玉石，说，你们看看这做工怎么样？传给每个人把玩了一遍，回到自己手里时，赵明德又不停地捏摸，说，真正的好玉，就是你怎么摸，看上去都不会脏。这是正儿八经的和田子料，不便宜。在座的一个女律师就笑，说，终于知道在什么地方打劫赵主任合适了。赵明德还好奇，问了一句。女人就说，等你上厕所解开裤带的时候。说完哈哈大笑，众人也笑，好像都听懂了她话里的暧昧。赵明德也笑，笑着笑着，脸上就有些僵。他还想说说玉，见众人话题拐到了女人身上，也就闭了嘴。喝了酒的男人似乎浑身都长着鸡巴，说起勾搭女人的经历，一个个唾沫横飞。不知是谁提到了那个年过五十还没结婚的女法官，说她固执，不好打交道，结果有人就蹦出一句：

“用老四的话说，女人就得闹，不闹肯定会出问题。”

赵明德没喝什么酒，听到后来就有些不自在。他站起来往卫生间走，李查德也跟了过来。洗完脸，赵明德看了眼镜子里的男人，好像完全不认识。扭过头，见李查德站在身后递给他湿巾，说：

“一会儿到天地人间唱歌，你也去。”

李查德没吭声。等到老四到楼下来接，李查德又客套了一番。老四大牙一咧，说，你不深入生活怎么能写出来好东西？李查德好像被这么一句话说服了，便上了车。

刚进包厢，就见一个蹦跳着的男人从茶几上冲下来拥抱赵明德。闪烁的灯光打在他满是文身的背上，李查德看得暗暗惊心。赵明德介绍，说，这就是著名的李奎。李奎又接着唱邓丽君：“证明你一切都是在骗我……”幽怨的歌词，通过李奎的嗓子出来，却没有什么怨气。

“李奎在监狱十几年，成天只做两件事，唱歌，做俯卧撑。”赵明德扭过身来和李查德闲说。就因为有这么个特长，还进了乐队。监狱长挺高兴，把他当成改造好的典型，来人参观，就把他们集合起来表演。旁边的老四听见了，说他也进过监狱。李查德问是哪一年，老四说是一九八三年严打。赵明德就笑，说，老四，谁让你要流氓呢？老四忙不停辩解，什么啊，就是因为谈恋爱，好过的姑娘后来认识个公家人，人家嫌我追过他的女人，就利用严打把我铐起来，搞了个强奸罪名，劳教了老子五年。李奎过来敬酒，独听见这一句，就说，老哥我不管你有没有强奸，反正你进了监狱，咱们就是同道中人。老四杯子举起来，也没喝，接着说，我进了监狱，就是天天读书。李查德说，监狱有那么多书？赵明德说，那个姑娘可能良心上过不去，常去看他，带的全是书，就是想让他好好改造，好像生怕他出来再祸害别的女人。老四说，什么啊，都是家里给寄的。说起蹲监狱的事，老四话多了。他说他服刑的地方是个砖场，不做砖的时候就读王阳明，读尼采。李查德说，感觉你们都不是去服刑，倒是又念了个大学。大家喝得高兴，包厢里又杂乱，渐渐地，谁的话都听不清了。赵明德和李查德挨着，两个人交头接耳，说些无关紧要的话。李查德正听得惊讶呢，门打开，来了一溜姑娘。众人消停下来，都推让，说赵哥先挑。赵明德来回睃了两下，要了个头发卷曲身着旗袍的女孩。李奎说，赵哥就是眼光毒辣，这个时候也要选个贤良的女人。

几圈啤酒喝下来，赵明德坐不住了。他跟人打招呼，说是要先走一步。李查德大概喝多了，坐在车上就打开了呼噜。到了李查德租住的敦化小区，赵明德又问他要不要紧。见李查德歪坐在副驾，开门都不利索，赵明德到底是不放心，把李查德搀上了楼。

“怎么连个电视都没有?”赵明德好像完全无法想象，一个家里没有电视怎么过得下去。“一个人也要把日子过起来。”

第二天早上，赵明德打来电话，说再过十分钟就来接他，一起去彭村旧货市场转转，“那里能淘到不少好东西。”李查德半睡半醒，上了车也不知道该说什么话，只是不停搓手。租住的地方不过是暂时落脚，从没想过会再投资一砖半瓦。转了半个小时，赵明德买了个四十英寸的电视机，还有机顶盒，《越狱》《权力的游戏》一大摞碟片。

等到《越狱》的画面在房间里响起来，赵明德像是了了一桩心愿，这才在床头坐下来。李查德语无伦次，说些感激的话。赵明德说，也没花几个钱，家里有点动静，日子也不至于那么孤单是不?再说，也不是白给你做这些，有正事求你呢。

李查德这才知道，前些日子赵明德回了趟老家，一个表兄为母亲写了本传记。书印得好不好，内容写得感不感人另说，赵明德只是纠结，为什么这么一件事，不是他先做出来。等到表兄做了这件事，他想，自己要是还是写点回忆和旧闻，就毫无新意了。这个时候，他想到了李查德。要是找个作家去自己的家族里采访一圈，内容是不是会更饱满一些?一想到自己的母亲有专业人士来写传记，赵明德认为自己总算做了件正经事。李查德听了，忙说自己没经验。赵明德说你不要谦虚，写完少不了你的好处。李查德就笑，说，也不是什么大事情，只要能做到让你满意就好，再说别的，就见外了。

清明前一个星期，赵明德又打来电话，说是一起去水西关的友谊肥牛喝个酒，顺便谈点具体怎么采访的细节。李查德以为还有别人，去了才知道，就三个人。坐在赵明德旁边的女人看起来才三十来岁。李查德一时尴尬，眼睛不知该往什么地方放。赵明德说，来，我给你们介绍一下。这位是尤莉，我刚认识的朋友。又说李查德是他的好兄弟，作家，汶川地震、赵家岭矿难，他都写过长诗，展现举国上下精神团结，不逊于马雅可夫斯基、李季。李查德说，那时候太年轻，什么都不懂，其实我更应该关注那些埋在地底下的人。尤莉说，都是功德。赵明德说他平时爱看《新华文摘》《小说月报》，学生时代也做过作家梦。就是现在，读到好看的小说，也会给他的女人看。他嘴泛白沫，说到动情处，潜台词就是，要不是这么些年弄材料，写辩护词，废掉了他的才华，这件事情他自己也完全有能力做好。又掏出一个牛皮纸信封，说里面都是关于他母亲的资料，让李查德提前看一看，熟悉熟悉。

尤莉一直给赵明德夹菜，赵明德呢，坦然得很，女人夹什么到盘子里，他就把什么塞到嘴里，一刻也不停，像是刚做完什么劳累的事。当然，也没忘记劝李查德也多吃点。他的跟前汤汤水水，哩哩啦啦，弄得到处都是，芝麻酱还溅在了白色衬衫上。尤莉又连忙扯纸巾帮他擦掉。

李查德心思不在吃饭上。赵明德从盘子跟前抬起头来，喝了口西瓜汁，说，李查德还没结婚呢。他问旁边的尤莉，你有没有还没结婚的朋友？有的话，给李查德介绍一个。李查德本以为是要谈采访赵明德老母亲的事，不料话题到底还是转到了自己身上。尤莉笑了笑，有是有，问题是你们都在麦城，距离我们大同三四百公里，远水能解得了近渴？赵明德嚼着一口生菜，好像突然才反应过来，说，你就没结婚啊。尤莉脸腾地一下就红了，说，你要死啊。李查德见这两人旁若无人地说笑，眼神没个放处，坐立不安，净想着快些结束。

到了家里，他把牛皮纸信封里的光盘塞进电脑，原来是老太太出殡时的碟片。葬礼办得风光热闹，小车挨挨挤挤，塞满巷口，花圈排到了村外。赵明德出现的镜头最多，胡子拉碴的脸上，看不出有什么表情。一张碟片快进完，李查德没有找到想要的信息。

3

清明前一天，李查德跟着赵明德去了趟洪洞。

在车上，赵明德就给弟弟打电话，说是帮他买两束鲜花。到了市内，拐进一消防器材公司，赵明德说是他家老九的摊子。坐在办公室的人纷纷过来和赵明德打招呼。赵明德坐在转椅上也不看他们，抓起瓜子就嗑，直问老九在哪里。晚上吃饭的时候，老九出现了会儿，喝了杯茶，又着急要走，说还得去应付个客人。

第二天，车往洪堡村走，说是清明去上坟。听介绍，不大的村子，先前竟有三座煤矿。现在都停产了。原先的设施也没拆除。赵家的祖坟山下面就是座煤矿。赵家老九一直想把这地方全买下来，都种上松柏，却始终没谈拢，对方认为他是打着保护祖坟的幌子，其实是吞并更多的矿山。

下了车，赵家老九就问人今天有没有去给树浇水。几个看守坟山的人把两辆洒水车从车库里开出来。赵明德就指着对面的一座山，说那山上全是他们家老九栽的树，雇了四个人常年看守陵园。

阳光下，几朵白云飘在不远处。山里安静得很。老九媳妇忙着给众人煮面条。李查德不知该如何插话，只是蹲在院子里逗两只半人高的看门狗。赵明德问老九的女儿想不想考个公务员，有心的话，他在司法系统可以帮着想办法。小姑娘说不想成天坐班。赵明德又问了些别的，姑娘只是看着手机，也没怎么接话。吃完面，众人往山上走。李查德也跟在后面。

赵明德捧着鲜花，往生父生母坟前放了一束，给养父养母坟前也放了一束。赵明德生父生母的坟前碑座阔大，祭台方正，衬得后面的坟堆单薄。赵明德跪在养父养母的坟前，其他人跪在另一边。李查德不知所措，站着似乎也不对，听族长一声叫唤，随着众人跪了下去。鞭炮放了半个小时，李查德捂着耳朵退到墓园外。对面的荒山里，也有上坟的人，传来稀稀拉拉的炮声。

接下来的几天，赵明德叫了个晚辈陪着李查德去采访自己的家人。当地话并不好懂，人人聊起来，多是感激赵家老九，说是平时对他们帮衬不少。李查德问他们对赵明德养母的印象，都说她心地善良，出了名的孝顺。到了最后，李查德明白了，这真是一个不容易的传统家庭妇女，为了这个家，她完全把自己牺牲了。

回麦城前的晚上，赵家老九才又露面，穿条暗灰色的阿迪达斯运动裤，说是辛苦李查德了，带他去洗个脚。进门就有旗袍开衩到大腿根的年轻姑娘问好。老九问，罗老板在不在。姑娘挺得板板正正的，在前面带路，一边喊贵宾三位，一边应答着老九。老九说他平日也没个什么爱好，打麻将输个三百五百都心疼，有那工夫还不如来这里放松放松。老板他也认识，还给了他一个金卡会员。捏完脚出来，赵明德又交代老九，说明天走之前给李查德准备点土特产。老九含糊应了一声。本来还要采访老九，老九说，我妈的故事，哥哥姐姐们都讲了，我就是个总后勤，也没出什么力，你先写吧，完了有什么补充的，我想起来再告你。见老九不愿讲，李查德也不好再多问。

李查德也没作什么修饰，就把谁谁谁怎么说的，谁谁谁又是如何形容的，一五一十记了下来。整理完，也懒得润饰，直接就发给了赵明德。

这天，赵明德打来电话，问怎么把手机微信里的照片拷到电脑上。李查德说，下载个微信网页版啊。赵明德还是不会操作，李查德问他在哪里。打了个车到万邦国际，接过赵明德的手机在电脑上登录了，并演示了一遍。

正说话呢，有人打过来电话，赵明德拿起手机一看，连忙走到里面套间。李查德坐在转椅上无所事事，听见电脑里有动静，点开一看，是尤莉在说话。他慌乱中看了几条信息，也没什么出格的话。鬼使神差地，他点开了她的头像，记住了她的微信号。

提着赵明德给的一大包相册回到家里，翻看了一阵子，又走到窗户跟前透气。窗外一堆人还在打着扑克。

李查德昏天黑地混想了一会儿，又沉沉睡去。被尿憋醒，却也没着急起来，摸到手机，一条信息也无。蹲在马桶上尿完，才感觉有些饿了。

走到厨房看见还有一根表皮已经皱了的胡萝卜，又翻见两截火腿肠，一起切了。孩子们奔跑的欢笑声透过窗户渗进来。盛上饭吃了两口，看见书桌上的电视，起身摁开。看了半集《越狱》，仍是心烦意乱，索性抓过手机，直接就在微信里搜到了尤莉。没头没脑的，他发送了一条请求：

“有没有人说过你脸色绯红的样子好美。”

又等了半天，她没有通过他。半夜醒来，他看见手机上有条未读消息。问他是谁。我是谁呢？仰着头往玻璃窗外一看，只见月色清幽，几颗星星点缀在旁边。他又回了一条信息，说，我是谁不重要，重要的是我在想你。尤莉竟然没睡。她说，无聊不无聊。显然是嫌弃他不是个正经人了。李查德呢，不要脸了，撩逗的劲头上来，摁都摁不住。他又发了一条，怎么会无聊呢？我只知道我现在一点一点想你，只知道想你的时候是真实的。

他通过了验证，成了尤莉新的朋友。

4

做完早课，亮光从厚厚的窗帘间隙一点点透进来了。

洗了脸，她敷上黑骑士精华面膜，又跑到厨房打豆浆，热上馒头和红枣。豆浆机时不时地发出低沉的轰鸣。路过餐厅时，她还摁了下BOLAND

立式钢琴。莫扎特的《A大调第十一号钢琴奏鸣曲》的曲谱摊开着，好像等她随时坐下来练习。她双腿盘在沙发上，拿起一本《内衣设计》漫不经心地翻起来。好像又有了新的想法，又起身到书房，坐在书桌前画内衣设计图。一个又一个想法飘出来，好像只有这个时候，她才能感觉到真实的自己。

九点多，她懒懒地走进办公室，正说着闲话的同事，却突然闭了嘴。过了会儿，听见开发办主任在隔壁喊她的名字。她以为又是要提醒她上班迟到了。谁知坐在转椅背后的男人也没多说什么，只是递过来一份报告，说是有人在举报她吃空饷。

她拿着那两页举报信，回到办公桌前，浑身都在发抖。她想不明白到底得罪了谁。平日里她是没有好好上班，大家情况也差不多，为什么现在独独把她暴露出来了呢？她完全无法为自己辩解。

有一天快下班时，她站在窗户跟前，看见分管人事的副书记下楼梯，想着自己是不是应该去找他说道说道。有了这个念头，等到上班的时候，她就站到了书记的办公室门口。通讯员见过她几回，问她有什么事。尤莉看了他一眼，见他眼神不停往自己身上扫描，便把自己的遭遇一五一十说了。通讯员就说，书记太忙，只怕管不了你这么个事。那怎么办呢？通讯员好像也为她的事着急，出了几个主意。虽然没一个主意靠谱，她却被他的热情打动了。

就是这样，吃空饷的事还没解决，她稀里糊涂，成了通讯员的女朋友。好几回，她在他耳边琐琐碎碎地念叨，说自己的问题不能拖了，能不能瞅机会和书记说说。通讯员却支支吾吾，总要把话题岔到别的事情上。再到后来，眼见得男人为难，生怕男人嫌弃，也不好再多说什么。

“那你帮我打听打听，我们单位还有谁的情况和我类似。”

“你要干什么？”

“我就不信只有我一个人有问题。”

这天，正在那里玩手机呢，想起这事光她自己瞎折腾，完全毫无章法。为什么不找个律师咨询一下？她就在微信里搜律师，一页页翻下去，就看见了赵明德在公众号里发布的文章。连着追了一段时间，她认定他和别人大不一样。便按着他留下的邮箱，写了封求助信。

她是花了些心思的，太突兀地把自己的情况讲出来，只怕他也不会搭理。她说读了他的文章，没想到世上还有人坚持自己的理想。说到理想，她掩饰不住自己的失落。她说她本科念的是外语系，本来在上海一家外贸公司做得挺好，父母却硬生生把她叫了回来。结了婚，因为丈夫家暴，想离离不了，就偷偷考了个研究生，跑到杭州读服装设计。说到在县城的不适，她用了个例子，“连个喝速溶咖啡的星巴克都没有”。她甚至提到了外婆。当年生活在乡下的外婆，做梦都想去县城一趟，外公却反复说，你去了，谁帮你喂羊？服装设计读完，丈夫倒是同意离婚，她却还是没有能力甩掉县城生活。这一年母亲病了，她只好回来，还是前夫帮她找的单位。她挑挑拣拣地说了一些，然后就把事情转到了正题上。就因为读了三年研究生，结果被人举报，说她吃空饷。单位里不上班的人多去了，怎么独独把她拎了出来？她想不通。

起初，她每天都会看一眼邮箱，或许平日里她跟人联系少，连封垃圾邮件都没收到。然后，她就有些气馁。是啊，隔着天远地远的距离，谁会把她的这点麻烦放在心上呢？又过了两个星期，赵明德竟然给他回了一封信。他先是抱歉了几句，说最近为一个谁都知道要败诉的案子奔忙，都没顾上上网。当然，尤莉也看出来了，男人在信里掩饰不住兴奋，说没想到随意写下的案例，竟真会有人读得如此认真。关于她吃空饷的问题，他也没提到具体的解决方案，只是说到了形势的变化，最有自尊的生活莫过于自立自强。

县纪委又来查了两回。单位内部也差不多达成一致意见，尤莉就是吃空饷的典型。尤莉坐不住了，径直闯进办公室找了回书记，书记没给明确答复，只说这样的事组织会调查清楚的。她又去找组织部，把自己的请假手续都给了过去，也没什么结果。要处理她的消息同事都知道了，每个人看她时，带着同情，也有些幸灾乐祸。

她完全没想到事情会发展到这一步。要是由着别人这么被人随便拿捏，哪里还有活下去的希望？她没多考虑，就坐在电脑跟前，原原本本把自己的情况写了封公开信发到了百度贴吧里。生怕分量不够，又把听到的单位内幕，有名有姓地，全附了上去。

没过两天，上级纪委也介入了。调查了半天，给出的意见是，她的情况够不上吃空饷。尤莉在自己的公开信里写到自己那两年因为离婚、父母生病，接二连三的打击导致她抑郁。生怕人不信，还把去山西省精神卫生中心的单子也附上了。单位人都知道不能轻易惹她，主任还特意交代，单位也没什么事，她完全不用天天坐班。只是尤莉好不容易才摆平这件事，怎么能再给人留下把柄呢？她每天去得比谁都早。尽管没人给她安排事情，她还是规规矩矩地坐着，要么看看设计的书，要么戴着耳机看电影。她兴奋了一段时日。人一闲，也容易发慌，可又能干些什么呢？她念的是外语，是设计，可现在，她陷在虚妄的执念里，竟然想着要和这么一帮人一般见识。太糟糕了。

“我喜欢法国女人，她们忠于自己，优雅中带着随性。怀孕了，就是怀孕的模样，老了，就是岁月爬上眉头的模样。”那是2015年3月，巴黎埃菲尔铁塔前，上千个女人跳着热舞，把内衣抛向天空。好多女人的身材并不好看，却是真实的自己。为什么不能做自己呢？

在给赵明德的信里，她说她终于明白自己要做什么了，那就是做一款满足自己的内衣。赵明德好像不太习惯和人讨论女性内衣，不过他的话里仍然在暗示，说他简直想象不出她穿上一款那样的内衣是什么样子。尤莉却没有按着他的思路往下走。她说她现在穿的是一件特别简单的白T恤，隐隐还能看见黑色蕾丝内衣，肩带露在外面。她说，难道穿成这样，你们男人也有兴趣吗？明明随性又慵懒的话，她却表述得一本正经。她说她和身边的朋友都不喜欢挤胸类的东西。比起取悦男人，她坚信取悦女人自己更重要。她还飙了一句英语：The most elegant thing is to be yourself.（最优

雅的事情是做你自己）

赵明德也像是被她的郑重其事震住了。他说没想到她会有如此超前的想法。他说他平日里说是做律师，为原告和被告的事四处找人，尽量把当事人的麻烦降到最低。但人只要一惹上官司，怎么可能少得了麻烦？连他自己也成了麻烦的一部分。好多夜晚，他醉醺醺地回到家里，冲完澡，看着镜子里日渐隆起的肚皮，吓人的黑眼圈，不由自主地哀叹：

“打官司的人越来越多，是挣了些钱，问题是，怎么感觉自己越活越可悲了呢？这就是我想要的生活？”

大概是好不容易找到了共同话题，一来二去，两个人的信就越写越长。她讲她平日的生活，说她爱读经，钢琴也过了十级，处处都昭示着，她是个热爱生活的女人。她一个人，也活得有板有眼。他呢，说工作的苦闷，厌烦了，也跟朋友们徒步穿越库布齐沙漠，看秋天的胡杨林。聊了那么久，谁也没提见面的事情。终是她忍不住，说，过两天准备去麦城看个朋友。赵明德过了几天才回复，很不情愿的样子，说，好啊，好啊，来了随时联系。

怎么联系呢？他不知道是故意，还是因为事情太多，电话号码都没有告诉她。

5

“只有这些吗？”李查德总是这么问她。

“那你认为我和他还应该发生些什么？”尤莉脸色拉了下来。

李查德当然明白他和她的关系非常脆弱，说些好听的话都来不及，干吗非要揭人的短处？但事情就是这样，开始的假装嫉妒，演变到后来，就无端蒙了层狰狞。他生气，也不知道是为女人的无谓态度，还是为自己的窝囊。她说起那段经历，没有一点羞愧也就算了，当他着急的时候，她居然还要为赵明德维护。

女人卧在另一张沙发上看书，李查德凑过去，尤莉说，别这样，我们就不能安安静静待会儿吗？李查德说，你不知道时间有多宝贵。他话是这么说，却也生怕惹恼她，便退回来翻沙发背后那些厚重的时装设计。中间夹着一本库切的《凶年纪事》，他没怎么读进去，倒是被其中一句话勾住了："耻辱是突然降临的，一旦它找上某人。"他看了眼尤莉，女人盘着双腿，板板正正地坐在沙发上。他又捡起奥修的《禅宗十牛图》，复印本。尤莉说是淘宝上买的。也不知是不是无聊，李查德竟然读进去了。廓庵禅师说："在这个世界的原野上，我不停地拨开高高的草丛寻找公牛。"他拿起手机百度了半天原诗，发现还是喜欢翻译过来的版本。他原先读些社会学，人类学，历史，野心勃勃地，好像要穷尽人类的智慧。等到年过三十，记性越来越差，每一本看过的书都像从没翻过的一样，他开始感到恐慌。这回坐在尤莉的房子里，读起经书来，百感交集，想着，这么多年，他到底是在折腾些什么呢？

"佛经没有你想象的那样消极。你要是认为这样就可以逃避现实，还是误读了。"尤莉像是听见了他内心的狂乱想法。

"你说为什么近些年来我认识的人不是父母信佛，就是自己皈依了？"

"说明你跟佛有缘。"

"那你是更喜欢佛还是喜欢我？"

"这怎么能比较呢？我从来没有像爱你一样爱过一个男人。李查德，你不知道……我多爱你。"

李查德突然笑起来。尤莉问他笑什么。李查德说："你读过福楼拜的《包法利夫人》吗？包法利夫人最后破产，万般无奈，又去求从前的情人罗道耳弗借三千法郎，说的话和你一模一样。"

"你的意思是，我和她一样，也是在卖淫？"

"天，你怎么会这么想。"

"我算是看明白了，李查德，你成天说些阴阳怪气的话，就是故意虐待我。你是算准了我受不了这些话，所以才故意含沙射影地攻击我，对不对？”

“我只是在和你聊天，在和你分享些我读过的书。”

有一回，两人差点谈到了未来，她说她去昊天寺专门问了师父，师父知道她的心事，专门送给她一句话，空想都是妄念，行动才是正道。她本来是要好好规划一番接下来的生活，李查德的话却彻底败坏了她的胃口。

“所以你就只身跑到麦城去找赵明德了？”

“他是我生命里一个重要的人，但不像是爱你这样。”

“爱？别上这些大词好不好？你不觉得我们这么大年纪的人，动不动就把这些词挂在嘴边，也挺膈应人的？”

“你滚，你到底想怎样？”

“我想知道他到底是个怎样的人。”

“你不知道吗？一个有正义感的律师。”

一个律师，有钱，还有正义感。趴在尤莉的身上，李查德看着女人快要垂到地板的脖子，不知怎么又涌起更多的挫败感。他明明知道赵明德对他也不错，可就是无法消除没头没尾的嫉妒。事后，他没来得及听女人说话，就稀里糊涂地睡了过去。

醒来的时候，天色完全黑了下来。尤莉说她做了一个奇怪的梦，她赤裸着身体在庙里奔跑，那么多僧人来来往往，低垂双目，没有一个人想着借给她一件僧袍让她遮羞。说完，她好像不放心，又拿起手机百度，想知道做这样的梦到底有怎样的象征。

李查德本想着现实的威胁只有一个律师，没想到占据她心灵的还有无所不在的和尚。他躺在两米乘两米二的实木床上，心慌意乱，又穿过几十平方米的客厅去厨房喝水。除了尽量在床上折腾她，他对她一点把握都没有。平日里，为配合她的吃斋念佛，他也表现得事事看开，好像衣食够用即可，内心里，只有他能清醒感受到那种焦虑。他向往有钱人的生活。他从没和她说起过，好几回赵明德出差回来叫他吃饭，赵明德去上厕所，让他帮着提一下包，他透过没拉紧的拉链，看见里面全是一捆一捆的百元钞票。他简直想不明白，为什么会有人如此把钱不当钱。

女人并不知道黑暗里他的真实想法，还在那里翻着手机，说梦见和尚是吉兆。李查德说，你光着身子在庙里奔跑，说明你为了追求信仰，想挣脱现有的枷锁。

“什么是我现在的枷锁?”

“男人。俗世中的感情?”

她白了他一眼，说：“什么啊。”

“你不想到麦城去吗?”

“你是说让我放弃现在的工作？好不容易才得到现在的一切，你让我就这样跑到麦城重新开始？不是跟你说过嘛，给我点时间，等稳定下来，就去麦城看你。”

“我知道，我理解的。我只是觉得悲哀。我要是像你认识的那些男人一样有钱……”

“不，你有钱了就不会在乎我了。我不需要你有钱。我对这些没什么欲望。”

两人说着一些没边没沿的话，每一句话背后的意思，都要据理力争，好像不这样，就显示不出他们的认真。

下午两人一直在做爱。死睡了一大觉起来，天色已经暗了。两人就喝了碗稀饭。尤莉问想不想出去走走。李查德说，你不累啊？这么好的时间，干吗浪费体力，安安静静地待在家里不好吗？尤莉白了他一眼，好像完全不相信他是个能安静下来的人。

出了门，尤莉直接到了地下车库。李查德说，不是走路吗？还要开车啊。尤莉说，我带你出去兜兜风。白天的时候我很少出门，晚上烦闷了，就出来开着车跑一圈。夜里什么也看不见。到了火山口下，尤莉把车速提到一百，在并不平坦的乡间小路上跑起来，动静也很吓人。李查德双手紧紧把住拉手。尤莉说，怎么，你不相信我的技术？李查德说，大晚上的，在这路上飙什么车啊，多危险。尤莉说，我就是喜欢在谁也看不见我的夜里透透气儿，尤其是把音乐开到最大，在这路上跑两圈，整个人好像都不一样了。说着扭开音乐播放器，哼着*My Way*的曲调。李查德说，有个男人陪着你更安全。尤莉没多话。李查德说，有时候我特别讨厌麦城，不管去哪里，只要不在麦城就成。尤莉看了他一眼，好像在琢磨他是不是话里有话。她说，不会吧？我也讨厌大同，我们都这么讨厌自己生活的地方，下一步该怎么办呢？

李查德好像也被这个问题难住了，只是去抓她的手。车里的音乐开得很大，李查德深吸了口气，感觉心脏快要爆裂了。

回到麦城后，尤莉从没有主动和他联系过。倒是李查德一天一个电话。有时打半天，对方还在忙。又过了半个小时，终于打通了，他问：

"和谁说话啊？讲这么久？"

"能和谁说话？我妈啊。我妈身体不好。"

"还以为你又谈恋爱了。"

"你说话怎么怪怪的，谁又招惹你了？"

他本来设想过和她的婚姻，只是现在，他又泄了气。他一想到她并没有对她说实话，处处都在提防他，更是恼火。但他又没法儿发作出来，生怕她看出他的狭隘。他在她跟前处处展现的都是一个明白人的形象，一个与世无争的人，为的就是要与她的信仰相配。他怎么好意思隔着几百里的时空和她争执？

周末几个朋友喝了酒，说是要去东山爬爬山。走着走着，就到了敦化小区。李查德说，上去喝会儿茶吧。本是顺口一说，不承想其中一个哥们儿喝多了，说，好啊好啊。进了门，见家里地板如此干净，他们还纳闷，说，没想到一个光棍的家里竟然收拾得如此干净。另一个走到他的书房转了转，看见红色相框里尤莉的照片，又问，这是谁啊？

"我女朋友年轻的时候。"

"你才分手多久，就又搞了一个。"

"不要说那么难听。"

“来让我们看看你女朋友现在的样子。”

李查德把手机递了过去。朋友还说，哎哟，还开着JEEP呢。李查德却忙着解释，那是她自己的车，一个代步工具而已。送走朋友们，李查德也没急着回家。楼道里邻居养的小鸡还在发出声响。这个搞装修的邻居总是养着什么东西，先是养了条狗，李查德每天回来，它都狂叫。再后来，又生了第三胎。他们好像什么都不怕。装修的东西堆满楼道，完全把这不宽敞的空间当成自留地了。他轻轻合住门，又拿起尤莉的照片看。那是一张年轻的脸，如此姣好单纯，完全想象不到她接下来会遭遇到那么多变故。他也一样啊，年轻的时候，满脑子都是幻想和梦，以为自己的生活注定与众不同。他不记得曾经的决心，也忘了打算成为一个什么样的人，可以肯定的是，绝对不是现在这副模样。

酒醒后，李查德还挺惭愧，想不明白自己为什么要急着解释。难道是怕被别人看出来他就是一个见钱眼开背信弃义的人？一想到自己并不是真的喜欢尤莉，而是带着那么多的欲望和目的，他对自己又多了几分鄙视。

6

要不是尤莉跑到麦城来，赵明德以为他的生活也就这样了。

他陷在这乏味的生活中，就像流水线上分拣的土豆，由着机器筛选。过去他一直不太明白，为什么孙改兰明明厌恶财务工作，却偏偏干了一辈子。现在，他好像反应过来了。废掉大半辈子干一件自己并不喜欢的事，比起随心所欲地满足自己的梦想，是不是要更勇敢些？或者也不能说是勇敢，那些责任、隐忍和牺牲，不也是我们生命的一部分？这么说还是拔高了，她其实和他一样，之所以能够忍受目前的困境，不过是害怕要去适应新的麻烦。

尤莉说她已经到麦城了，想到他单位见一面。当然，她用的不是见面，而是特别书面化的词：“晤面”。好像生怕他多心，还说她并不是专门来见他，就是想着他和祁可在一个办公室，想着毕竟也通过信，正好见一面。他暗暗心惊，没料到她还认识祁可。

赵明德老远看见白杨树下站着一个姑娘，差不多有一米七，藏青色风衣，里面套件暗紫色打底。赵明德说，你是罗蔓吧？她像是有些委屈，说，你把我名字都忘了？我叫尤莉。赵明德匆匆说了句抱歉，就把她往办公室领。她坐下了，也没什么铺垫，好像她和他一直相识。能聊些什么呢？无非是问问她的工作，内衣设计工作室准备得怎么样了，最近有没有去北京听音乐会。等到祁可来，他才吁了口气，走进自己的办公室松了松皮带。

两个女人聊得好像还挺开心，那种快乐的笑声隐隐渗过来。她们竟然有那么多话说。临走之前，尤莉又拐进来，加了他的微信。

其间两个人也聊过几句，也是不痛不痒，无非是他看到有意思的话题分享给她，她呢，读到有趣的文章也会和他说一说。有一天喝多了，他写了几笔王维的《相思》，拍下来，顺手发给了她。尤莉像是懂了他的心思，说有空一定还会再去麦城。他肯定对她有了别的想法，平日里受到的刺激，孙改兰的种种不是，都说了出来。他以为她就是希望，什么都可以从头再来。

“想你，怎么办？”

她回了四个字：“那来看我”。连个标点符号都没有。

赵明德却犹豫了，说：“怕弄得你不好。”

她问：“什么意思？”

“怕影响你的正常生活。”

“不影响啊。”

“你想找个什么样的男人？”

“不知道吗？看命运让我遇见谁。”

“我怎么样呀？”

“很好啊。看哪里都顺眼，哪里都有味道。”

“你是希望我做下错事吗?”

“我只是静待一切事情自然地发生。”

挂了电话，他就订了一张去大同的火车票。去卫生间洗漱的时候，他抬起头看着镜子里的自己，印堂发黑，没有一点精气神：我这样的人，还能存有一点梦想吗？还能像年轻人一样，谈一场远天远地的恋爱？他挤了挤眉头，又洗了把脸，好像不管不顾了。

火车太慢了，要不是有个比他小几岁的女人坐在旁边不停说话，时间更难打发。女人说了些什么，多数漫漶，了无印象。看着窗外黄中泛绿的山野，他只是暗暗惊讶，几十岁的人了，竟然还跟个不经世事的年轻人一样。

尤莉在出站口等着。见赵明德出来，还不太好意思，扑闪着大眼睛说：“刚刚好险啊，差点撞见我们领导，他好像也刚从麦城回来。他要是知道我接另外一个男人，没有去上班，可能会找我的麻烦。”赵明德笑了笑，说：“他都翻脸不认人说你吃空饷了，你还怕他?”尤莉没接话，只是在前面带路。她的车停在不远处。

大片大片的杏花，好像就为迎接他似的。他好久没有这么放松的感觉了，一切都特别新奇。

进了门，坐下来喝了杯水，赵明德才看清一百三十来平方米的房子里，空荡荡的。墙上到处贴着她几年前画的水彩画，一张一张，贴满了电视背景墙。她说有一段时间，无事可做，就照着安德鲁·怀斯画画。她的画还不错，至少在他这个不懂画画的人看来，意境啊色彩啊都挺炫。只是这些画，边角卷曲，随时都要零落一地的样子。看得出来，这是一个无心在这间房子里收拾，也不怎么热爱俗世生活的女人。

两个人聊天，东一句，西一句，既没有开头，又没有结尾，就像六月的风雨。赵明德其实是想抱一抱她的。他想着或许这样，就能让她和他的关系更亲近一些。可他只要往她旁边一坐，尤莉都会躲开。

天一点点暗下来，尤莉站起来去拉窗帘，这回他抱住了她。他嘴凑上前去，她却向外昂着头，一副凛然不可侵犯的样子，说：

“别这样，这样不好。”

能怎么样呢？到了这个年纪，赵明德早就没有激情非要去勉强一个女人。何况还是在她的家里。那就严肃正经地坐着吧！两个人说了些什么？好像什么也没有说。谈了一些没边没沿的话题，从美学，说到人的自杀。终于快到十点，才把这最艰难的时间熬过去。

“累了吧，累了你就睡吧，你睡另外一间房子，平时我爸妈来也睡那里。”她忙着去铺床。

赵明德说：“不用你啊，我自己会铺的。”

她好像才反应过来，说：“是啊，我又不是你老婆，干吗给你铺床。”

赵明德听了她的话，在黑暗当中脱得精光，躺下。想，这样也好，这样也好，波澜不惊，总算是来看过她了，看了以后什么也没有发生，明天买个火车票回麦城，一切，就是这样。他以为也就这样了。

隔着门，他能听见她的声响，能看见房间透出的光亮。听到她又跑去厕所，冲马桶的声响。迷糊中他还动过歪心思，想，大不了，晚上再起来，就装作走错门，再进她的房间。那样犯浑，好像能为自己辩解一下。他正没边没沿地胡思乱想呢，听到尤莉的声音：

“赵明德，你还是过来睡吧！”

坐了几个小时的火车，又很机械地和她说了半天话，身体早就累了。可他不能不去。他要不去，岂不是显得太不中用了？他径直走了过去。她坐在床上。他的嘴找到了她的嘴，他的手找到了她的胸。这一次，她没有说她不喜欢这样。她什么都没有说。他的身体找到了她的身体，两个人都忘了眼前的问题，好像拼命获得的性爱可以暂时缓解他们精神上的痛苦。

早上起来，尤莉说要开车带他去大同的风景名胜。她说，我们这里是小地方，也没什么可看的，你别抱太多期待。赵明德说，和你在一起，去哪里不是风景呢？尤莉说，都是套路。话是这么说，她听了还是高兴。

去的地方就是昨晚准备上山的地方，昊天寺公园，火山口边。她说在那里可以找到她的师父，就是她信佛的师父。山脚下各种花都开了，大蓬大蓬的桃花，海棠，梨花，赵明德走路的步子也轻快了不少。还有中年女人挎着篮子，在草地里找野菜。两个人走了一圈，快到昊天寺的时候，一个小男孩在阶梯上吹肥皂泡。泡泡那么大，竟然飘到他俩跟前。尤莉用手去托没托住，还差点绊倒。赵明德抓住她的手，说：

"快看快看，泡泡里能看到我们。"

话音刚落，肥皂泡就落到了地上，消失不见了。进了庙门，尤莉挨着在每一尊佛前跪拜了一圈，出门见赵明德趴在那儿看碑文，便问：你说那些充军发配到此的犯人天天往这上面运石头不累吗？赵明德说，这简直就是阿尔贝·加缪在《西西弗的神话》写过的场景啊。我以前也不明白那个搬石头上山的西西弗到底怎么啦，可看到火山口这座寺庙，又好像有点理解了。他好像不是证明自己随便一说，又掏出手机百度，找到一段话给尤莉看：

"这个从此没有主宰的世界对他来讲既不是荒漠，也不是沃土。这块巨石上的每一颗粒，这黑黝黝的高山上的每一颗矿砂唯有对西西弗才形成一个世界。他爬上山顶所要进行的斗争本身就足以使一个人心里感到充实。"

尤莉说，你看书真多。赵明德说，瞎看呢，一个小朋友是个作家，爱看小说，有事没事喜欢给我推荐。也没工夫多看，不过是翻点名言警句，看到他人对自己的生活有所警示，好像整个人也能暂时从繁杂的法律工作中解脱。你想想，人不停地繁衍，不停地重复，到最后是在图什么呢？尤莉说，也不是等到最后才有所企图，人活着不是享受当下每一天吗？想什么终极，多累啊。赵明德说，你比我觉悟高。

到了后山，赵明德双手捧在嘴边，大喊了一声。不远处像是有人在回应，也喂喂地传过来。

正是五月，藏青色的山岚铺排得无边无际。偶尔一片阳光从云层里漏下来，打下一地金黄。远远望去，县城一览无余。尤莉寻找着她住的地方。她没想到平日里感觉挤挤挨挨的县城，才这么大一点。

尤莉说，去年你突然不理我，困惑得很，就去问师父，为什么在两个人聊天聊得很愉快的时候，突然就把我拉黑了。这个男人为什么要如此对待我？师父问，你们信里写些什么呀？她说，也没什么，就是寻常的话，可能也有一点点暧昧和一个女人对一个男人的倾诉在里面吧。师父就说，那你去麦城找找他啊，有时候缘分是需要你主动一点的。她说，我们肯定是有缘分的，要不然怎么会这么快见面，又这么快在一起呢？赵明德喜欢她用佛法解读，好像这样一来，他和她的行为就显得不是那么疯狂。

7

靠街楼房两三层，被推土机一铲就挖垮了。

满天烟尘过后，露出房间的内部，如同屠宰场开肠剖肚的牛羊。捡废品的人不要命了，拿着氧气罐正忙着切割水泥砖块中的细铁丝。一扇破门上，红色的对联只剩下一半：国泰民安家康健。三楼的柜子里还有粉红色的暖壶，卧室里的紫色壁纸像是刚贴不久。有一家竟然连巨幅婚纱照都没有带走。晾衣绳上，大红鸳鸯图案的床单还在风里缓慢飘摇。李查德说，有时候不想做饭了，来这里吃碗羊杂，买点狗粮，方便得很。现在呢，这些人全被赶走了。

男人还在说话，尤莉却看见楼上几十米长的白布上写着一行黑色大字：强烈抗议强拆，誓死保卫家园。条幅还在，抗议的人却不知道去哪里了。唯一还在坚持的，就是楼角收破烂的一家人，大大小小的袋子塞得鼓鼓囊囊，都堆到了街边。乱七八糟的砖石把临街一棵泡桐刮得白皮外露，紫色的泡桐花仍是不管不顾地迎天怒放。楼下红色的“拆”字旁，写着一行歪歪扭扭的字：足疗店往西五百米。尤莉说，你平时来这里只吃羊杂吗？李查德回过头看了女人一眼，像是在揣摩她话里的意思。

拐进崇善寺，先前的嘈杂完全不见了。

尤莉进到大殿，挨着跪拜佛像。李查德看了会儿，就去了客堂那边。他坐在五观楼下，听着屋檐下的风铃发出清脆的响声。他举着手机试着录下来，却只能听到呼呼的风声。尤莉过来，问他在干吗，他说想把这声音录下来。李查德说，感觉还不错吧？这寺庙唐朝的时候叫白马寺，明朝朱元璋的儿子为纪念母亲，才扩建成现在这个样子。尤莉也拿着相机拍了几张照片，嘴上不忘应答，说了句是不是。

转出来，却见一个女人在庙门口脱开了裤子。女人骂骂咧咧的，好像是说庙里的和尚欺负了她。庙里也没人出去制止。几个穿蓝布长衫的僧人似笑非笑，说这个女人不知道被哪里的和尚害了，跑到这里来寻人的晦气。他看着女人多毛的阴部，突然对女人也感到害怕起来。尤莉连忙脱下一件衣服，试图盖住裸露的女人，却被一把推开了。尤莉无法，只好拉住李查德的手，说，快走吧，怎么会这样啊，郁闷死了。

出了巷口，李查德还在津津有味地说道。他说，肯定庙里的和尚欺负了这些善男信女。尤莉却跟他急了，说，你凭什么就说是僧人们欺负了她？一个女人发疯，难道非要别人欺负她才会做出这么变态的事？

李查德说，那你对林奕含怎么看？

尤莉说，这能比较吗？我认真看过一段她的采访，她说，为何我苦苦挣扎着试图保持知、觉、行的一致，而你们这些混账老男人却不需要，你们学到的东西从不触及心灵，说出的话就像放屁，对他人造成的伤害从不细思，整个人活得支离破碎，自相矛盾，造孽无数，却还喜滋滋地把这些当作自己的人生成就？我要是总结是不是也应该说，男人都不是什么好东西？我不会那样说，我知道如果真有那样的遭遇，是应该站起来反抗，而不是认同你们腐朽甚至是疯狂的价值观。

李查德瞥了一眼尤莉，发现她说话的时候虽然语气笃定，嘴角下撇，脸上却没有任何表情。有一阵子，两个人没说话。尤莉本来牵着他的手，不知什么时候放开了。

他们抄小路，试着尽快回去。

刚从涵洞里走出来，一个男人气咻咻往前冲，后面一个姑娘哭着撵过来，还叫唤："杨武你给我解释清楚。"男的看都没看，顺手就是一巴掌，打得姑娘偏过去两步才站稳。李查德还没反应过来呢，尤莉已经冲上前去，不停地喊道："小伙子你要干吗？你松不松手？不松手我报警啊。"男孩说："这是我老婆，我是她老公。"

"我不管你是老公还是老母，你打女人就是不对。"

男孩往后退，想从围观的人群中躲出去，边退边说："和你有什么关系？你管不着。"

"嘿，今天这事儿我就管定了。不信你再动手试试？你信不信我报警？"

李查德拽着尤莉的手。她把他甩开了。

"她太不给我面子了，我说任何一句话，她都让我闭嘴。不是一回两回了。"

尤莉说："你不要辩解了。你一个男人，你打了人，就是你不对。对一个路人都不能这样，何况还是天天和你在一起的女人。"

男孩眼中闪出一丝寒光，手往兜里掏。李查德见那年轻人长相不善，怕节外生枝，不停扯尤莉的衣服。尤莉却是激动得不行，忍不住又说了半天。围观的人也附和尤莉。尤莉说："真想不到现在的小年轻，怎么敢下这样的狠手。"又扭过身来继续说：

"我跟你说，年轻人，当年我老公没少打过我，我忍不了了才和他离婚，你要这么对女人，将来你女人死了心了和人跑了，你就好好哭吧。"

男孩听见尤莉嗓门高，周围好多人都在往这边聚拢，才松了松手。他整了下眼镜，好像还气不平。尤莉又说，你快把她扶起来，这么脏的地。男孩又去搂地下的女人，女孩仍是尖叫，不让男人碰她。

等到男孩走了，尤莉才问身边的姑娘住在哪里，要不要给她父母打个电话。姑娘说，平时两个人说笑惯了，谁知道今天就动了手。她一副被打傻了的样子，站起来，不忘拍屁股上的灰，也没说个谢谢，又跟着往男孩离去的方向走了。

“你知不知道，刚才把我吓坏了，你是没见那男孩在兜里掏什么。我敢肯定，那是一把刀子。”

好在一列白色的动车呼啸而过，淹没了李查德的话。

天色完全黑了下来。满树盛开的泡桐花在影影绰绰的灯光里闪现出紫色。两个人虽然还是你一句我一句地说着话，李查德却是走神了。李查德好像这才认识尤莉。他原以为她离过婚，早就自暴自弃了，没想到她还是这么讲求原则的人。他知道，别看他平日虚张声势，偶尔还仗着她的好脾气，挑剔她白色的发根，眼角的皱纹，甚至连她做内衣，弹琴诵经，也要带出几丝嘲讽的语气，其实，她和他不是一路人。现在，他甚至结结实实地感受到了什么是窝囊。他摸着下垂的肚皮，不由一阵羞愧。

洗完手，见尤莉穿着平脚底裤歪在沙发上，李查德直喊，天，怎么窗帘也不拉？对面的人全看见了。尤莉说，怕什么，我又没做什么见不得人的事。李查德在地上做了几十个俯卧撑，喘着粗气，又要往她身上爬。

尤莉说，你有没有发现，我们在一起，除了上床，就是上床，跟真正的奸夫淫妇没什么区别？李查德说，你怎么能这样定义自己呢？我们明明是先有精神交流，才有了后来的一切，好不好？说完，他像是表明自己是真的体谅她，不停地摸着她的头发。

“我只是验证下这么多年为你保持的童贞有没有点效果。”

“你恶心不恶心？你说白了就是嫌弃我结过婚。你跟那么多女人上过床，居然还这么恬不知耻。你知不知道我们这样未婚同居也是邪淫？”

“唉，我说的是马尔克斯《霍乱时期的爱情》中的桥段。一个老头喜欢一个女人，为了她，一辈子没结婚，没结婚不等于他没有性生活。老了，两个人终于在一起，老头说他为了她，保持了童贞。”

“你的意思是到现在你的精神还没被人操过？”

“操，你一个女人能不能不要动不动把这些动词挂在嘴边？”李查德好像严肃了。

李查德说："不行我们结婚啊？"

"结婚？你连个婚都不求，你是不是以为我是个二婚就得白送给你？"

李查德也不接茬，还不尴不尬地笑，说，我们这样的生活真像是老夫老妻了。李查德还在那里说他的懦弱，见周围的人得名得利在网上蹦跶，他也羡慕，却又不得其法。领导让他总结先进典型的材料，跟进"两学一做"的宣传，他也会全身心投入，甚至表扬几句他做事认真，也会暗自浮想半天，想着这么配合，有一天，也能有所进步。可惜，没人关心他的付出。他渐渐成了气急败坏的人，说些不合时宜的话，故作清高，好像鄙视他们，就能获得心理平衡，就能把他从苟且的人群中区隔开来。他说起对未来的恐惧，好像日复一日毫无变化的生活让他不堪重负。他渴望过有价值的生活，却不知道如何去实现。他甚至都没有怎么去努力。空虚的时候，只是没头没脑追逐女人，至少认识她的动机就带有非分之想，以为她会是他生活的一条出路。

"我就是想挣点钱，可以让我，让我们过上更好的生活。"

"我经历了一次失败的婚姻，几段不靠谱的感情，我渴望的是一种不需要法律约束的关系。如果我们真的能好好相处，肯定不是因为法律把我们束缚在一起。"

她没有对李查德说实话。他的焦虑，他的懦弱，都让她想到自己。她想起先前和赵明德好的时候，赵明德可能也反复权衡过吧。

尤莉说了一半，她好像被自己的想法吓着了。好在李查德只是翻着手机，并没有意识到她在说些什么。在灯光底下，她这回清晰看到了他黑亮的脸，满是烟垢的牙齿。要论情商智商，李查德和她之前处过的男人也有一比，就是论起那长相来，还有言谈行事，也不逊于前人。他们的相处是擦出过火花，但那更像是对自我的想象，一点孤寂旅途上的安慰。她甚至隐约有些感激，要不是因为他们的刺激，她怎么明白自己到底需要什么呢？她知道，那些她曾排斥、怨恨的生活，其实早就成了她生命的一部分。可惜两人认识的方式不对，怎么想都流于下作，凭他有什么优点，也枉然了。偶尔听见李查德又说及过往，似乎是用不尴不尬的嫉妒证明他对她的在乎，甚至动情了还要为自己辩解，说什么不这样，如何能认识她之类。尤莉常年礼佛供僧，对自己半生所为本就有不少后悔之事，哪里还能听进男人半真半假的情话。次数多了，她也只是惨然一笑，想着两人平日吵吵闹闹，看起来是三观不合，本质上还是彼此身份不认同，见佛就拜的和什么都不信的，能闹到一块儿吗？后来她想，也许她放弃他，就是从那时候开始的。

8

赵明德惦记着去大同的事，一宿也没睡好。

天还没亮，就去洗澡。等到天色一点点明亮起来，又光着身子去阳台，等太阳把湿漉漉的身子晒干。从岳父的房檐下搬出来后，几十年了，每天早上，赵明德洗完澡总是喜欢去阳台，顺手捡起一本曾国藩的《经史百家杂钞》，或者《史记》，大声诵读。书里讲的什么意思，他也并不在意。孙改兰起初受不了他的怪癖，等到他解释，说是为了锻炼自己在法庭上的口才，这才慢慢接受。等到赵子腾一天比一天长大，他早上洗漱完还是要去阳台念书，到底没敢脱个精光。又过几年，赵子腾上了大学，赵明德又放肆起来。孙改兰没少说过他，嫌他几十岁了，也不要脸。肚皮耷拉下来，都看不到鸡巴了，也好意思对着满天日光显摆。赵明德听了，也不生气，只是叹气，想着女人到底是从什么时候开始说话夹枪带棒，连点女人应有的羞耻之心都没了呢？

开车到雁门关服务区的时候，他给尤莉打电话，说快到大同了。尤莉说，我就在麦城啊，在你家楼下。赵明德说，不是说好我去看你吗？尤莉却在电话里哈哈大笑，说，我就是想看看你爱人长什么模样，刚刚我敲门，她给我开门了。和你描述的完全不一样，她保养得挺好的。

赵明德像是掉进了深不见底的火山口，惊起满天蝙蝠在他的脑中乱窜。

“你们说了些什么？”

“没说什么，我就说你们这个月的煤气该交费了。你们在家做饭的时候挺多嘛，一个月走那么多字。”

“一点都不好玩，你太疯狂了。”

“怎么，你害怕了？”

“我的事情我会解决好，干吗把她牵扯进来？”

“呀，我看出来了。你还是爱着她。”

“这和爱有什么关系？你越界了你懂不懂？”

“我知道，我知道。赵明德，你不要生气。我是在麦城，我哪里有胆量去找你爱人？我一个人可怜地在这儿吃王萍面皮呢。”

回到麦城，已是下午。接上尤莉，赵明德也不说话。尤莉问，还生气呢？说着手放到了他的大腿上。赵明德说，这样一点都不好玩。尤莉说，哪个女人不喜欢看后宫戏呢？我们天生就喜欢把自己当成受害者。我也不是喜欢当受害者，问题是正好遇见这一出，我要是不这么表演一番，感觉自己不像个正常的女人。赵明德叹了口气，说，都是我不好。尤莉说，你别这么说自己，你要是不好，岂不是又在鄙视我没有眼光？赵明德看了眼尤莉，问，怎么穿这么一件衣服？尤莉看了看自己一身黑色蕾丝，问，不好吗？一般是重要场合我才穿的。赵明德问，你这回是准备参加什么重要场合？

“准备去你家看看你爱人啊。”

前面的出租车司机别了他一下，赵明德恼火得不行，一脚油门上去，快要蹭到车尾，才刹车。尤莉双脚死死抵住。赵明德反超了对方，又骂了两句，气才顺过来。尤莉说，开车赌什么气啊，万一出了事，难受的还是自己。两个人都没有谈未来的事。他还专门解释他的车，说别看这么不起眼，这车性能好。说到了他的车，男人的兴致才渐渐高了。

赵明德打开收音机，说听首歌吧，上回你带我满大同转悠，一路上放的My Way我很喜欢，回来我下了五首，轮番播着听。好像他这么说，她就能理解他对她的在乎。尤莉却仍是无动于衷地看着窗外。随着苍凉的旋律飘出来，气氛似乎正在缓解。

到了解放路，赵明德说，一起去万达看个电影怎么样？进了商场，赵明德说，给你买身衣服吧，还是休闲点好。等尤莉换上PORTS的棉布裙子，赵明德牵住她的手，又往四楼电影厅走。

看完电影出来，见对面一座老房子，尤莉问是什么地方，赵明德说是教堂。两个人也没说要去，脚却拐到了那个方向。一对年轻人在教堂前拍婚纱照。他们在里面坐了坐，还不到弥撒时间，也有一些人安安静静地坐在那里。有一年平安夜，赵子腾还带着孙改兰来过一回，说在教堂的感觉如何好。赵明德当时在吕梁帮人打官司，根本没把妻儿的话放在心上。他翻开座位上的一本《圣经》，看了几页《箴言》，却见尤莉走到前面弹开了钢琴。房间里走出一个女人，对尤莉说，这里只能弹颂歌和赞美诗。尤莉讪讪地走回来。

出了门，赵明德还感慨了一句，在这样的地方待一会儿，就感觉整个人净化了一样。平日里走到哪里都吵吵嚷嚷，好像到了这里，一下子就能安静下来。两个人又说了会儿对宗教的理解，才去酒店。

事后，他蹲在马桶上刷微博。电话响起来，是一个多年没见的律师同行，说是有点事情咨询一下。女人在电话里说："我们这里的人都是刁民，难缠得很，你能不能给点开放性的意见？"赵明德哈哈大笑，说："我喜欢你说的开放这个词儿。就是，我成天待在麦城这么个地方，人也跟着变得呆了。"女人好像完全明白他在暗示什么。不过，话题很快就到正经事上了。他说事情简单得很，还让她编个百八十字的短信过来，他会把她的诉求转给几个关键领导，事情差不多就能成。

出了卫生间，却见尤莉脸色肃然站在门边，赵明德才意识到刚刚过分了，忙解释，说从前一个厅工作的同事，这两年跑到北京去了，成了个会油子，到处给人讲课。尤莉说，我又不是你老婆，你不用给我解释。赵明德说，我和她真没关系。尤莉说，你们有没有什么关系和我有什么关系？我就是想问你，你当着我的面故意和别的女人调情，你就是想告诉我你不缺女人对不对？

“你怎么会这样想？”

“你这样背着老婆出来，就不害怕？”她并不是担心他，只是厌倦了没有结果的关系，才委婉地提醒，就这样耗着，终究不是办法。她年纪不小了，如果赵明德没有老婆，也是个不错的结婚对象。

赵明德说：“你让我怎么办呢？她都不愿意和我吵架。”

好像吵不起架来足以证明他们的婚姻还没有走到破裂的地步。他说他恨不得孙改兰无事生非，找他闹点别扭，他也好找到收拾这个烂摊子的理由。他那么讲的时候，也暗暗惊骇，其实他对孙改兰并没有厌恶到要离婚的程度。

尤莉站在水池边刷牙，没再说话。赵明德冲了马桶，去搂尤莉。尤莉抽出牙刷，递过来一句：“真没想到你也是这样的人。”赵明德看着镜子里的男女，说：“你不要对一个老同志那么没有信心。”尤莉吐了口牙膏，继续刷着她的牙。赵明德抱了会儿，又躺在床上看他的《荒野求生》了。

走到阳台上，尤莉推开窗户，贪婪地呼吸了两口新鲜空气，又摸出一盒烟，点燃了一支。她努力想看清窗外被改造的工地，到底什么也看不清。高架桥上仍有车辆时不时地飞快溜过。远远的，似乎还有狗的叫声。清亮的天空里，一弯细月，几颗星星，照耀着这人世的一切。整幢高楼里，这个叫幸福花园的地方，大半夜的，只有她一个人把头伸在窗外。

9

孙改兰报了个威风锣鼓团，每晚都到建设路高架桥下敲到半夜。

赵明德有个小小的疑团一直没好意思问出来，孙改兰有一阵子没抱怨钱润平叫她喝酒的事了，莫名其妙地，动不动又往建设路跑。建设路他每回开车都路过，想不明白一群中老年在车声嘈杂中敲锣打鼓到底图个什么劲。到底是什么吸引了她？回到家里，孙改兰择菜洗菜，仍不忘气沉丹田，有板有眼地嗷嗷哼唱。现在，她坐在那里一页一页翻曲谱，规规整整摞在一起，又用订书机钉好。窗外天黑地黑，河边的葎草被风吹翻，露出灰白的叶背。

“看来你和钱润平是真爱啊？”孙改兰又是十点才回来，赵明德电视也不看了，劈头就是一句。

“你说什么？”

“我想说什么你不知道吗？你以为我真的相信他是天天叫你去陪酒吗？”

孙改兰本来双眼通红，这会儿哀哀地瞪了男人一眼，说：“赵明德，你给我解释清楚，你到底想说什么？”

赵明德说：“如果你真的爱他，你们就应该结婚。”见孙改兰两眼空洞地看着他，好像在期待他的下文，他又说了一句：“如果只是平常的通奸，也没必要拆散两个家庭，我敢肯定，这么多年，你之所以一直没提离婚的事，就是因为钱润平离不了婚。我也想明白了，他为什么喝酒，无外乎就是借酒浇愁。”

“我真没想到你是这么冷血的一个人？你是把我们的关系当成一件案例研究了吗？你研究了多久？是不是一直在想方设法把我弄死？”

架吵到后来，还是赵明德动的手。他气急了，一把搂过孙改兰，就往床上薅。可惜他一把没薅动。倒是孙改兰推了他一下，竟让他倒在了床上。还没钉完的曲谱，散了一地。

赵明德卡住女人的脖子，热气喷到她的脸上。他呼哧喘着粗气，眼睛里像要冒出火来。他到底理智了些，想着不能打架。打架解决不了问题，得冷处理。想着这么多年，他和她形同陌路，却还绑在一起，越发不是滋味。

他走进卫生间，顺带着把门反锁上了。洗脸池旁放着一把水果刀，那是孙改兰每天早上刮舌苔用的。他拿起来看了看，刀尖不知撬过什么硬物，都卷了。而她仍是平日用这样一把刀在舌头上刮来刮去，好像完全不用担心刀子的危险。突然把话挑明了，整个人是轻松，却也有一种毫无来由的恐惧，接下来的生活该怎么办？离婚吗？他为别人打了那么多年官司，却从没想到类似的程序也会降临到自己身上。他总是刻板地在当事双方之间说些大同小异的话，对于他们的痛苦，他从不在意。就是和尤莉在一起的时候，他更多的是为情欲的发泄感到满足。对于女人正在遭受的精神折磨，他从来没有放在心上。想到过去竟然是如此冷漠的一个人，他狠狠捣了一拳，本是想拍自己的脑袋，不料出手太快，一下子杵在镜子上。玻璃瞬间破裂，坍塌一地。

“赵明德，你到底想干吗？”孙改兰晃着门把手。

听见里面半天没有动静，孙改兰又说：“赵明德，你想离婚，也可以，你先出来，我们把话说清楚。”

“我们没什么可说的。”

“你想好了，我们是不是明天就去办离婚？”

“求求你，别说了。”

“我知道，你一直以来都认为我疯了。你认为我不对劲，所以就从没想过要和我好好沟通。”

“沟通什么？沟通你和钱润平怎么干的吗？”

“你知道吗？钱润平今天早上出门的时候就感觉胸闷，不舒服，他还去建设路溜达，结果走了半圈就倒在地上。还没送到铁路医院就过去了。我不是因为他不在了，就想求得你的原谅。”

孙改兰听见卫生间又弄出一片声响。她疯狂地摇门，说：“赵明德，我们就不能坐下来好好谈一谈吗？就算我对不起你，你也没必要这么虐待我，对我冷暴力吧？”

“你能不能把嘴闭上？你知不知道就因为这些破事儿，搞得我们的生活没了人样？”

“你到底想要我怎样？”

“把嘴闭上。”

赵明德看着自己浸在温开水里的手，红色的血液在水里一圈一圈扩散开来。散乱在洗脸池旁的玻璃碎片折射出他狰狞的脸。每一块玻璃碎片都有着他的一部分，却又无法拼凑出他完整的模样。他看见眼睛的时候就只能看到眼睛，他看到鼻子的时候就只能看到鼻子，他看到自己满是油腻的脖子上方，吊着一颗硕大无比的脑袋。他找了块没用过的白毛巾把手裹上。

这样大吵大闹的对话，之前在他们的生活中也出现过几回，甚至两个人都拿出了结婚证和户口本，准备去婚姻登记处再领一个蓝本，只是阴差阳错，把这个问题暂时搁置起来了。

家里很安静。

女人侧身躺在床上，好像睡着了。他站在门边看了一眼，又走到另外一个家，全裸着瘫在床上。好像黑夜仍然有遮挡不住的光亮刺眼，他还戴上了眼罩。

孙改兰不知道什么时候进来的。她先是用手不停地抚摸着他的乳头，起初他还抗拒，想着这一回得铁下心来。至少戏码得往那个方向演。可阴茎却彻底失控了，它那么不知廉耻地竖了起来。孙改兰又趴在他的两腿之间。赵明德的双腿绷直了。她抬起头，拱到他跟前。赵明德说：

“求你了，不要这样好不好？”

10

“和善社区想挖掘村里的文化，做一本书，你有没有兴趣？”

“怎么挖掘，你可以有自己的思路。你想想，糊弄下村里，对你写过几本书的人来说，还不是手到擒来？”

“谢谢赵主任。看了你妈的传记没有？有修改你随时告我。”

李查德和村里的人对接上，又拿到《积善村志》，收集了几条线索。对方的意思是，村里的古建筑虽然都拆了，但也可以采访老人们。还给介绍正在修复的结义庙、龙王庙，说，再过一百年，这些也是古董了，我们做文化眼光要放长远些。风土民俗，好采访，兑点资料，看上去也充实，就是说到村里的几处老宅院，出了问题。好些人都提到村里的天丰院如何富丽堂皇，李查德想着这是个典型，得好好聊聊。哪知道找上门去，碰了一鼻子灰。领路的人也算是个负责干部，说，“文革”期间他们还因为这个院子挨了批，后来平反，又把院子退回来，主人也不敢要。后来终于明白形势太平，住在里边的人陆续搬走，主人又住了进去。哪里知道没过几年，又赶上城市扩张，征地，好不容易收拾好的老房子又被迫拆迁。不提往事也就罢了，现在倒好，又掉头来揭伤疤。主人见李查德还揪着过去问个没完，就没声好气，“是不是你们想咋就能咋”？领路的说，他这是把我们当阶级敌人，几十年的怨气还没过去呢。我们也不过是为了干活，把气撒到我们头上算怎么回事？能有多大仇多大怨，怎么就不能往前看？

李查德对于天丰院具体的形象没怎么描述，倒是把不少笔墨用在了房子的变迁上。书稿写完，送给积善社区，很快就印了出来。他还等着最后的几万尾款。不承想赵明德打来电话，说是积善党委书记有些意见和他沟通沟通。

正是六月天，又挤着公交车，堵了半天，才跑到积善大厦二十九层。书记半天没见着，人来人往的，听说是上面马上要来检查。快下班时，书记出来了，也没寒暄，劈头就是几句：

“你怎么一点觉悟都没有？还是不是党员？写出来的稿子都是些什么啊？你以为你表达下自己的观点就能证明你与众不同？”

“我没有自己的观点——”

“自己的观点都没有，就像你给老赵他妈写的传记一样，就七大姑八大姨地拼凑，要你做什么？”

“事实——”

“全是闲话和琐碎，挖坟有什么意义？”

“文化——”

“文化人就是酸腐。拿着我们的钱，我是让你给我们好好宣传正面形象，你倒好，成心给人添堵。大家都安安心心过日子不也挺好？非要给人添堵，到时候出了问题，大家都受制，你就开心了不是？”

钱还没拿到手，李查德一口气就忍住了，连赔不是，说是一定要重新修改。

下得楼来，赵明德打来电话，问有没有空，说是看了他母亲的传记，想再聊一聊。便约着一起去桃园路新开的一家江湖菜。见了面，喝了两杯啤酒，李查德还没说他遇到的问题，赵明德就说开了。

“要是再提升一下就更好了。为什么年纪大的人爱抹口红？就是整个人没法看了，得化点浓妆，才提得起精气神。你看，我们洪洞这地方，自古都说‘洪洞县里无好人’，但像我妈这样的贤良女人却被一句戏文遮蔽了，她是不是能和中华传统美德联系起来说一说？写文章不都讲求文眼吗？这个立意还是得更高一些，要不然说了半天，我妈还是一普通妇女，费半天周折写出来，又有什么意义？读者看了又能有什么收获？”

李查德说这样的纪念文章，过于华美，反而失去了原来的本色。见赵明德听不进去他的话，又说：“要不加点《论语》里关于孝道的论述？”他这么说的时候，突然想起那回清明节在赵家祖坟前跪拜的样子，孔夫子说“非其鬼而祭之，谄也”，更是别扭。

赵明德还在说着家风家教，说他遗憾的是，没有在父母生前好好尽些孝道，反而因为自己琐碎的事情让父母操碎了心。他把李查德当成了教堂的忏悔室，说得那么真诚，倒让李查德感到一种无形的压力。李查德想起父母来麦城的那段时间，他没有好好陪父母。他总想着自己还年轻，有的是机会，哪里知道，不知不觉就快三十了。赵明德每说一句，都像是砍在他的心坎上。

“要不你去我前妻那里了解下情况，她和我老母亲生活的时间最长，平时我上班，都没她们一起朝夕相处得久。”

李查德这才意识到赵明德离婚了。

“也不能说是离婚，就是我们两个人都认为应该分开好好想一想。你想想看，我们两个各自经济也独立了，白天不需要对方，晚上回到家也不需要对方，好不容易挤出来点热情，对方还横挑鼻子竖挑眼。”

说完正事，赵明德又随意问了一句：“最近怎么样？什么时候能喝到你的喜酒？”李查德说：“早分手了。”赵明德说：“听你说过那么多回分手，这回是认真的？”李查德说：“最近为写你母亲的传记，看了好多老书，也看了些佛法方面的书。”赵明德静待他继续往下说。李查德讲：“突然发现佛法里好多东西早把人看得透透的。死缠烂打那段时期，她动不动就说我始乱终弃，种下不好的因，果报不好，会遭报应。老实说，听她说得多了，我也恐惧。倒不是渴望来世有个好去处，而是真的困惑，认为自己不是一个好东西。只是她说得越多，我越反感，搞得好像我成天在虐待她似的。也是读了些佛法方面的书，才明白，我们这不是好的缘分，好的缘分不会像我们这般扭曲。”赵明德快笑岔气：“天，你确定你读的是佛法，而不是《青年文摘》之类的鸡汤？”李查德也跟着笑。赵明德说：“不得不佩服你们年轻人，你们原谅自己安慰自己的方法太绝了。你开口闭口都是佛法，说得那么一本正经，还以为你会谈出什么不一样的心得，结果就用了这么个稀松平常的理由为自己的背叛和不负责任找到了借口。”

李查德没说话，只是跟着笑。也是在笑的过程中，一阵绝望，还有难过，填塞到他的心头。

李查德看着赵明德。他看着这张被尤莉反复摸过的脸，好像又看见了她。他什么时候才能变得像眼前这个男人呢？他听说赵明德在798旁边买了两套房子，现在价值将近两千万。他实在想不明白，他们怎么就可以顺顺当当得到这一切。

“世界跟我想的不一样。”

李查德手里拿着羊肉串，半杯啤酒才喝掉一半，“我找不到自己的位置。”文绉绉的话吓了赵明德一跳，从佛法到世界的位置，这些言论似乎和烧烤摊的情境都搭不起来。赵明德甚至都能感觉到周围人说话的声音低下去，他们两个人凸显出来了。“喝吧。”赵明德举起了酒杯。李查德却是意犹未尽，又说：“我突然对做什么都没有自信了，感觉成天都活在焦虑当中。”赵明德说：“因为没钱，还是因为婚姻？”李查德说：“我想不明白人为什么要那样生活。我就是想过得简单些，可是太难了。”赵明德说：“推荐你看一本书吧，《冲动的社会》，或许读一读，能解读你的困惑。你就是小说读得太多了，结果多愁善感。应该多看点历史、人文方面的书。”赵明德说人都会有困难，他说起他代理的那件故意爆炸案，明知道这人精神有问题，可法律并不讲人情。

两个人有一搭没一搭说了一阵话，天色黑了。

和赵明德分开，李查德拨尤莉的电话，接连打了十几个，都无人接听。快十点，尤莉发过来一条信息，问怎么啦？李查德说，求你接一下电话。尤莉却说，有什么话，短信里说吧，现在不方便。李查德有些泄气。他本来是想声讨一番尤莉，可又实在无力。他算她什么人？他编了长长一封信，没再追问赵明德离婚是不是因为她，而是把兼职的事情说了一下，他说他做这些就是为了能去CC卡美买个几克拉的戒指，体体面面地向她求婚。

尤莉再无消息。到了晚上，她才回过来一条，说是她最近在昊天寺做义工，每天抹灰糊泥。

她压根儿就没有接他的话茬。

李查德想，看来她是参透了，便没再说那些连自己都不信的话。

他把她的微信、手机号全删掉了。他唯一庆幸的是，没有记住她的电话号码，这也意味着他喝多了的时候，不会再毫无底线地去骚扰她。

11

赵子腾的声音低低的，怎么也不说话。

赵明德连问了几句是不是出了什么事，赵子腾却开始哭开了。赵明德见不得人哭，声音高了些，问他在哪里。赵子腾说在肿瘤医院。赵明德还以为儿子身体出了问题，挂了电话就往肿瘤医院走。

到了病房，才看见赵子腾正在给孙改兰擦背。赵子腾抬头见了他，喊了一声爸。赵明德这才进去。手机里正放着音乐，*Prisoner of Love.*

说了几句话，赵子腾就找了个借口溜了出去。赵明德说，你儿子是不是对我有意见？孙改兰说，什么你儿子你儿子，难怪他对你有意见。见赵明德不太自在，孙改兰又说，明明是儿子长大了。赵明德说，难不成他这是懂事了，给我们创造一个独处的机会？说完也没听孙改兰说什么，若无其事地翻看病床边一堆处方单。孙改兰关了手机音乐，说，别看了，我得的是不好的病。赵明德说，一个乳腺增生有这么夸张？两人说了会儿话，后来，赵明德就势歪在另一张病床上，拿起手机查乳腺增生方面的信息。

孙改兰挣扎着起来，走到窗户旁边，又顺势坐在了他旁边。赵明德看着宽大病号服里的孙改兰，瘦得快要脱了相，忍不住摸了下她的手。孙改兰缩了回去。赵明德说，我没别的意思。孙改兰说，我知道。赵明德又说，真没什么，都这么老的人了。

“我是个残疾人了。”

她说她简直不像个女人了。一个女人连胸都没了，还算什么女人呢？赵明德说，别这么说。孙改兰叹了口气，好像为了证明她不是胡说，抓起赵明德的手放到胸口。赵明德从孙改兰空荡荡的病号服里伸进去，女人的胸扁平，瘦得，能摸得见肋骨。赵明德的脸有些僵硬。

“别这么说。”赵明德像是安慰她，“外国有个叫安吉丽娜的还是什么叫朱丽的不也切掉了？都是身外之物，重要的是活个精气神。”

他抬头看了看门外，好像生怕人进来。

窗外杨树轻轻摇曳，满是尘土的玻璃滤掉了强光，筛进来一片碎影。他像想起了什么似的，说：

“你记不记得离婚前我们吵的那一架？我并不是真生气。我就是表演给你看的。”

孙改兰说：“再提从前有什么意思？”

“对不起。”

“又来这一套，酸不酸呀你？”

阳光从窗外打进来，赵明德就那么抓着，好像生怕一放手就伤害到她的自尊。等到赵子腾提着一兜水果推门进来，赵明德才就势放手，孙改兰也站起来，把散乱的头发往耳后抹了抹。赵子腾好像完全没有注意到父母间的尴尬，只是把荔枝一颗一颗剥给孙改兰，还不忘让赵明德也拿上吃。

几十年了，他从没有像现在这般和她朝夕相处过，一天二十四小时都在一起。刚结婚的那段日子，也腻歪在一起，却只能叫作搭伙过日子。到了后来，孙改兰单位有了食堂，赵明德的事务更忙，两人一个月在家里也吃不上几顿热饭。而现在，他给她擦背，看着她变形的身体，也会想起，当年两人如何在岳父岳母的屋檐下，压低声音，贪婪地寻找对方的身体。甚至拉起帘子帮她端尿时，听见时急时缓的尿尿声，都会有一种久违的惬意。他许久没这么心安过了。那些久远的往事，简直像是发生在上辈子。

孙改兰精神好的时候，两人有一句没一句地说些家常。赵明德问，刚生赵子腾那会儿，你和我妈生活过一段时间，你还能想起点儿啥吗？孙改兰说，当然，老太太那么好，我就想，你肯定不是她的亲生儿子。赵明德说，我知道你受委屈了，是这样的，我专门请人给我妈写了一本传记，也想听听你说一说咱妈，也算是个念想。

“老太太不是信佛嘛，好几回初一陪她去烧香。我拿上三根就点，她拦住我，只让我点一根。还说，那么浪费干什么，点上一炷，心诚就行了。你说你妈信的是什么佛呢？烧三炷香，是供养佛法僧的意思，她都不懂。不过，后来我明白了，老太太是节俭惯了。她多仔细啊，你是没见过她过日子的样子。当年住筒子楼，她在楼下稍微有点空间的地方搞了好多盆盆罐罐，全种上了菜。多亏了她的精细，那两年，光这一项就省了多少钱。”

“这个好。改天见了来采访的人，你就这么说好了。”

“我说什么呢？你是你妈的儿子，你说不就行了？”

“你是你的角度。你是站在儿媳妇的角度。”

孙改兰竖了起来。

“搞了半天，原来是为这啊。这个时候想起利用我了。”好像说完不过瘾，又加了一句：“谁知道谁才是你妈的儿媳妇。”

赵明德叹了口气，说：“你看看你。你害病就是因为心眼太小。你白跟了我妈这么多年。佛家说，众生皆是佛。一想到我活在众生的世界中，感觉自己的运气也不算太差。”

孙改兰鼻子里哼了一声，说：“赵明德你老了，你真的老了，变得婆婆妈妈的了。”

有很长一段时间，两个人也没说话。阳光透过薄薄的窗帘照进来，孙改兰鬓角的白发清晰可见。床头放着三卷本《加缪手记》，那是尤莉最后一回来麦城送给他的，书脊上还留着她的口红印。他装作若不经意地拿起来翻了翻。孙改兰说，那是你的书。赵明德说，我还有这书？我都忘了。孙改兰说，你每天人里鬼里周旋，怕有三头六臂也分不开身，哪记得这些。

赵明德没说话，又给她掖了掖被子。感觉腰困了，站起来，双腿岔开，摇了几圈屁股，又往卫生间走过去。打扫厕所的阿姨在不停地墩着地上的水渍。他踮着脚尖往里走过去。女人说：“没事，你放心踩吧，反正我一天得拖无数遍。”赵明德说：“就没想过要在这里放两块海绵垫子吗，得省不少麻烦。”女人说：“我的工作就是这个啊。花钱的事，我怎么考虑得到？”赵明德还想说点什么，到底一句话也没说出来。洗手的时候，他抬头看了看镜子里的自己。他嘴唇抿得紧紧的，猛一看，隐约露出一股女相。

北沙河快速路终于改造好了。

赵明德在鞋柜里翻球鞋，竟然找出几双从没有穿过的跑鞋，商标都没剪。他想，兴许是赵子腾的，踩进去，居然刚刚好。穿上跑步鞋朝北沙河走去。灰色的云压在天上，零星的雨点飘起来。杨树卷作一团，梧桐树阔大的叶子翻腾不停。迎着风，他走得并不快。

就是这个时候，接到了孙改兰的电话。孙改兰说赵子腾谈了个女朋友，准备带回家里。赵明德说那就见吧。孙改兰说，要是让姑娘知道孩子是个单亲家庭，也不大好，你要方便，过几天去你那里吧，周六晚上。赵明德这才意识到她是在和他商量呢。儿子的婚姻不是个小事情。听说子腾对象爱喝咖啡，赵明德还打开手机，在春播上订了ILLY咖啡。想了想，又订了两斤松茸。

什么都准备好了，就等着儿子晚上回来了。到了下午，他照例穿上球鞋，准备出去暴走两小时。也是走得浑身冒汗的时候，他仿佛感觉原先肉滚滚的身体正在恢复原形。那些经年累月积下来的脂肪，好像随着他的暴走，都被远远地甩在了后边。

刚上了北沙河路，收到一条信息，圆通公司发来的，说是有他的快递。他连忙回过去电话，说自己去取。从市场一出来，就往敦化路上走。清明刚过，连下了几天雨，大街小巷突然弥漫着绿意。新修的马路两边，刚栽的树上桃花绽放，粉的白的，挨挨挤挤，开得蓬蓬勃勃。他很少注意到灌饱雨水的树枝，天地一片青灰，雨中的一切都透着亮光。到了巷子口，他也不管积水打湿皮鞋，索性放下伞对着滴着水珠的花不停拍照，还不忘发到朋友圈里。

快递公司的仓库不好找，小巷里的路也破，污水横流，他踮着脚往里走了一截，看见送快递的三轮车多起来。仓库里到处放着包裹。人们忙着装货。有个人过来招呼他，他说先前打了电话。来人问是谁打的电话。他说是李明。那人就说，那你给他打电话，看看狗日的在哪里。电话拨通了，却也没人接。赵明德又去问电脑前的姑娘。姑娘眼睛时不时看着手机里播放的电视剧，手上却也没闲下来，还在不停扫描包裹。问清楚他的住址，姑娘又往刚刚查看过的货架上翻捡一回，也没找见。先前和赵明德搭话的中年男人进来，又笑着说，你看看李明的袋子里有没有。结果姑娘翻开角落里码的一堆袋子，一个黑脸男人从大包小包包裹袋里竖起来。姑娘说：

“李明，你要死啊，怎么睡在这里？”

李明揉了揉眼睛，没顾上辩解，只说没送的包裹都在前台放着。到了亮处，赵明德这才看清，这个李明不是别人，就是天天在他事务所下面接面包师的那个男孩。

赵子腾带着对象进门，赵明德还在那儿和孙改兰说快递的事。他说这个李明年纪轻轻，为什么要这么辛苦做快递员。这么耗下去，养得起那个面包烘焙师吗？看到男孩的处境，赵明德不知怎么就想起了当年的自己。他想着平日里一旦快递半天送不过来，他对这些送货人也没什么好脸色。他很少设身处地地为别人想过。孙改兰说谁不难了，谁都不容易。见儿子进来，孙改兰咽下嘴里的话，连忙端茶递水果。子腾对象有些受宠若惊，直喊阿姨别客气，我自己来。孙改兰递过水杯，子腾对象双手接过，也不喝，只是抱了会儿，又稳稳放在茶几上。孙改兰事无巨细，打听了半天。赵明德没怎么好意思问，时不时地翻一下手机。好多人都在他的朋友圈里点赞留言，说没想到麦城的空气这么好，彩虹如此漂亮。赵明德这才发现，他光顾着拍枝头上的花，没注意到雨后的太阳和远处的彩虹。

赵明德拌了两个凉菜，又做了道清水煮南美大虾，孙改兰也围着围裙做了个烩菜。子腾对象说，别做多了，吃不完，浪费。等到菜上来，几个人也没怎么说话，能听得见上下牙齿咬合的声响。赵子腾说，家里太安静了，放点音乐吧。赵明德正准备起身，孙改兰说，让子腾去。又扭过脸对赵子腾说，书柜最下面一排有一张世纪对唱的CD。

弗兰克·辛纳特拉的声音响起来，是歌曲My Way.子腾对象说，阿姨好雅兴，还听外文歌。孙改兰说，我哪有这品位，都是你明德叔叔见多识广。

赵明德脸色一凛，不过还是没有多说一句话。

送走对象，赵子腾回来说女朋友还羡慕你们两个的关系，几十岁了还那么好。孙改兰说，赵明德你演过了，不会人家姑娘每回来我们都得这么演一回吧。不行不行，我要回去喂我的狗了。

赵明德说，你看看，我都没有你的那条狗重要。孙改兰说，你怎么能和一个畜生比。狗什么都不说，我也明白它在想什么，你什么都和我说了，我还是不知道你在想什么。赵明德说，是啊，做人就是太累，下辈子投胎千万别做人。孙改兰说，你倒是想得美。说完，就低头穿鞋。

等到孙改兰和儿子出门，赵明德也跟着往楼下走。

稍微活动了下，就沿北沙河路走起来。好多天没动弹了，膝盖有些隐隐生疼。他慢下来，掏出手机边走边看，看了会儿微信公众号“跑步学院”上推荐的文章，别的没记住，就记住了个“拉伸”，试着弯了弯腰，肚子太大了，低不下去。

走到了解放路，又拐向新建路。不知不觉间，又到了五一广场。他能感觉到背上渗出的汗珠正沿脊柱直下。亮黄色的路灯打在街面，人来人往，繁华得不像他生活的世界。他拐进美滋美客面包店。围着暗紫色围裙的面包师走过来，笑着问他需要点什么，赵明德踮着左脚尖绕来绕去，说先随便看看。

步步惊心

1

聊了聊北京生活，付安东生怕大段空白无法消解尴尬，又说些高邮的人和事，或许是认为都在那里待过十几年，应该也有共同话题。手机一直在振动，罗蔓只是低头，偶尔接两句，终是觉着失礼数，讲起她如何投简历，不停面试，几年了，也没找见个如意工作。起先到处泡剧组，结果连个龙套都没混上。后来想着还是要和专业相近的方向靠一靠，广告公司干过，出版公司也待了小半年，一个月才几千。这可是大北京，哪里够活？现在她算是明白了，什么理想和梦，还是先挣钱要紧。上个月，进了家P2P网贷平台，工资还行，一个月一万三。结果前天上到十八楼，办公室门上贴着封条，让警察给端了，无法想象自己还在那楼上劲头十足地盘算过未来。付安东双手支在桌上，听得耐烦，好像他是过来人，她说的，他都懂。

楼下渐次嘈杂，人群不再靠着墙根下的阴影走，逐渐汇到中间来。不知不觉间，两个人坐了将近两个小时。付安东问她想不想吃东西。她说不饿。付安东说，那今天要不先这样，六点半还有一帮弟兄要聚餐，说好了的。罗蔓这才松了口气，忙道没事。出了门，罗蔓才看清，男人差不多和她一般高。她想早些逃到人群里，付安东却若即若离地跟着，坚持把她送到地铁口。下了电梯，回头，男人还站在光亮处，她习惯性地挥了挥手。

晚上十一点，男人发来微信，问她明天有没有空。明天本来计划还要出去面试，罗蔓却说和闺蜜萱子约好了，要去健身。等到一集《西部世界》刷完，丢下ipad，才看见信息没发送。重新发送过去后，ipad上广告还没播完，男人又发来消息，问，那后天呢？罗蔓心里窝着火，想不搭理，还是耐着性子说，后天还有那么久，怎么定得下来。付安东倒沉得住气，说，那明天我再问你。

第二天和胡萱在国贸吃饭，也是闲话，就说，昨天和个机械男，往亚非拉卖拖拉机的，在星巴克坐了两个小时。胡萱眉毛一挑，问，这回有戏？罗蔓喝了口葡萄柠檬汁，半天哼出一句话，说，个子低，言谈也畏缩，不言语时，就是咧着嘴傻笑，一点也不像三十几岁的人，不过还算体贴。胡萱说，这态度就对了。人哪有那么纯粹？罗蔓说，每回和我妈聊天，都特别烦，我说我在相亲，我妈就问人长得怎么样，家里人都是干什么的。聊到后来，就更露骨，说，北京人那么多，不要死心眼，一个一个地找，你同时相几个，也能节省时间。我倒不是说我妈说得不对，我也是这么想的，就是这话被我妈在电话里大声喊出来，还是别扭。胡萱眉开眼笑，说，要不让我家大君给你再介绍个？我跟你说，找个理工男，心眼直，好搞定。罗蔓说，难怪你跟夏导的事不怕大君知道。大君真这么死心眼？胡萱说，这事怎么能让大君知道，让他知道了岂不是我的智商不够，什么是丈夫什么是情人，我还是拎得清楚的。罗蔓说，你可真是精力旺盛，我现在同时和两个男人相亲都感觉累。胡萱说，什么累？身体累？天啦，罗蔓，你不是同时和他们俩都发生关系了吧？罗蔓说，要死呀，说什么呢？

有一阵子，两个人没说话，只是各自翻自己的手机。罗蔓喝了口果汁，百无聊赖地抬起头来，四处望了下，就和邻座的小姑娘对上了眼神。小姑娘人小鬼大，好像一直在听她俩说话，也望着她。罗蔓笑了笑。小姑娘的妈妈晃着两条白生生的大长腿过来，一副太阳镜戴在头顶。没过几分钟，一个矮胖中年男人端着碗面皮过来。一家三口吃完，又往商场走去。男人不紧不慢在后头跟着，女人又扭过头，把黑包递给男人。男人比女人低一大截，罗蔓竟也没觉出哪里不合适。胡萱在旁边补充，你看这男的，大肚子一挺，脖子上拴根粗金链子，手里就差盘俩核桃了。罗蔓说，你没觉着人挺有气场？胡萱说，娃都这么大了，还能怎么着？罗蔓感觉两个人说的不是一回事，就住了嘴。

第三天，罗蔓刚面试完两家公司，逆着人流走在东三环。付安东打来电话，问她方不方便。罗蔓说，刚面试完。男人说，那晚上一起吃个饭吧。罗蔓说，天气预报说马上要下暴雨。男人却只是问她在哪里，好像风雨都阻挡不了他想见她的劲头。罗蔓发了个位置，显示前面不远就是团结湖公园。饭吃到一半，果真下起雨来。付安东说，还真是来得及时，再晚会儿说不定就堵路上了。仍是不咸不淡的话。结账的时候，罗蔓抢着买单，却被男人摁住了。男人一边扫二维码，一边说，别和我争。放开手的时候，又说，你手劲还真不小。罗蔓习惯性地笑了笑，露出两颗虎牙。男人又说，看来健身确实有效果。

出得门来，天色幽蓝。她还没来得及说回家，男人却说，附近就是公园吧，难得这么好的天气，走一走，消消食。

大雨过后的公园一片死寂，就像溺水的人看得见水泡，却无法发出呼喊。路面仍有汇聚的水流冲向湖面。云朵翻涌的天空下，像是老天爷不经意泼洒的一幅水墨画，混沌，却也耐看。只是走近，才会发现，毛毛杂杂的芦苇被上一场雨水冲得七零八落，泡沫板，还有王老吉的瓶子，时而闪现。污泥把葱绿的芦苇秆裹得泥泞不堪。

两个人在夜色里越走越远。男人说他平时喜欢跑步，四处爬山，就是在办公室待着，一天不做两百个俯卧撑，也会感觉浑身不对劲。说完了还不忘跟个注解，说全是中年人的爱好。罗蔓说，那你肯定特别爱冒险。男人说，是吗？又问她这辈子做过最疯狂的事是什么。罗蔓想起研究生刚毕业那年夏天，她对李查德完全不了解，就跑到麦城，结果因为男人前妻回来，被送回了高邮。这疯不疯狂？还有跟着拼居的舍友王晓楠一时兴起，两人也不跟团，百度了下攻略，就跑到尼泊尔ABC大环线徒步，够不够冒险？只是这些事说出来意思也不大。她说，读研那会儿下乡支教，有一回想着骑上山地车去村里，离村还有十来里天就黑了。好在有月光，能大概看清路中间标志。付安东说，你就不害怕？罗蔓说，害怕，当然害怕。那之前的几天村里刚撞死个人，脑袋像摔烂的西瓜，害得我半个月都没敢跑步。也是被逼急了，脑子里就想着鬼神，还没顾上害怕会不会遇到活人。付安东说，你胆子可以。黑暗中起伏的话伴着虫鸣，她还是听出了男人的兴奋。你还挺喜欢做公益啊。什么叫也？她这才知道，面前这个其貌不扬的男人，竟是留守儿童守护者发起人，得过政府表彰的。先前看他，只觉癞眉塌眼，没个正形，这回再看，好像言谈举止，还算大方。

走了一段路，雨又下起来，不知道另一个出口有多远，索性又原路往回返。雨更大了，见旁边有一处凉亭，就走了进去。公园里灯光昏黄。罗蔓说，你今天做了多少俯卧撑？付安东也没答话，直接做了起来。雨越下越大，付安东像个弹簧一样不停起伏。罗蔓先还假装纠正下他不太标准的动作，到后来就只是喊，行啦行啦，别把肌肉拉伤了。付安东气喘吁吁地起来，说，做到一定程度，你说什么都听不见了，整个人都飘着，腰上也像是涌动着暖流。罗蔓说，说得你好像在练什么奇门功夫。付安东突然站到她旁边，说，比一下，看看你到底比我高多少。

接下来的事情完全超出了她的预料。男人趁机抱住了她。她捉住男人的双手。男人先还老实，只是抱着。有那么一段时间，两个人都看着被风吹倒的芦苇，感觉真像是热恋中的男女。不知怎么男人就亲开了她。她像个傻子似的，竟然一点也没害怕，只是在黑暗中喘着粗气，瞪着他，好像要见识下这个男人还能做出什么更没有下限的动作来。付安东却只是在她的嘴里进进出出，那么蛮横，那么执着，好像她的嘴里真是有意思得不行。也不知道男人是累了，还是见她毫无反应开始担心，又给她系上了衣服。罗蔓看着湖面，又看了眼自己和他，不知怎么就来了一句，感觉真像是浮世绘。付安东没应答。整理好衣服，两个人才从桥下的阴影里走出来。

回到天通苑已是凌晨。其余同屋都没有动静，独王晓楠虚掩着门，漏出台灯昏黄的光。见罗蔓进屋，还问她去了哪里。罗蔓说是见了个朋友。王晓楠说什么朋友把你留到大半夜，就不考虑你的安全？罗蔓笑了一下。手机响了，是付安东还在微信里和她道晚安。还没想好怎么回复，另一个相亲对象发来微信，问她最近过得怎么样。罗蔓没想好怎么回应，索性删掉了。她不知道该如何回答付安东，只是说，你可真够疯狂的，你怎么就敢？付安东说，我看你也没拒绝啊。罗蔓说，我们才见第二面，你怎么就敢？付安东说，我是个急性子。我怕再也见不到你。罗蔓说，真是疯了。付安东连忙说了几个对不起。罗蔓看不出他的话里有多少诚意，冲了个澡就躺下了。

2

好几天都没联系，或者说付安东早上晚上都问安了，她只是没回复。找工作就够烦躁的了，哪里有心思和男人周旋？有工作的时候，每天不过是按部就班。又想着年龄大了，婚姻大事不能再马虎，不再上什么豆瓣同城，却给一家婚恋公司交了会费。公司果真也介绍了两个男人。先后见了面，两个男人要么不多说话，要么就是劈头盖脸议论一通她的工作，搞得她像个骗子。谁知道工作说没就没了。罗蔓这才慌起来。也是那段时间，家人托着亲戚给了她付安东的信息。

这天胡萱又约她逛街。几场面试下来，罗蔓也浮躁，说，逛什么街，先陪我吃饱饭。胡萱问她在哪里，罗蔓说在常营。胡萱说，那里有家永昌老馆子，西北菜味道还不错。罗蔓说，那我等着。见胡萱穿着长裙子，抹着大红口红，踩着高跟一步三摇进来，罗蔓笑着说，心情这来好，是不是刚见完夏导？胡萱却笑，说，你一南方人，怎么说话也冒开了我们麦城腔？不会最近又和那个国学大师勾挂上了吧？罗蔓说，别以为人人都和你一样，到处占着，也不怕被噎到。说笑几句，两人拐进小巷里。点了个羊肉焖卷子，胡萝卜油饼，还有羊肉丸子冬瓜汤。吃到后来，罗蔓打了嗝。胡萱说，还行吧？罗蔓摸了摸肚子，说，照这么吃下去，怕是真找不到男人了。

胡萱说是要给大君买两件衣服。两个人又去燕莎，进了PORTS店。胡萱把件米色风衣比在胸前问，那个机械男呢？没再约你？罗蔓说，快别提。你知道见面才第二回，他干了啥吗？胡萱放下裙子，说，不会吧，你们那个了？罗蔓说，我们在公园呢。胡萱说，天啊，你们野合了？没看出来啊你。罗蔓说，怎么可能。他就是抱住了我。胡萱说，然后呢？罗蔓说，然后个屁。胡萱说，你们这速度，可以嘛，有激情。罗蔓就有些急，说，我对他根本不了解，哪有这样的。我一直在想，他是不是性骚扰。胡萱说，意思你很讨厌他？罗蔓说，讨厌谈不上，就是有些吓人。你知道家里都帮着打听了，说他条件也行，是个不错的结婚对象。她其实想说付安东这个人还在坚持做公益，是她敬佩的那种人，好多她没坚持的东西在他身上能找到。可说这些又没什么意思。一个好人怎么能随便搂住她就亲呢？仅仅因为他是好人？她都不敢细想这一切，生怕想得多了，付安东所代表的那一切都会幻灭。胡萱说，那你还想怎样？罗蔓说，我也不想怎样，我一想这事头就炸了，工作就够糟心了，又碰到这么些烂桃花。胡萱说，人家机械男可能也没你想的那么有心眼，你想家里安排的相亲对象，谁没事敢那么干？说不定人真是喜欢上你了。罗蔓说，还不依不饶地天天早晚都问候，好像他已经进入了角色似的。胡萱听到这里却叹一口气，说，一个男人还有耐心固定时间想着你，问候你，不错啦。罗蔓没说话。拐上楼，要了杯果汁，见时间不晚，两个人又看了场《我不是药神》。回到家已是十一点半，付安东照例发来睡前问候，罗蔓于心不忍，回了个表情。付安东问，明天有没有时间？罗蔓说，到时候看。

想着之前几次相亲，都是见一面再无来往，这回她想再往下处处看，兴许男人有些优点，一回两回也看不全。他让她挑个方便的地方，这回罗蔓倒没客气，直接选在了租住的天通苑。见了面，付安东表情就有些不自然，话里话外，都在盘问，这两天她到底干什么去了。见罗蔓只是笑，付安东也没脾气，说，其实我都知道。罗蔓说，不是你想的那样。付安东说，你说吧，我没你想象的那样容易崩溃。罗蔓说，你真想知道？付安东说，难道还有什么不能说的？我这把年纪了，还怕什么。罗蔓想起先前胡萱的话，男人都容易犯贱，吊他两天胃口，眼里冒了绿光，就不会用脑子思考了。罗蔓没说话。胡萱又说，几天不联系，他要再问，你就直接告他相亲去了。若是男人没吓跑，还对你有兴趣，可能嫉妒心起来，更是非要把你追到手不可。罗蔓脑子里想着胡萱的话，嘴里就对付安东说，你都那么想了，我再辩解又有什么用？付安东说，是去相亲了吧？罗蔓看了他一眼，说，不是，是前男友。付安东好像有些急，说，最怕的就是前男友。见胡蔓不说话，又涎着脸问，前男友就有那么好？见罗蔓不说话，又问了句，他是干什么的？罗蔓喝了口苦荞茶，说，口腔科大夫，在小区盘了个店自己干。付安东说，那还不错。也许是认为她见的是前男友，而不是别的男人，他稍微能接受。

吃了饭，两个人又在小区走了半天。男人不光给她挎上了包，到后来还牵了她的手。罗蔓笑了下，说，不好吧？男人却蛮横得很。罗蔓也就没挣扎，偶尔还让他挺起胸膛，说俯卧撑做得多了，光锻炼那几块肌肉，容易窝胸。说到俯卧撑，付安东手里在她掌心做着小动作，嘴里却说，那天晚上要不是她要看他做俯卧撑，可能他也没胆量亲她。这是哪跟哪。罗蔓说，可真是会给自己找理由。付安东说，主要是天时地利人和。罗蔓说，谁跟你人和了？不要为自己的无底线找理由，搞得我好像特别随便。说完这句话，罗蔓又觉着这些事后的愤怒实在多余。

走累了，两个人到小区花园里坐了坐。说是坐，其实是男人一直在问。罗蔓说，你就不要审问我了。知道那么多，又有什么意思？付安东说，真是太惨了，早知道你还和前男友有瓜葛，我就不见杆子往上爬了。哪里来的什么前男友呢？不过，看见付安东的醋劲如此之大，罗蔓不免有了逗他的兴致，说，也有大半年没见了。之前也没明确说分手，昨天非要见一见，我想着这事总得有个了结。见付安东不再言语，她又说，你知道吗？他平时特别不爱说话，见我头一句话就是，怎么这都大半年了，你还没把自己嫁出去？真他娘的，好像老娘这辈子就套在他手里了。罗蔓越说越顺溜，不免把李查德当年前妻来撵她出门这一段也编到里头，挑挑拣拣说了出来。罗蔓说一句，付安东唉呀一声，好像真没想到天底下还有这样的人。编到后来，罗蔓感觉过了，又往回收，说，他也不容易的，一个人在外地打拼，还在京郊买了房，说是坐地铁要倒几趟，将近两个小时，不过也总算是有了房子。付安东说，知道他为什么过了半年又来找你吗？就是找了半天没找下合适的，才想着回来再撩拨下你。罗蔓说，是吗？据我了解，他不是那样的人。他母亲身体不太好，前不久刚回麻城待了几个月。付安东见罗蔓还要为前男友辩解，有一阵没吭声。罗蔓还以为他生气了，用胳膊杵了付安东一下，说，我就是想了断一下。付安东这才像回过神，说，我前女友也是这样，时不时还要来纠缠，说我把她精神弄出了问题。真不知道上辈子做了什么孽，犯在她手上。罗蔓听他说得可怜，不免又多了些不清不楚的同情。

不觉间，小区里安寂下来，空调外挂机的水滴不时落到地面。偶尔有汽车路过，射进来几处光亮。付安东一直抱着罗蔓亲。也不亲别的地方，就绕着她的脖子一圈又一圈。罗蔓只是后仰着，时不时地还笑。付安东说，你就不怕我这一口下去，把你脖子咬断？罗蔓说，你又不是吸血鬼。付安东却对着她的脖子左看右看，说，真是没成就感。亲了半天，居然也没有印。罗蔓这才意识到男人的心计，挣着想站起来，掏出手机照一照，嘴里还抱怨，说，你真是自私，明天让我怎么上班？付安东却嘿嘿笑，说，上班怕什么，谁还不过过夫妻生活。罗蔓说，谁跟你夫妻了。付安东说，这下好了，这几天你没法儿见前男友了。他说他正在组织人宣传公益，要徒步五百公里。一走半个月，万一他不在，又让前男友抢了先，岂不是前功尽弃？罗蔓说，这样让我明天怎么见人？付安东说，见什么见？我养你。罗蔓喊了一下。

后来发生的事情罗蔓也就能记个大概。在她毫无准备的情况下，男人褪去了她的底裤。她当时坐在他身上，担心的是挣扎太猛摔在地上。想大声喊，又怕周围过来人看见。还在矛盾着呢，男人却分开了她的双腿。付安东喘着粗气，直喊：

"你要是感觉我还行，要不先搬过来，两个人能省不少房租。我爸妈准备把高邮的房子，还有一个商铺都卖了，在北京付个首付没问题。房子我都看好了，就在弘善家园附近。离你上班的地方也不远。"

阴影中，一只黑猫扭过身来惊恐地瞪着他们。花园里几只老鼠迅速蹿进草丛。罗蔓最怕老鼠，不免把男人的脖子揪得更紧了些，男人却像是得了鼓励，更是拼命。罗蔓另一只手在空中乱晃，生怕男人一个闪失把她摔下来，也好随时有个支撑。

3

等到男人不再动作，罗蔓才一点点整理狼狈的自己。见男人一脸得意，罗蔓说，这下好了，你把我收拾了，你不亏了。付安东说，这又是哪门子话。真是要人命，你不知道我心脏病都快犯了。又要操心你的前男友，又担心人看见，又想着我们这么偷偷摸摸实在不成体统。罗蔓说，少来这一套。付安东像是突然想起来什么，说，前两天公司组织体检，做了个肺部CT，说是三个月之内不能要孩子。今天去我那里吧，我那附近有24小时药房。

罗蔓上楼，王晓楠房间依旧亮着灯。收拾了几件衣服和洗漱用品，临出门，罗蔓又折到王晓楠门口，说，晓楠姐，我去朋友家啊。王晓楠哦了一声，又扭过身去继续看手机。下了楼，罗蔓还说，我舍友生气了，和她说话，也不搭理我。付安东说，你和她迟早都是个散，我们早晚都得住在一起。罗蔓说，我闺蜜都拍了结婚照，还是规规矩矩回自己家呢，我成了啥了。付安东说，省点房租不更好？非得讲究那么多虚的。罗蔓见说不过男人，没再多话。

中间应该还发生过一些事，只是印象也不深。就记得回过一趟高邮，两家大人坐一起吃了饭。婚礼细节，她也没操过心。和婚前不同的是，公公婆婆开始频繁出现在她和他的生活中。男人本来话少，有限的几句话里，说得最多的也是买房。

没几天，付守正、王梅香两口子就来了。

这天，一大家子人到我爱我家去签合同。罗蔓看着他们一家人说笑不停，还有些恍惚。她没想到事情会变成这样。上个月还在天通苑和七八个人睡上下铺，现在就要住进自己的房子。说起来谁信？她不相信自己竟然也有这样的运气。手机这时响起来。竟然是李查德。不接也不是，接了又怕付安东盘问。她看了看还在和销售经理问询的付安东，又看了看正戴着老花镜看合同的王梅香，特别地冷静：

"什么事？我去不了。我在忙结婚的事情。"

挂了电话，罗蔓的心还在狂跳。未来的婆婆离她不到一米。王梅香抬头找她的眼神，罗蔓故作镇定，说，工资待遇不说，就说一个月得出好多趟差。王梅香说，房子都有了，先生孩子，工作的事放一放。到时候，我们自己做饭，一个月也花不了多少钱。罗蔓愣了一下，这才意识到公公婆婆要和他们住到一起。

将近三百万的房子，也就七十来平方米。付安东站在窗前，说，想想吧，这里可是东三环。罗蔓还问，东三环怎么啦？付安东说，别说是在三环，就是五环外的房子也未必比这里便宜。罗蔓说，怎么这地方就不值钱？付安东说，问题就是没学区，房子又老。见罗蔓没吭声，付安东又说，但照这架势，说不定明年就会翻番。到时候把这房子一卖，咱们去杭州再买个房。

两个人正说着，付守正、王梅香两口子抬着桶乳胶漆上来，手里还拿着滚筒。付安东忙去接。两个星期下来，门窗柜子仍是土黄，不过墙面重新漆过，感觉还是不一样了。罗蔓每天看些原木家具，想着结一回婚，至少床得换新的。付安东说，花那个钱干什么，过两年说不定就卖了，能不添置东西就别添了，省得到时候麻烦。

在弘善家园住了快俩星期，罗蔓才想着回天通苑取剩下的东西。路上，罗蔓还和付安东说，在这儿住了三四年，先是地下室，后又换到高层，舍友一个个都结了婚，独把我剩下。付安东说，是你一直在挑嘛，和我刚认识那阵子，不是还和前男友藕断丝连？见付安东念念不忘这个前男友，罗蔓想着是不是刺激得有点过，便说，也不是你想的那样。付安东说，我也没怎么想。反正你自己夹好尾巴，要是被我发现你搞什么小动作，有你好看。罗蔓听得后背一凉，先前只觉着他厉害，现在又多了些恐惧。

进了门，两人也没说话。寻常三室两厅，客厅、阳台又打了两个隔断。罗蔓住的阳台，又隔出一块地方，挂满各色内衣袜子。付安东嗽了一声，好像这也新奇得不行。天气燠热，罗蔓整理半天衣物，出一身汗，索性脱得只剩一个背心，又拣了条运动短裤套上。付安东拿起一本《中国新工人：文化与命运》，见里面还有红笔勾勾画画，写有点评，瘫在床上读起来。罗蔓说，那是晓楠姐的书，别给弄坏了。边说边扎起头发，直喊热得受不了，得去冲个凉，嘴里还唱着“在那山的那边海的那边有一群蓝精灵，它们活泼又聪明，它们调皮又伶俐”。

没多久，却听见罗蔓在外面啊了一声。付安东从床上弹起来，开门一看，女人双手抱胸，客厅中间站着个男人，上身白衬衫，下身西裤，戴着黑框眼镜。罗蔓贴着墙，问，你是？眼镜男说，我是王晓楠的爱人。说完，好像眼光没处安放，快步走向防盗门。听见铁门撞上，罗蔓这才像从惊吓中反应过来，摇散头发，啊啊啊直喊丢死人了。

付安东却说，幸好我跟着一起来了。他上上下下扫了一眼罗蔓，好像女人处在危险中，全靠了他，才得以保全。罗蔓说，这人我听晓楠姐说起过。三十好几，一个人带俩孩子。男人说是工作忙，应酬多，在外面的时间比在家还长。女人本来在家闷着，容易分心，眼看男人有时还夜不归宿，怎么可能不多想？男人也确实是忙，好多捕风捉影的事，不过是晓楠姐的想象。男人想着自己什么都没干，还挨一肚子牢骚，索性把事情做实。再说外面的小姑娘还对他好，言语也温柔。他完全是破罐子破摔了。晓楠姐本是吵闹一番，给男人点儿警告，哪里知道男人心肠这么硬。两个人僵到后来，那就离吧。离了婚，婆家人还是认可晓楠姐。据说这男的后来又处下了女朋友，婆婆还专门杀过来和小姑娘谈了回心，说你人又漂亮还聪明，到底看上我家儿子啥了，还说存款房子都给了他前妻。好家伙，这还没结婚呢，婆婆都是这态度，要结了婚，得惨成啥？就这么把男人身边的女人全吓走了。等到俩孩子上了幼儿园，晓楠姐想着自己好赖也是正经大学毕业，怎么甘心受人背后指指点点，索性跑到北京来，过过自己从前没敢想的生活。但我没想到这男的怎么也跟到北京来了。不对呀？罗蔓自言自语说上一大篇话，好像还是有些细节死活没推论明白。

付安东说，都是麻木虫子，折腾半天，到了一定年龄，最后还是嫌累，又是成年男女，凑合着往下过呗，你以为演电视剧啊，都那么道貌岸然，按着道德原则和完美想象往下编。罗蔓说，有时候听见晓楠姐打电话，训那男的跟训三孙子似的，今天一看，他看上去也还不赖啊。付安东说，你都已婚妇女了，能不能有点儿廉耻心？就穿着内衣内裤裸在人跟前，不知道脸红，还做上春梦了。罗蔓也不争辩，继续说，晓楠姐其实人也不赖，自从她住进来，这屋子整洁得都让人不好意思随便乱放东西。你说说，看起来，两个人都挺好，怎么就把日子过成这样？离了婚，还这样。罗蔓叹了口气。付安东说，你和前男友都能那样，别人离婚了为什么就不能？罗蔓见付安东语气里尽是嫌弃，好像她过去引以为豪的朋友和榜样在男人眼里不堪一提，不免有些窝火。说得再多，也是鸡同鸭讲，索性住了嘴，只是闷头收拾。倒是付安东见罗蔓突然不说话，还觉着奇怪，又东问西问半天王晓楠的事情，罗蔓半天讲出一句“人都差不多吧”，再不言语。

好多从前攒下的零碎，当时喜欢得不行，这回收拾半天，提了一箱子，到了楼下，罗蔓却径直扔到了垃圾桶里。付安东见女人脸色不对，才意识到可能哪些言语冒犯了她，便说对不起。罗蔓说，跟你没关系。付安东忙说，以后不提了。罗蔓说，我就是想着，你家本来就不大，又要塞这么些可能下半辈子都用不上的东西，还不如索性扔了。付安东说，什么叫你家，难道不也是你家？罗蔓说，房产证上都没我名字，谁知道是谁家。付安东听了，原来症结还是在这里，忙赔着笑，说，下一套，下一套房子先写你的名字。

小区里几个老人摇着扇子，面无表情地看着他俩。因为没拿东西，付安东坚持要去小花园，说想再看一眼两人当时定情的战场。那晚就着月色，花园里影影绰绰，好像别有一番韵致。这回细看，墙根边，尽是皴皮的梧桐树下，扔着矿泉水瓶，还有来路不明的卫生纸。一只黑色的猫仍扭身蹲在那里，一副想逃跑却又忍不住好奇的样子。付安东说，可怜的猫，谁这么狠心，当初既然想养，干吗最后又抛弃。罗蔓懒懒的，也不说话。付安东说，不会是怀上了吧？怀上了，就把工作辞了，我养你。罗蔓皱着眉头，说，搞了半天，我跑到北京来，就是为了等着被你包养？付安东说，什么话。罗蔓也觉着自己不像是有出息的人，自个儿还没整明白，想起一出是一出，却又时刻审判着别人。她就在心里把这些念头揉搓来揉搓去，更感觉没什么意思。付安东兴致却高得很，仍是松松垮垮地往前走，也不知道是天生活泼，还是从来就没个正形。

领结婚证前，两个人认真谈过一回话。付安东问她将来的打算，当时想法也模糊，罗蔓嘻嘻哈哈，说，挣钱，旅游，撩汉。付安东说，说半天，还是因为没钱。罗蔓问，你呢？付安东说钱能挣下多少，也说不来，他一朋友在游戏公司，当初工资也不高，公司就给大家分了些股份，后来经过几轮融资，他也成了千万富豪。他说最早王石还在楼上办公室办过公。怕什么呢？谁没有年轻过？付安东这么说的时候，好像他一点都不担心钱的事。他心心念念，想的还是做些公益。钱给不了人成就感。见男人说得严肃，罗蔓也收起玩笑。再后来，也不知道是自己一厢情愿的想象给男人添了些光环，还是确实被他打动了，她再没觉着他比她还矮有什么不协调，更没想着他的价值观会不会不对。一个热心公益的好人，能差到哪里去？被他强行摁住之后，她一直都在这么安慰自己。她以为自己早就逃离了过往，今天回了趟天通苑，发现自己仍是个不通世故的小镇姑娘，眼皮子浅，慌里慌张，还有那么些愚蠢。

4

起先罗蔓还推荐婆婆到三源里菜市场，东西全，菜也新鲜，说不定还能遇见明星。但王梅香去了一回，就买了两条毛刀鱼。再提起，还说，咱家又不是多么有钱，有那个路费都够菜钱了。罗蔓知道老人和她想的不一样，也就没再多嘴。王梅香、付守正两口子，很快就把十八里店、南磨房一带，谁家东西实惠，哪里能买到新鲜的菜，摸清楚了。这么多年，罗蔓从没做过饭，偶尔看见王梅香在厨房忙活，也想着帮帮忙，却被推了出来。好像这些日常琐碎根本用不着她操心，她的心思应该放在保身体怀孩子上。

过了小半年没有动静，王梅香沉不住气了，问罗蔓，你们怎么回事。一句话把罗蔓问蒙了，心里没底气，说话也怯，说，小付太忙了。儿子忙不忙，王梅香当然知道。等到付安东回来，付守正还专门问了问儿子的工作。问完工作，付守正说，你都三十岁了，再过两年罗蔓也三十，孩子还没养大，你们就五六十岁了。付安东说，我知道。付守正说，知道还不抓紧。付安东说，这又不是考试，再抓紧不也有个过程？见父子俩声音高起来，王梅香连忙端出一盘西瓜。付安东说，你们要是真闲，可以到楼下跟人打打牌聊聊天。王梅香说，人家都在那儿看孙子，跟他们有什么好聊的。

付安东吃了口西瓜，进到卧室，见罗蔓抱着本书看，直接扑了上来。罗蔓说，神经了，这才几点。付安东做了个假动作，又往床上一瘫，说，这不你也听见了，要再怀不上，只怕你的日子也不好过了。罗蔓没搭理他。付安东又说，当年我妈还没嫁过来之前，女方要到男方家看一看。我妈到了我奶家，什么地方也没看清，就是一夜没敢睡踏实。熬到第二天早上，睡得死沉，我奶进房取了回东西，不知道我爸什么时候也蹿进来了。就是那天早上怀了我。我妈想着既然都这样了，那就嫁吧。我妈可能是怀疑我怎么就没有遗传一点儿我爸的基因。罗蔓听了，双眼瞪着，好像这话怎么就好意思说得出口。付安东说，老辈人就知道个生孩子。好像孩子就能完成他们的希望。

罗蔓合上林奕含的《房思琪的初恋乐园》，说，你这天天都是和各种机械打交道，成天飞来飞去，会不会有辐射，要不咱们去做个体检？付安东却不接茬，只是说，不行再干上两年，挣笔安家费，我就换工作。说到工作，罗蔓又说，我要这么天天耗在家里，被你爸妈看守着，不找个工作，迟早会疯掉。付安东说，没人不让你找工作啊。这不是担心，怕万一怀上了，又成天东奔西跑，不利于保胎嘛。罗蔓说，人家胡萱在大君和夏导之间穿插来去，二胎不都怀上了？付安东偏过身来，认真看了眼女人，说，你可不要跟你家胡萱学，她就是当代潘金莲，迟早会出人命的。罗蔓说，我倒是想学了，也得先有那个姿色啊。付安东说，现在的女人也不知道怎么啦，一个个都成了狼成了老虎了。罗蔓说，那你还不害怕？付安东说，别和我磨嘴皮子。你要真想去工作，就找吧，有个事情做也好。罗蔓还想说些别的，付安东却说，有空了帮我收拾下东西，明天得到日本出趟差。

早上迷迷糊糊中，听见厨房里有人在打豆浆。洗漱完，吃了两口东西，罗蔓简单化了下妆，拿上包就要出门。王梅香在厨房里喊，问中午回不回来吃饭。罗蔓说，面试呢，怕是赶不上，不用专门留饭了。

面试的地方离家并不远，结束了，罗蔓却也愿意晃到稍微晚一点儿。正在街上四顾茫然呢，胡萱打来电话，问，大半年也不联系，不会是着急生孩子去了哇？罗蔓说，可不是，他妈天天给炖王八汤，补出一身火。胡萱嘴里一口水差点喷出来，说，那小付岂不是死定了？罗蔓说，小付对这个兴趣不大，中了他妈的魔了，母子俩天天就是看中国地图，琢磨去哪再看套房呢。胡萱说，不对啊，当年你们在天通苑，星空下，激情得很嘛。罗蔓说，我看走眼了。当时以为他说犯心脏病是夸张，是修辞，现在看来，就他那小身板，可能真是实话。胡萱跟着笑，说，千万不要以为现在的这个男人就是这辈子最后一个男人了。罗蔓说，我不是你，过不去那道坎，除了小付，以前就有个老李，我根本不知道别的男人是什么样子。胡萱说，那你再试试啊。罗蔓说，试个屁。你知道和小付还没结婚时，我妈怎么和我说话吗？我妈说，罗蔓，总有配得上你的男人，不敢随随便便乱找一个瞎凑合。到后来，见我实在没动静，我妈又劝我，罗蔓，你是成年人了，寻求快乐天经地义，就是多注意，小心染上病。你说说我妈到底是怎么想的。胡萱说，你妈还挺现代的。罗蔓说，现代吗？我跟小付说，小付听了一直怀疑我鬼谎三秋，不正经，说我是家教出了问题。胡萱说，要真信了小付的话，那你就是真傻。两个人电话里说完，又约好一起到美容院按背。按了背，姑娘又给推荐，说罗蔓的胸口有个结节，最好做个胸，将来生孩子没奶了再做怕就来不及。罗蔓一问价钱，套餐下来，将近三千，就说下回让老公交钱来。

进门的时候，一股鸭肉味蹿进鼻孔。王梅香在厨房里炖三套鸭，叫罗蔓尝尝，问这回做得正宗不正宗。喝了汤，又放下手机往卧室走，付守正拿着个笛子在阳台上断断续续地吹。罗蔓听了会儿。王梅香打开电视，男男女女的声音吵起来，罗蔓放下才看了二十来页的《房思琪的初恋乐园》，出来跟着看。剧情也不复杂，大概就是好女人遇上负心汉。罗蔓看得别扭，王梅香又换台，现在的电视剧是怎么了？全是这些。说完又感慨了句，有时候喜欢起人来也真是没办法。感慨完好像还不过瘾，又哼道，栀子花开六瓣头，三瓣正来三瓣歪，要正你就正到底，要歪你就歪过来，何必正正又歪歪。罗蔓听见有趣，问唱的是什么。王梅香说，江南小调啊，从小老辈人就这么哼的。罗蔓上网搜了下，听了半晚上。

付安东回来，带了个马桶盖，说是智能的，大便后都不用卫生纸，直接冲洗。王梅香又絮叨，嫌他尽乱花钱。罗蔓见他们母子你一句我两句，说个没完，远远看了一眼，又摇头晃脑地听她的歌去了。付安东见她玩得开心，抢过耳机也听了一阵子，听完，又皱着眉头问，你不是有什么状况吧？罗蔓说，神经，这是你妈妈刚刚教给我的。付安东说，什么年代了，还听这。罗蔓也不解释，几遍下来，能哼了，又把自己哼的歌弄成配音秀，转在朋友圈里，还写了几句话，只是写完又觉着乔张做致，便设置成私密，没对任何人开放。

微信响了，是之前合租的王晓楠。问她工作找得怎么样了，要是没合适的，先去皮村干志愿者，工资不高，好赖有件正经事情做。付安东探起头来，问是谁。两个人感慨了一阵离婚男女的世界，罗蔓又说，要是我男人背着我在外面胡搞，肯定不会再和他纠缠下去。付安东说，你直接警告我就得了，说得好像你还有别的男人似的。罗蔓说，你在外面胡来我倒不担心，就你这……她上下瞅了眼男人的身体，后半截话没吐出来。付安东说，其实男女这点儿事也没什么意思。成天价谈论这些，好像这就是人生唯一的乐趣。罗蔓“嘁”了一声，说，讲得好像你真脱离了低级趣味。付安东却开始讲起课来，说人一辈子能活多少天，还是得做些有意义的事，成天就是八卦和花边，也忒无趣了些。

见付安东又开始上大课，罗蔓去了趟厕所，磨蹭半天，又喝了杯水。婆婆仍在刷手机，头也没抬，只是在那儿感慨，说，五百万，普通人干一辈子，买个鸟不屙屎郊区烂房子，还不如租个舒适点儿的地铁房，再买个老破小学区房租出去，生活质量，小孩上学，都解决了。罗蔓看了眼泛黄的桌椅门框，没再多话。进了房间，还和付安东嘀咕，说，你妈成天研究房地产，不会走火入魔吧。付安东说，老太太有点事干不挺好？你让她成天盯着你的肚子就安生了？罗蔓捣了付安东一拳，扭过身闭上了眼。

有一件事，罗蔓没和付安东说。王晓楠离婚，起因并不单是男人外面有了人。生了二胎，休完产假，王晓楠开始上班。工作的地方是个文化单位。王晓楠又好强，平日没人愿意参加的会，都会按时去。去了她做笔记，还会拍照片，谁来了，谁没签到，她都记在本子上。人人都在糊弄，对付着往下过，但王晓楠却不这么想，她把单位也当成了家，见不得人腻腻歪歪，既抱怨这些形式主义，还赖着不走。同事间的闲话，她也记得，领导的牢骚，更是录得清楚。也不是她有心，就是个习惯，连孩子平日里学会说几句话，她都兴奋，好像真是完成了什么大课题。慢慢地，单位人也都认为她有能力，还这么任劳任怨。连她自己也有种幻觉，好像她都这么出色了，下一步，同龄的几个人提拔，怎么着也得先紧她。不料组织上来考察，竟然是另外两个人。晓楠姐不依不饶了，直接跑到领导办公室，说这两人一个是会计，一个就会扭腰跳跳舞，咱这单位又不是会计协会，又不是广场，提拔上这么些人，成了甚了？你们如果非要提，我就到纪检委告去。她甚至不知道从哪里打听到谁谁谁改了年龄，谁谁谁学历也有问题。怕这么说不管用，她又编了长长的短信，挨个儿给人发，说，要是一点都不争取民主意见，我就散到网上去。这么一通闹下来，别人见了她别扭，王晓楠却是毫无心理障碍。到了单位，该和谁说话还怎么说，好像她什么也没做错。结果，她，还有她举报的两人都没被提拔，另一个谁也不看好的人，却得到了重用。王晓楠那叫一个生气，又开始天天抱怨丈夫没用。说别人家的丈夫如何如何两口子一条心，而她的男人呢，竟然动不动就带她去看心理医生。婚是她闹着要离的。王晓楠想的是，既然小地方不讲规矩，没有是非曲直，那就去大城市吧。等到在北京漂了一段时间，王晓楠也有些后悔，好几回说起前夫，也没那么深恶痛绝。偶尔控制不住情绪，在电话里那么训斥，男人竟也没撂下电话，还是安安静静听她发泄。

罗蔓听着这些的时候，不知怎么会想起李查德。当时她在老家，成天想的就是考试，进编制，稳定下来，再找个合适的人结婚，李查德却像是看透了她是个不安分的人，一直鼓动她去北京。鼓动的理由却也奇葩，说，那样的话，北京离麦城不也很近？到时候我去看你，几个小时就到了。起初也是贪恋那份旧情，最后决绝地跑到北京来，还是因为恐惧。小地方的生活，一眼就望到了尽头。她不甘心。

脑子里转了半天，各种念头此起彼伏。索性打开电脑。付安东睁眼一看，见罗蔓还在电脑前，便问几点了。罗蔓说，失眠了，做个简历。付安东探起身来，让她看他的简历，说这么多年他上班时间卖机械，下班了还自学英语，又读了经济管理的研究生，该考的证都考了，也算成了资深，好些公司都想挖他。罗蔓听得一愣，这才意识到，她的所有困境完全是因为这么多年不够努力。她说，你先睡吧，我再逛会儿投投简历。

付安东倒下没多久就打开了呼噜。罗蔓听着老旧空调发出的声响，死活没了睡意。索性走到阳台上站了会儿。鱼鳞云铺在深蓝色的底子上。对面楼上那对男女还在炒菜。一只白猫双爪搭在墙角，仍是那么惊魂未定地和她对视。

5

正看着手机做瑜珈，电话响起来。是罗蔓。接通了，却也不说话，只是抽抽噎噎。胡萱忙问怎么啦。罗蔓半天才憋出一句话，萱子，我要死了。这是什么话。问明所在位置，胡萱蹬上凉拖，拿起车钥匙，就往协和医院走。下了车，正要打电话，却见罗蔓失魂落魄地一屁股坐在马路牙子上。

“你刚刚站在那儿的样子，就像是迷路了。”

胡萱不说还好，一说罗蔓的眼泪又没止住。等痛快哭完，罗蔓这才前言不搭后语，一五一十，细细数说了一大篇。前两天小便不利索，一上厕所就痛，还想着是上火。就在社区门诊买了牛黄解毒丸，结果吃了仍是没效果。百度了半天症状，都说是染上了性病。活了二十大几，竟得上这病？她不信。跑到协和做了个检查，医生面无表情地告诉她，说，淋病，先输液，再吃药。罗蔓紫涨着面皮听着，也不敢多问。

胡萱听明前因后果，问，不会是交叉感染吧？除了小付，你没和别的人上过床？罗蔓一听，又哭了，边哭边说，真是丢死人了，我还不如多和几个男人上过床。一句话说得胡萱想笑，又没好意思笑出来，只是说，这事儿先别声张，找个机会把付安东带到医院来做个检查。说完又笑，说，敞亮点儿，我还以为怎么啦，多大点儿事儿啊，一惊一乍的。

两个人逛了半天王府井，罗蔓还是蔫蔫的。罗蔓说，要是小付也查出来了，可怎么办。能怎么办？狠狠收拾他啊，一个男人，结了婚，还乌七八糟胡搞。罗蔓想说什么又闭了嘴。胡萱说，小付是不是有情况？罗蔓说，我根本就不关心他做什么。先前觉着他热心公益，是个好人，这些天又天天趴在网上写公开信，呼吁这呼吁那，在建什么全国反性骚扰联盟。我说你自己屁股都不干净呢，还成天做堂吉诃德。你知道他怎么说？他说总得有人先站出来，要不然我们每个人都成了同谋。胡萱说，男人都是个这。我家大君，倒没想着做什么公益，也要时不时地给西部山区孩子捐点儿东西，平日里我想扔的衣物，他都不厌其烦地送到邮局，说是总有人用得上。还跟我讲什么拼多多，不是每一个人都有我这么好的运气，让我不要沉迷于中产阶级生活的幻象，听得人泼烦。罗蔓和大君也一起吃过饭，相貌周正，不比胡萱后来找的几个男朋友差，话虽不多，开了腔却是从容又有条理，听他讲话，只觉人间烟火躁气全无。罗蔓没少在付安东跟前说大君的好，直感慨胡萱跟前守着个宝贝疙瘩看不见，还成日价浪荡，生怕没了风波，日子无起色。

胡萱说了一阵子话，罗蔓仍是不多言语。胡萱说，你就是身体太差了，也学我，天天锻炼，保证不会染上这些毛病。罗蔓说，认识付安东之前，我跑步，走路，生活规律得很，现在呢，觉着做什么都没劲。胡萱说，你纯粹是惯出来的。结了婚，又在北京买了房，平日饭菜都有婆婆给你端到桌上，什么心也不操，自然懒怠。罗蔓说，事情真不是你想的这样。我和我妈我爸打电话，说起在北京的不如意，我妈我爸也说我，你还想咋。我也不想咋，我就想高兴一点儿。可就是高兴不起来。你说我是不是抑郁了？胡萱看了罗蔓一眼，没说话，又走到小摊跟前，买了两瓶老酸奶，返身递给罗蔓一瓶。又说，不行，真找个男朋友，有时候婚姻也需要新鲜刺激。结婚容易相处难。为什么人会出轨，只是对寂寥人生的反抗。拥有过梦幻婚礼的女人，结婚后的痛苦你是不知道，真是如同凌迟，慢刀子杀人。罗蔓神经质地笑了笑，面皮仍是绷得很紧，说，我这种没有期待的人，都觉得苦闷。你当年出轨，怕也真是无聊。当年大君明知你刚生完孩子，怎么就忍心跑到国外去。这下好了，硬生生给人创造机会，捡了顶绿帽子。

两个人一递一句，说到高兴处，胡萱又说她最近又认识了个男人，长得壮实，人也有意思。罗蔓知道胡萱在北京、麦城都有几套房，和男人暧昧，也从没想过利用他们，纯粹就是想重温下爱情，男女都没有目的，相处反倒自在轻松。胡萱仍在讲述她的情史。听到后来，罗蔓好像也明白不少，便感慨，你说我又不是十七八，怎么还是这样矫情。幸好付安东不是你，他要是你这样的人，你说我还活不活。胡萱就说，你怎么就知道付安东不是这样的人？罗蔓说，他倒是有这个心，怕也是没这个胆，成天邋里邋遢，谁会待见？胡萱说，别小看男人这种动物。

先前天上还有点儿淡黄色阳光，这会儿却一片铅灰，风也跟着刮过来，搓棉扯絮地，突然下起雪来。还掉酸奶瓶，胡萱却弯下腰，双手掌撑在地上，停顿几分钟，才慢慢盘足直起身来。罗蔓问这是什么功夫。胡萱说，你试试？罗蔓双手伸到双膝处，就下不去了。胡萱说，这是八段锦，固肾强腰子的，保不齐还能缩屁股瘦肚子。罗蔓这才有点儿笑意。胡萱又说，刚生完孩子那段时间，我也做什么都没精气神，就是想睡觉。有一天就想，这样下去不对啊。成天昏昏沉沉，活着了无生趣。就开始看健身的视频，照着练，后来又觉着不过瘾，开始撸铁。真的，这容易上瘾。每天不把自己搞得浑身酸疼，总好像这天没做正经事。罗蔓说，你要浑身酸疼去找夏导不就行了吗？胡萱说，你还真信啊。夏导不过是夫妻生活间的调味品。大君也知道我跟夏导没什么插曲。罗蔓说，人话鬼话你都说了，谁知道哪句是真的。胡萱想说什么，却见电话响起来。挂了电话，胡萱要先撤，说是还得去带孩子上形体课。

罗蔓也不想回家，就漫无目的地在街上游荡。风吹得尖硬了，才想着找个地方躲。隐约传来电风琴声音，还混着唱诗班歌声，罗蔓回头一看，却是一座天主教堂。本是想着进去坐一坐，到得里面，满满都是人，过道里也站满了。罗蔓还想选个合适位置听一听，却见人齐齐整整跪下去。她左看右看，就这么站着也突兀，双膝一软，也跟着跪了下去。一袋子药撞在地下，哗哗啦啦响，罗蔓慌忙收捡。别人闭着眼，一脸虔诚，嘴里跟着喊什么，也没听清楚。罗蔓跪着才感到满背细汗，只盼着仪式快结束，好早些出去。又不是诚心信这个，混在里面，总觉着万千眼睛都盯着。

到了家，付守正、王梅香两口子不在。把塑料袋里的药一瓶一瓶掏出来，却也没想着吃。晚上快九点，付安东进门开灯，见罗蔓坐在沙发上，也不言语，慌里慌张中又把灯关了。到底脱了鞋，光脚过来，一步就跨在她身上。罗蔓的眼泪哗地就流了出来。付安东问，怎么啦？你看我爸我妈怕影响到我们，特意半夜都不回来。说完，见罗蔓仍是冷冷的，又问，是不是在公司被欺负了？罗蔓说，你起开，让我安静待一会儿。说完，又慢慢往阳台上走。男人先是去了厨房，开了冰箱取出酸奶，又打开电视，家里还是一如既往地吵闹。罗蔓抱着胸，慢慢靠墙缩下去。

等看清茶几上的二甲胺四环素、氟哌酸，付安东才意识到哪里出了差错。他想起上半个月前，组织了二三十号人去徒步，宣传公益活动。晚上喝了些酒，他又跑到伍诗绮的房间聊了聊，说是要谈些事情，结果仗着酒醉，把她压在床上。后来发生的事情他并不怎么记得，只是听人讲述，前女友一直喊救命。同行的人把门踹开，看见他还压着那个伍诗绮，而床上吐得到处都是。第二天，付安东清醒过来，到底心虚，第一时间给伍诗绮道歉，还发了个红包。伍诗绮并没有收他的红包，只是问，你把我当成啥了。见伍诗绮并没有过多责怪，他才稍稍安心，以为她到底还念着过去的情分。

活动快要结束，偶尔他会反复提起这件事，听的人都说，喝了酒还。好像喝了酒做出这样的事并不值得大惊小怪。付安东数说这些，好像只有借助他人的回忆和分析，才能帮他压制住内心的恐惧。当然，他总是表现得有那么些愧疚。好在做公益的一帮朋友也没人说他的不是，还说谁都有喝多的时候。

回家前一夜，他浑身疲惫，看见酒店按摩价格不贵，便想着放松一下，后来按摩女说再加点儿钱，可以做个特殊服务。按摩女说，我们这是背着老板自己做的，并不常做，你也不要声张。付安东平日在街上看见小姐一脸浓妆，都会心生嫌恶，动不动就说，这些鸡婆。这回听了介绍，见价钱合适，就由着她上下折腾。

等到酒醒，付安东后悔了。后悔倒不是他认识到自己的行为有什么不对，就是害怕染上病。结果还真的得了病。先还想着这事能瞒就瞒着，也不敢声张，只是每天偷偷吃药。可这回看见茶几上的一堆药，付安东明白，罗蔓什么都知道了。

他走到阳台，从后面搂住了她。罗蔓先还挣了一下，见没挣开，就由着他了。付安东说，对不起，老婆。他原原本本讲了酒后怎样抱住伍诗绮的事。至于发没发生关系，他不能肯定，踹门进来的人说也看见他们衣服齐整。伍诗绮是谁？付安东又把认识的过程，中间如何分手，这回搞活动，重又遇上的一段，老老实实交代了。说完这一切，付安东像是有些恼火，说，你说现在的酒店怎么这么脏？就这么住了一晚，我怎么就染上这病了？他说得那么坦然，好像在抱怨世风日下，怎么从前的女朋友也不单纯了。

不知道罗蔓有没有听出他的话外音。起先女人还耐心听着，到后来竟然忘了纠缠这些医学问题，扭过身来，只是喊，你先放开我。等付安东松手，她才坐在床上，问，你这是第几回了？付安东表现得很夸张，直喊，什么第几回？罗蔓说，第不第几回，你心里没数吗？头一回和我就是来硬的，这回打着公益的名义搞活动，又这么欺负前女友，你要说你总共就干了这么两回，你觉得我会信吗？付安东赌咒发誓，还说要不信，完全可以问他周围的朋友，都是见证。罗蔓冷笑一声，也不接茬儿。付安东说，你要我怎么做才相信？罗蔓说，现在不是我信不信你的问题。我根本不关心这个，我只是特别厌恶我自己。

要不是付守正、王梅香两口子进屋，罗蔓可能还要和付安东闹下去。王梅香端过一碗双皮奶，罗蔓接了顺手放下，把买的那一堆药往床头柜里推了推。王梅香说，早上起得早，楼下药房搞活动，给免费量血压，阿胶也打折，我们也买了几盒，你也吃一吃。你看你，脸色苍白，都没什么血色。罗蔓眼圈一红，又差点落泪。

晚上，罗蔓自己铺了个单子，睡在了地板上。付安东让她睡床上，他睡地板，罗蔓没搭理。两个人就在地板上睡了一夜。

6

这一年，夏天还没过完，罗蔓就换了四份工作。早上还和母亲打电话，说简直快成了跳跳糖。李晓妮还说，又没人靠你挣钱，就不能好好想想能做点什么？早些年，母亲离婚，再嫁，后来又和父亲复合，从小她对母亲没少存偏见。如今她不再推究父母关系，也不再把自己当成受害者，反倒有种解脱。罗蔓说，自个儿挣的钱，花起来痛快。李晓妮就问，怎么小付平时不给你钱吗？罗蔓说，人家天天存钱，想着在北京再买套房呢。后来不知怎么说到吴自凡不着调，成天就弄他的篾条，心心念念折腾什么非物质文化遗产，连儿子结婚的事都不上心。“有空了你也说说你爸，他现在跟个木头一样，我说什么都是油盐不进。早知道就不复婚了。”见李晓妮又开始责怨父亲，罗蔓头就炸了。李晓妮却是不管不顾，说，你弟弟处了个对象，要在上海买房子，就因为买不上吹了。现在还跟我说，姐姐都在北京买了房，好像我们这些做爹娘的如何偏心。见李晓妮又开始老三篇，罗蔓说，我得出门了，完了再讲。挂了电话，罗蔓还在窗前站了会儿。她想着这些年一直谨小慎微，甚至和付安东有了那么多矛盾，也没敢说句硬气的话，是因为什么呢？转过身，看了眼梳妆台镜中的自己，蓬头垢面的，忙到卫生间描画涂抹。

正混想个没边没沿呢，却接到古法农耕社的通知，让去面试。去了，面试官却也没问她有无工作经验，只是端过一盘小米，让她给写个销售文案。先前就知道公司在做有机农业。她自小在县城长大，从没去过田间地头，对农业也没兴趣。不过是想着能和纯粹天然食材打打交道，也还不错。宣传产品，写用户体验，重点是真诚，得像那么回事。经理讲完，临到动笔，罗蔓想起在麦城和李查德喝小米稀饭的日子，想起那种和革命相联系的粗粮，一时也不知从何说起。倒是下乡支教见过黄土地上长出来的小米，一颗颗捡拾回来并不容易。写了点潦草印象，又引申发挥了些农民和土地的关联，自己都觉着矫情。经理看了，却说了句，明天来上班吧。罗蔓糊里糊涂地答应，出得门来，还和付安东发短信，说是找上工作了。付安东还让她多长点心眼，不同的工作，要求不同，要主动去学习。见付安东又长篇大论教导个没完，罗蔓没了说话的兴致，只是哦了一声。其实，她应承下来，也只是想缓口气。成日找工作，被招聘的人打量来掂量去，她实在是受够了。

公司在桃源、麻城、麦城都有基地。罗蔓到桃源去看了一回，山清水秀，蔬菜叶子上的刺毛虫，水塘里的蝌蚪，也觉新奇。她跟着一众小伙伴下田栽秧，几天下来，脸晒黑了，看上去却也健康了不少。好几回下了工，别人说笑着径直往回返，她却要多走一截。村里的房子并不起眼，门前总是种些绣球花，随随便便就长得那么蓬勃。有户院子外，枇杷树上披满了金银花，她摘了一大捧，想着回去泡茶。一路草木腥气，她只是闭上眼睛深深呼吸，好像肺里都能感觉到这新鲜的刺激。

时间一下子慢下来。星空下，大家吃着烧烤，喝着啤酒，说到古法耕作，讲起城市和乡村关联太少，罗蔓突然来了句，要不我们建几个微信群吧，让大家打卡跑步，然后给坚持下来的人一人分一小块田，运动和咱们的有机农作结合，不就是健康生活吗？听的人都说罗蔓的想法有创意。

罗蔓这才知道原来对古法农耕感兴趣的人有这么多。建了五个群，还有人想再加进来。农忙时，她也帮忙干活，多数时候，只是拍照，录些短视频放到微信群。有人问，怎么来做志愿者，罗蔓看到了，都会耐着性子，一一解答。

走了半个多月，付安东也没联系她。若不是王梅香隔三差五打个电话，罗蔓差不多忘了自己还有个丈夫。要是就在这山野一直待下去，她也没觉着有什么不好。到底还是得回去，临走前，她在村里买了些笋干、腊肉，鼓鼓囊囊，撑了一大包。

下了飞机，本想让付安东来接一下，后来还是自个儿坐了地铁。王梅香见罗蔓一样一样从包里取土特产，直问价钱。婆媳俩有一搭没一搭地在厨房说着话。罗蔓又拿出两包黑茶递给付守正，说都是当地人自己手工揉制的。付守正接过茶，也没细看，只是说，你这工作一出差就是半个月，就不能和领导说说你的特殊情况？罗蔓愣了下，还在想自己哪里特殊，王梅香却说，就不能让人家孩子歇歇，说话也不挑个时候。罗蔓说，乡下生活好是好，就是洗澡不方便，我先出去洗个澡。

等到罗蔓进门，只有付安东坐在餐桌边，手指头窝得直响，好像随时准备审问她。罗蔓脱了鞋，也不说话，走到卫生间，搓洗着衣服。付安东却冲过来扳过她的身子，说，罗蔓，你不能这样对我。罗蔓皱着眉头，说，你就不能轻点？付安东却像是受尽了委屈，说，我承认我做错了，问题是，你到底想要怎样？罗蔓说，你想要怎样？付安东说，我怎样也不怎样，日子不还得接着往下过吗？罗蔓说，然后呢？付安东说，什么然后？罗蔓说，这么多天，你就想了个这？这就是你的诚意？付安东说，你还想要怎样？罗蔓说，我不想要怎么样。我甚至都没想过你。既然你喜欢打着公益的旗号欺侮小姑娘，那你继续去干啊？你感觉那么做能满足你的兽欲，你就坚持去做好了。你不要碰我。付安东说，你说的还是人话吗？罗蔓说，我说的是不是人话不用你评价，你做的是不是人事你自己心里清楚。付安东说，我们不能这么耗着，这不是解决问题的办法。罗蔓见男人一脸蛮悍，听不进她的话，也有些恐惧，说，那你说啊。付安东说，我们就不能像正常夫妻那样重新开始吗？罗蔓哼了一声，好像听到男人这么说话真是讽刺。付安东说，你到底想要怎样？罗蔓又往墙壁缩了缩，仍是冷笑着，说，你先放开我，别对着我大喊大叫，你是不是认为这样特男人？付安东松开手，说，你能不能明明白白告诉我你想干什么？罗蔓说，洗衣服啊。罗蔓看了眼镜子里男人扭曲的脸，并没觉着害怕。

洗完衣服，又去阳台上，掸了掸衣服。她站了会儿，看见付守正、王梅香两口子绕着楼下花园走了一圈又一圈。小区里带小孩的老人不少。付安东不知道什么时候下了楼，在健身器材旁吊着单杠。旁边走过来一个五六岁的小女孩，穿着松绿色裙子，对他说了些什么。付安东神色张皇看了楼上几眼，才把小女孩举到单杠上，双手也没敢松开。等把小女孩放下来，付安东又走到旁边拉伸。反正付安东做什么，小女孩都缠着也要跟着做，付安东好像没有带小孩的经验，有些手忙脚乱。

看了一阵子，罗蔓觉着浑身疲乏，索性躺在床上，起先没睡着，便捡过《房思琪的初恋乐园》，想看两页。她做了个梦，不知遇到了什么危险，跑也跑不动，醒来才看见付安东双眼瞪着她躺在对面。躺着不算，还把手搭在她腰上。她把他的手甩开，翻过身。付安东又涎着脸调到这头。如是折腾几回，到后来终是没拗过男人，由着他脱了睡衣。其间她就说过一句话，你那病好彻底没？付安东压着喘息，说好了好了都好了。

事后，她也没去洗，仍是捡过书，好像这样能有点遮挡。付安东说，知道我刚刚在楼下碰见了谁吗？被你骂上一通，我想做几个引体向上，结果过来一个小姑娘，五六岁的样子，直喊叔叔叔叔，我也要上去，还说她爸爸也能拉多少个。当时把我紧张得，生怕人家父亲冲出来，说我猥亵他家孩子。我做个什么，她都要跟着，还喊着叔叔我也要做。以前看见小孩，只觉着亲，自从被你骂过几回，我浑身都不对劲，好像整个人全是邪恶。罗蔓仍是没说话，放下书，又往卫生间走。付安东说，你就不能说句话？你骂我两句也行。罗蔓说，我又不是五六岁的孩子，还分不清是非。付安东说，你到底想要我怎样呢？罗蔓说，你让我一个人待会儿就行了。付安东说，你一个人待的时间还不够长吗？

罗蔓洗了把脸，出门却见付安东正在那里看她的手机。刚认识时，付安东的嫉妒心特别强，罗蔓跟谁出去都要拍照片发视频定位。和胡萱说起自己的不爽，胡萱还笑，这男人不也挺可爱？多吃点醋不也能增添夫妻情趣？不像我家大君，压根儿就不管你。罗蔓说，你还能管得住？尽管开始不适应，到后来每日汇报，竟成了习惯。就是出差这半个月，她没给他发信息，也会和婆婆说说每天干了些什么。这会儿见付安东又翻她手机，就顺手抢过来。付安东倒也没说别的，只是求她，让他把那几个乡下拍的视频看完。还说，环境真不错，要是我们生的小孩从小在这环境里长大，也挺好吧？

她走到床边吹头发，付安东也跟过来，手仍搭在她腰上。这回她听着手机里寂静的虫鸣，没再把男人的手撂开。

7

孩子放暑假，胡萱带孩子回了趟麦城。听母亲说家不远新盖了个图书馆，环境还不错，便牵着孩子来了。孩子一会儿要看绘本，一会儿又要吃东西，胡萱便下到一层。母女俩一人端了杯饮料出来，见旁边阶梯教室有人说话，便从后面走了进去。原来是几个写东西的人在台上分享如何读书写作。孩子跑来跑去，她生怕吵到别人，也没耐心听，只是低声喊着。摸出眼镜往台上细看，人的长相没看清，却见大屏幕上有个李查德的介绍。当下拍了张照片，就给罗蔓发了过去，还问这人是不是以前和你谈过的那个国学大师。罗蔓问她在哪里。胡萱说，在图书馆啊，听你家国学大师做报告呢。罗蔓说，又去骗小姑娘了吧？胡萱说，骗没骗小姑娘，我一中年大妈没发言权，只是没想着你家国学大师长得黑黑粗粗，说话还蛮坦诚，气息笃定得很呢。胡萱还鼓动罗蔓说，再联系联系吧，人到一定年龄，就得需要这东西，好坏先不论，先得有。这算什么话呢？罗蔓感觉胡萱越发说得离谱，就没再回复。

等到两个人在国贸再聚，不知怎么又说起这个李查德，胡萱还有些困惑，说，你看看人人都想着挣钱，怎么还有人想着弄什么文学呢？罗蔓说，李查德之前一直在律师事务所给人写材料，挣了点儿钱，又搞了家西西弗斯国学研读社，挣点儿小孩子们的钱，闲的时候还编些故事。胡萱说，不对啊，你当时和他也没什么交集，怎么就认识了？

好像是久远的回忆，其实也才几年前的事。当时到麦城找人玩，见豆瓣同城有人组织电影观摩会，便去了。大白天，拉上帘子，一二十个年轻人围坐在一起，放的是《入殓师》。电影结束，主持人让人谈感受，多数年轻人都不好意思，独快三十岁的李查德站起来说了一大通，讲平庸人生对梦想的吞噬，谈人对自我认识的局限，野心大于能力造成的痛苦，又说人生就是修行之类。当时罗蔓还没毕业，对世界也没足够认识，就是认为李查德谈得混乱，也悲观，便站起来说了自己的看法。两人观点不一，事后却还是加了微信。回去的公交车上，罗蔓还和朋友说，我妈我爸天天催我找对象，我看了看微信里加了的好友，总共不到二百人，一多半是亲戚和女同学，剩下的不到二十个异性，顺眼的也没两个。要是大一大二，说不定眼睛一闭，稀里糊涂也敢和人好一回，现在让我凑合找一个，实在对自己狠不下心来。罗蔓边说边笑，露出一口白牙，细密汗珠淌在鬓角。朋友也跟着笑，说，刚刚见你和那个男的聊得那么投机，还加了微信，入港了吧，是不是也准备考察下他？车上人多，罗蔓仍是忍不住笑。她说，要死啊，不行的，不行的，他太老了。你想想一个快三十岁的男人成天参加这种活动是不是有些不正常？两个人嘴里不停说了一路。到了朋友宿舍，罗蔓也没多琢磨李查德如何不正常，倒是没忍住好奇心，看了半天他的朋友圈。他的空间里除了国学研读班的招生信息，就是和人骑山地车、徒步的照片。一个男人成天想的就是赚钱，就是锻炼身体，正常得很嘛。男人的小腿鼓成那样，太吓人了。

罗蔓说，你这认识的男人一个接一个，之前不也没什么交集？胡萱说，说你呢，你倒又扯到我身上了。你为啥不去找找老李？罗蔓说，找什么找啊？找见了又能怎样？我和老李都是尝过太多人间疾苦的人。太了解彼此的艰难，所以都不忍心介入对方的生活。罗蔓说，哎哟，越发来劲了，说得好像就数你们有真情。这么一比，倒显得我贪心，有事没事，动不动就让人开几个小时的车跑到北京来。

怎么说呢？自从付安东动不动盘查她的手机，打问前男友的事后，罗蔓嫌烦，连李查德的微信都删了。这回干了两个月电商，起初也被健康概念迷惑了一阵，兴冲冲地也关注过一段时间有机农业，好像她的美化和滤镜，也不是完全无意义。偶尔清醒，也失落，她到底不过是写写文案，就是个卖农产品的，哪里有那么多意义可供附会。家人朋友问起来，她先还有劲解释，次数多了，给人解释到后来，连自己都懈怠。

索性辞了职，还是想着得去赚钱。便又给两家私募基金投了简历。这一回，面试官年轻也白净，一身灰色西服。先不说她能不能行，竟直言相劝，说不要去从事P2P公司。原因也简单，死得太快，说不定哪天就爆雷了。见对方说得坦诚，也没好意思再打问。

几场面试下来，罗蔓也是身心俱疲。这天面试完，走出大楼天色还早，只是雨下个没完。罗蔓便撑了把伞沿着马路往前走。也是想找个人说话，脑子里过了一遍人，不知怎么想起李查德的电话，拨过去，竟然通了。李查德还是那副样子。得知是罗蔓，李查德像是才反应过来，来了句，你老人家怎么突然想起我来了？罗蔓没控制住情绪，叫了声老李，眼泪就下来了。

李查德连问出什么事了。罗蔓边哭边笑，说也没什么事。便把其间几年没联系，她如何认识小付，如何在北京结婚买房，还和闺蜜胡萱住到同一个小区的事，挑挑拣拣说了半天。李查德便说自从那回她告诉他马上要结婚，便再没敢骚扰她。罗蔓也说那回电话时，未来的婆婆就在一米之外，她没有办法。

两个人说了说这几年的事，罗蔓又说，我也不是故意要骚扰你，就是萱子非要我联系下你，也是见了鬼，你的电话居然还能打通。李查德就说，一切不都挺好的吗？怎么又哭了，谁惹你了？罗蔓说，我知道的，感情和生活是两码事，我就是眼泪贱。又说，哪天你到北京了，我请你吃顿大餐。李查德说，饭还是别吃了，你知道的，我是个没有自制力的人，万一又把你带偏了，岂不是毁了你？制造家庭矛盾的事，做得多了，将来罪孽深重，不好和上帝交代的。罗蔓本是顺口一说，听到男人明确拒绝，反倒松了口气。李查德又说，对婚姻不满意，要和你家男人多沟通，老回避也不是办法。还有，离你家萱子远一点，你和她不一样，人家玩得起，你玩不起的。罗蔓说，我知道，我都知道。

李查德说一句，罗蔓应一句。雨不知什么时候停了，她还是撑着伞逆着人流往前走。罗蔓说，我现在一心想的就是赚钱。李查德说，那你成熟了。罗蔓问，你还写小说吗？李查德说，写呀。罗蔓笑了笑，那你的国学研读班还没垮掉？李查德说，过了这么多年，你可是一点儿没变啊，哪里痛往哪里捅。又说，前两年想着你回老家考公务员没考上又跑到北京去，感觉你还存有梦想，便以你为原型写了个小说。罗蔓说，是不是，我在网上搜过你的各种信息，能找到的都看过，没见你写过我呀。李查德便把一篇《自顾不暇》发了过去。

到第二天下午，罗蔓才给李查德发短信，说，老李，看完了，我坐在国家图书馆一直看，以前怎么没有发现这篇。老李，这些年发生了很多事，唯一不变的是我这个人，和对你的感知。我知道很多事都回不去了。儿时想不明白的人和事，现在好像也理解了，和成长没关系，只是一晃到了这个年纪，终于体会到什么是随波逐流。我也无意追悔什么，这几年我得到了所有的一切，钱，房子，家人，婚姻，筚路蓝缕，步步惊心，按道理不应该再有所求。不过还是会心痛。老李，你把我写哭了，我在试图淡定，以免回家被小付发现，他也是个敏感的双鱼。老李，你好好保重，有些话无须多言，能写出来的就不是人生，能说出口的就不是感情了。生活比想象的残酷太多，但你依旧是我的老李，以后也不会有其他人了……望保重。

李查德见发来这么长一条短信，也回了条，说，小蔓，听见你说自己的生活，虽然也有那么些不如意事，但比起多数人都要好得多了。很喜欢《战争与和平》皮埃尔和安德烈的改变，要过一种健康的生活，完善自我。不好意思，又忍不住说教了。总之，看你过得好，我也开心，祝福。罗蔓又回过来，问，你读过费兰特的小说吗？那不勒斯四部曲把人到中年的情欲写得家常又正统，可不像杂志上的中年小说，全是干枯的欲望，人家的内心还在不停成长。

就这么连续几天，两人漫无边际，净说些日常感受。

罗蔓说，我真是恨死萱子了。非让我打电话。老李，你好好过日子，我琢磨实在忍不住就删掉你的号码。像几年前一样。反正我也能再把你找出来。这些年，他们都在聊房子，再买就是第三套了，以前我特别在意写不写名字，现在忽然觉得不重要了。七年了，什么都改变了，什么都没改变。我还是很不争气。我寻思着自己应该不是安娜，也不是包法利夫人，甚至不是查泰莱夫人，最多是你推荐的日瓦戈医生。努力又失败。俄国文学是跟你学着读的，读来读去只读出了孤独的寂寞和广博的美。明天入职，应该会忙起来，也许就什么都忘了。

失魂落魄了一阵子，想和胡萱说，又怕她大嘴巴传出去，掂量来掂量去，只有王晓楠和她现在的生活没什么交集。电话过去，王晓楠问有什么事。罗蔓先还不好意思，后来就说是有些心理问题要咨询。王晓楠说工友之家这两天课程多，要不就来学校吧。

到了皮村，见王晓楠一直和孩子们说话，脸色一派平和，罗蔓只是在窗户前站着。等到天色一点点阴下来，王晓楠才搬过凳子，聊了聊近况。

罗蔓说起那天回天通苑取东西遇见她前夫，王晓楠笑了笑，说他人不算个坏人，我当时心理也出了问题。罗蔓便也讲了和付安东平日如何斗智斗勇的事。说到后来，一时兴奋没忍住，就把和李查德联系上的事全说了。王晓楠脸色一沉，说，小蔓，素日我只想着你没心没肺，不承想你坏成这样。你要是心活面软，再和那个国学师傅不三不四，我就不认你了。小付那么好的一个人，你怎么就没想着好好珍惜？罗蔓没想到付安东在他人眼里竟是如此良善形象，难道是自己眼瞎没看到他的正面？话说到后来，罗蔓也忘了来的目的，只是想着再说些不着四六的话，倒显得自己气量狭窄了，臊眉耷眼的，连忙找了个别的话题搪塞过去。

8

起初，付安东见罗蔓时不时还哼哼歌，也松了口气。公益活动他仍会组织，但不像从前那么决绝。每天早上，他全身裸着在阳台的跑步机上跑半小时步，做六十个俯卧撑。有一天，还让罗蔓捏他的胸。罗蔓问他大清早的，要干什么？付安东说，你没发现有什么变化吗？罗蔓又看了一眼，付安东是有些不一样，至于哪里不一样，一时也说不清楚。付安东说，记不记得刚认识你那会儿我还天天锻炼身体？罗蔓哦了一下。付安东又说，每天跑上半个小时，出一身汗，感觉真是舒服。罗蔓没说话。付安东又说，你也应该锻炼锻炼，你想想看，要是咱儿子出来，看见他妈一肚子泡泡肉，是不是会觉得这个世界太残酷？罗蔓这下反应过来了，说，付安东，你嫌弃我就直说，不要以为这世上除了你，我就找不下男人了。付安东倒也没细琢磨女人的话，仍是涎着脸，说，我就是想给咱儿子创造个好的生存环境，你看你想到哪里去了。又见罗蔓自顾自地哼歌，他像是明白了什么，说，你这像是又在谈恋爱似的。罗蔓见付安东疑心又起，吞掉歌声，翻了一个白眼。

洗漱完，听见手机响，却是胡萱发过来一张她儿子的照片。罗蔓说，唉呀，你说萱子儿子怎么越来越不像大君了？付安东说，你就不能好好提升自己的能力？成天脑子里都在想些什么？罗蔓本来拿着筷子准备夹菜，听见这话，脸色就僵了下来。没找下工作，成了她的短处，感觉说任何一句话，付安东都有本事把话题拐到这上面。

饭桌前没有别的装饰，就挂了幅中国地图。除了做菜，王梅香最喜欢做的事情就是看房地产资讯。几年了，饭桌上的话题，但凡说到挣钱，最后还是会落到房地产上。别的不说，就弘善家园这套房子，当时入手每平方米不到四万，才过了不到两年，就涨到了七万。王梅香说，将来肯定还得回南方，还就得江浙腹地。无锡不错，就在南京上海中间，房价一平方米不到两万，企业多，流动人口多，肯定还会涨。要不就常州。镇江也行，厂矿不少，将来孩子找工作方便。买不起一手，买个二手房，买个小户型，完了再换。付安东说，我要换工作，去杭州的可能性大些。王梅香说，那就去临安，别的区都涨了，就临安不限购。付守正说，行了，几十岁的人了，天天都是涨涨涨，你就不怕犯心脏病。王梅香来了兴致，嘴里收拾不住。

饭还没吃完，胡萱打过来电话，说是她爷爷给走丢了。罗蔓披上衣服下楼，开上车要帮忙去找。走到半路上，付安东偏偏打过来电话，问晚上还去不去国家大剧院看《繁花》。罗蔓说，先帮萱子找她爷爷。

见了胡萱，平日都是描眉画眼，花红柳绿，这回裹了件睡裙就出来了。说是她爸和她爷爷两个早上九点下楼遛弯，然后去了菜市场。结果等她爸付了钱，提着菜转身，发现爷爷不见了。大君带着同事在小区附近找了好几个小时，也没结果。罗蔓说，快把爷爷的照片，还有体貌特征写清楚，发朋友圈，人多力量大。罗蔓转发了，还特意让付安东也转发，能转发多少群，就转发多少群。几个人找了一晚上，仍是没有消息。罗蔓半夜才回来，饭也没顾上吃，啃了两口面包，牙也没刷就躺下了。

到了第二天，罗蔓又陪着胡萱去派出所报警。看了菜市场的监控摄像头，老人提着袋子逆着人流走，还扇着扇子，到下一个路口，再没见到老人的画面。胡萱说小时候爷爷如何对她好，以为接到北京，一家人团聚能多说说话，而她想着反正住在一起，说话的时候多着呢，终日也只是在外面吃吃喝喝，也没好好陪陪老人。罗蔓说，不怨你的。老人家说不定在哪里待着，只不过还没好心人看到我们发布的消息。胡萱说，这么热的天，爷爷年纪又那么大，怎么受得了。

老人还是找到了。还是在皮村工友之家上班的王晓楠看到了罗蔓的朋友圈，说她们那里有个流浪老人很像她朋友要找的人。工友们当时遇到老人，胸前挂满勋章，背着一包瓶瓶罐罐，还以为是进京上访的，问了半天，也没准确信息，只好把老人让进屋里住着。

见胡萱进来，老人却像是不认识，仍是语气激动，在讲过去的事。工友之家的志愿者围在旁边，一个个神情专注。胡萱当下抱住爷爷就哭了，语无伦次，说没老年痴呆之前，爷爷就喜欢骑上电动车去公园讲革命往事。后来她爸嫌不安全，把电动车藏了起来。后来爷爷就像是突然抑郁了似的，不爱说了，就对钱感兴趣，就喜欢捡瓶子。

“早知道这样，还不如由着他，老人说点儿想说的话我为什么也要管呢?”

胡萱好像为过去没有怎么陪过爷爷感到羞愧。被胡萱突然打断，老人还很生气。胡萱还和工友之家的人解释，说她爷爷几十年了就是这么个暴脾气。听罗蔓说是王晓楠提供的信息，胡萱又拿了些钱出来。王晓楠说，不过是正好看见，拿你的钱成什么了。两个人又推让一番。

把老人让上车，胡萱又招呼罗蔓，说是一起回家吃饭，中秋节呢，一起聚聚，高兴高兴。罗蔓说，中秋过节，我得回家，要不我婆婆指不定怎么编排我。胡萱说，我也是脑子短路了，大过节的，还留你，老把你当成没结婚的那个小蔓了。临别，还跟她招手，说中秋快乐。罗蔓说，你也是。

到稻香村买了两盒月饼，上得楼来，家里却没人。罗蔓叠了会儿衣服，付安东才推门进来。罗蔓说起找见走失老人的激动，付安东说，老成这样了，还知道挣钱，说明也不是真痴呆。罗蔓说，你还有没有人性。付安东说，那我把发的这条朋友圈删了啊。又说，我就知道老人走不丢，所以发的这条信息也是只让部分人可见。罗蔓本来兴致不错，听见男人补了这么一句，越想越不对，便说，付安东，我算是看透你了，还号称自己是个公益人，连身边的人你都不关心。你就敢认定你以后不遇到个什么事儿？付安东说，我朋友圈要是成天就发这些乱七八糟成了什么了？何况，我认识的人也有限，发不发也没那么重要。罗蔓说，你就是没把我当回事，没把我的朋友当回事。付安东说，人都找到了，你还这样，明显不是胡搅蛮缠嘛。再说了，人做事纯靠热心就能解决问题？你看看街上每天乌泱泱来去的人，谁没点儿自己的事，我还能都管了？

罗蔓起先还只是个气，见付安东越说越冷血，不免心寒，说，你说得都对。真没想到你是这么自私的一个人。还公益人，真是笑话。付安东说，我都活了快四十岁了，难道就不能自私点儿？当初我要不是那么自私，能把你骗到手？罗蔓想起当初为了刺激男人的嫉妒心，编些还和前男友藕断丝连的情节。这么一想，她和他能走到一起，还真是绝配，两个人都挺会表演。

刚结婚那两年，要是碰到这样的事，罗蔓说不定还会在心里过几遍。不痛快了，也会按住男人，不让睡觉，拷问个没完。自从上一回男人给她传染上淋病之后，她好像再没了那种想要纠正什么的信心了。一切不都是她自己的选择吗？她在小区里快步走着，夏末的太阳打在身上仍是炽热，却也和之前的无数个黄昏没什么不同。

脚底乏困了，她才走到亭子里坐下来。她看见小区的一辆白色捷达在不停起伏。那只白猫本来在垃圾桶旁边觅食，这会儿也扭过头来，瞪着双不可思议的眼睛。付安东不知道什么时候坐到了身边。两个人看了眼起伏的车子，又站起来往旁边走了走。付安东说，小蔓，你有没有发现，结婚这么多年，你从没服过一次软，每一回都要刺激上我半天。罗蔓没说话。她甚至都想不起和他的任何争吵了。

雨就是那个时候下起来的。在小区里又绕了两圈，两人才往楼上走。路过那辆捷达车时，门开了，一个年轻姑娘在驾驶座前收拾东西，后座上一个男人光着上身，满头大汗。付安东步子慢下来，忍不住多看了两眼。罗蔓却拽着他，说，快走吧，有什么好看的。付安东说，现在的年轻人真是会玩。罗蔓说，能不能别说话？付安东说，我对你家萱子爷爷走失这件事没上心是我不对。你也知道，最近公司裁员，我压力也大。罗蔓没吭声。付安东又说，我们就这么安安静静地走下去，不也挺好？干吗每天非要刺激我呢？要是将来怀上了孩子，知道他的父母成天就是个争吵，该多可怜。精神基础就打不好。

罗蔓好久没想过孩子这一码事了，或者说她过了琢磨还生不生孩子的阶段。如果哪天不小心真的怀上了孩子，她也会对孩子说，并不能因为我是你的母亲，你就必须爱我。孩子给不了她安慰，丈夫也给不了她安全感，从前她那么刻意追逐的东西，现在好像变得完全不重要了。

进门，王梅香问，怎么就你一个人？罗蔓回头看了一眼，一直以为付安东在后面跟着，空空荡荡，哪里有什么人。便说，他肯定又去了地下室。王梅香说，这孩子，真是蛮皮，怎么成天就只知道鼓捣那堆木头，人也快成了木头了，都不知道今天中秋吗？罗蔓说，我买了月饼。王梅香接过月饼，吃了口，又说，他从小就这样，闷葫芦一个。你得黏着他，要不什么时候能怀上孩子？罗蔓说，他说他没热情，没感觉。王梅香说，他真是榆木疙瘩一个。之前相亲，相了几十回，动不动就吵架，还从来理直气壮，说他没输过。你说说这不是缺心眼吗。也不知道你怎么就看对他了。

几年下来，罗蔓并不了解付安东的脾气，不过感觉也不像王梅香说的那样不解风情。一个人把地下室收拾得也齐整，还买了全套木工家具，一黑夜一黑夜地钻在那里打磨他的太行崖柏。自从进去一回，见他百般不自在，罗蔓就再没下去过。

听婆婆说了些付安东小时候的事，后来老太太又说起了准备在杭州临安买房子。听到后来，罗蔓也慢慢进入了角色，好像即将到来的临安生活应该大不相同。

要不是警察打来电话，罗蔓可能真的死心塌地，想着这辈子也就这样了。

9

凌晨一点，付安东睁开眼，见旁边站着个女人，又是吐舌头，又是做怪相。再一看，旁边还站着两个男警察，不免受了惊吓。不过也没完全清醒，脑子里努力想着自己身在何处，仍是什么也抓不住，只觉天旋地转。警察问，知不知道你家在哪里？付安东说，我家，我想想，我家在高邮，对对对，高邮卸甲镇。警察又问，北京你有亲戚吗？付安东说，我爸，我妈，我媳妇儿，都在，你来，你来给他们打电话，他们就住在弘善家园。话没说完，偏头一看，说，哎呀，旁边这小区就是我家，我要回家。警察说，你等等，站都站不直了，叫他们来接你。付安东仍是拍着警察，说，我真是浪费纳税人的钱，半夜还害你们过来。知道不？我是做公益的，你去网上搜我的名字，付安东，你搜一下。结果手机没拿住，又把裤兜里几千块钱扔到了地下。警察说，你不要乱晃，老实靠着树。

罗蔓电话里听见对方说是警察，还以为有人恶作剧，等到看见付安东搂着年轻警察有说有笑，不免发懵。早上出门，付安东穿一身浅色衣服，这会儿全成了黑色。警察说，以后叫他少喝点儿，还有，身上放那么多现金，不安全。罗蔓说了声谢谢，才扶着往楼上走。付守正、王梅香两个也起来了，见儿子这般模样，又是调蜂蜜水，又是拿热毛巾。

早上六点，闹钟响起来，罗蔓也不关，只是拿着手机到床边坐着。付安东见罗蔓一脸严肃，还笑，说，真他娘的，昨天被小领导训斥了一晚上，几个同事又喝多了。罗蔓说，喝多了？喝多还知道骚扰女人？付安东说，我肯定是喝多了，喝多了随便拨出去的。罗蔓冷笑，说，随便拨出去？那怎么没随便拨到我这里来？没随便拨到别人的手机上？付安东这才像是有些慌，伸手想抢手机，硬挣了下，也没坐起来。

付安东早上就喝了杯豆浆，又去了公司。罗蔓吃完阳春面，才和王梅香说上午有个面试。下了楼，她也没去坐地铁，走了一截路，又给警察拨过去，先是感谢昨天帮忙，然后又问前因后果。警察倒也不嫌麻烦，说，昨天有个路过的女人，见路边花池里躺着个人一动不动，就报了警。警察还问她老公好些没，罗蔓却是听得走神。挂了电话，她一直在捉摸那个报警的女人到底是路过，还是一直就跟付安东在一起。

本来只是在知乎上看如何应对醉酒丈夫骚扰人，结果就看了半天 Metoo（美国反性骚扰）运动，越看越是惊心。先前还只是担心丈夫有了二心，到后来就成了恐惧。倘若有人把付安东搞臭，她岂不是也完了？怎么办怎么办？胸口里像是成千上万个战鼓在擂响。

她忙不迭地给付安东骚扰过的女人一个一个道歉。好几个人都没有回复，其中一个叫伍诗绮的，回过来电话，说她刚从安定医院看完医生，有些话最好见面聊聊。

伍诗绮就是那个害得她也看了几个月医生的前女友了。罗蔓想不到对方会主动要求见面。坐车途中，罗蔓还整理了下，到时候应该说些什么。声讨她？还是辱骂她没有洁身自好？她眼皮直跳，没有一点儿主意。

在冰窖口胡同一间空间坐下来，伍诗绮也不管罗蔓脸色如何，全说了出来。

“认识他也有五年了，当时我还是个学生。我们做公益徒步，晚上朋友们喝了些啤酒，聊到很晚。其他人打牌的打牌，唱歌的唱歌，我头晕，就先回了房间。结果他打电话，问我在哪里。当时我有什么经验？想着付安东是众人心目中的好人，可能是出于关心才来找我的吧，所以还开心地打开房门。他进了房间，先还规矩，只是看看电视，说些不着边际的话。我见他站也站不直，就让他坐着。结果，他直接就扑了上来。我整个人都傻了，全身跟块木头一样，完全不知道反抗。我一直在推他，求他，到最后实在推不动，说，我现在不是安全期，不行的。他竟然掏出一盒避孕套。正常人哪有随身带避孕套的？那个时候我就知道完蛋了。也不知道他折腾了多久。我还跑到厕所不停地清洗。和谁也不敢说，男朋友给我打电话，问我在哪里，我强忍着哭，都没告。他一直问，我还骂他，说要你管。挂了电话，结果付安东又爬上来。当时看到他满头大汗，我还想着他可能是喜欢我。我直接跟他说，怎么你们男人都是这样的牲口。他问我怎么这么说。我说这也不是我头一回被人强奸了。大二那年去做家教，也被人强奸过。付安东听了，又是道歉，又是给我钱。我说你把我当什么人了。他说，就想着你可能比我更需要钱，你不要，我不心安。结果我手贱，就拿了五千块。当时就想着这样也好，买笔记本不用再找家里要钱了。还抱着幻想，想着他要是喜欢我，找他要钱，他应该还会给我。结果第二天找他要，又给了我两千。当时我完全不知道自己在干什么。然后他说如何喜欢我，就这样，我们在一起待了几个月。后来，两边家里人都知道了，我爸妈嫌他老，他家里人也说我没个正经工作，有一段时间也就没联系。兼职挣了些钱，想着得把最初借他的钱还了，发微信过去，却被拒收，才知道他把我拉黑了。从那以后，我一直恨自己，为什么这么贱。我想他肯定把我当成了妓女。后来我胖了三四十斤。还是我妈有一回和我视频，见我胖成这样，问我怎么啦，我才知道自己身体出了问题。看了几回心理医生，也没什么效果。我爸妈也大概知道了病因是因为被强奸，却也不知道该怎么办，只是让我别声张，以后小心注意。和人说得多了，倒显得我矫情。有那么一段时间，我整个人说是活着，其实像根木头，行尸走肉，看什么都漆黑一团。”

听到后来，罗蔓的眼泪也止不住了。

“刚开始，我想不通，只是郁闷，老问自己，为什么是我。后来又得知，他做公益的过程中还骚扰过好几个女生，我才意识到得做点儿什么。我毁了就算了，要是让他再害别人，那我就是病治好了又有什么意义？”

罗蔓不想再问了。她不知怎么想起刚认识付安东的时候。他对她那副样子。她总觉着哪里不太对劲，现在明白了，他那就是习惯性动作。但能怨谁呢？刚来北京那段时间，她只有一个念头，找不找得到工作倒在其次，脑海里翻腾的，全是要把自己尽早嫁出去。她做过多少让自己嫌弃的事啊。试着在火车上，加哲学博士的微信。就因为他家在北京有房。她成天和胡萱说，拿下他我就不用奋斗了，拿不下也不会损失。男人却不省心，也没着急要把她怎么样，见面不是谈论工作，就是说佛，还让她好好看看《菩提道次第广论》。罗蔓为了了解他，也真是下过工夫，从福建莆田南山广化寺搜罗来二十册《菩提道次第广论旧版手抄稿》，到底没有沉下心来看进去。最后男人不再找她谈论精神上的事，干脆和她绝交。还让公司领导给她介绍过，见了几个，也没成。这么找下去，怕是也能嫁个人。那时整天就想着一件事，找人联络感情。就想有个家。是年龄到了，还是被生活逼急了？她没工夫反省。所以，初识付安东，连他如此不合常理地待她，她竟然都没有意识到哪里有问题。

罗蔓像是安慰伍诗绮，也像是发泄，把当初如何来到北京，如何认识付安东，一一说了个通透。罗蔓说，这么些年来，他总是在地下室做他的木工，我一直以为他就是这样一个人，需要安静的地方释放工作压力。偶尔和他说点八卦，也非常不耐烦，拗蛮，又霸横，说我不求上进。

两个人说了半天各自对付安东的印象，仍是没有将这个人的面目完整拼出来。伍诗绮说，这么来看，你也是受害者。罗蔓说，我一直没敢承认自己是受害者，要是承认了这个，岂不是把我自己也完全否定了？起初认识付安东，他还裹着那样一层光环。她甚至说到了现在，听见付安东说话还是会莫名其妙地紧张，先前她没想明白，以为就是他比她气势盛，能力也强，她在他面前自卑。可现在看来，不应该啊。她和他如果说是谈对象，是婚姻关系，不应该平等吗？怎么倒害怕他呢？

两个人越说越多。告别时，罗蔓还和伍诗绮抱了一下。

见伍诗绮这一段，罗蔓也没和付安东说。有空的时候，她仍会看看Metoo运动的进展，从公益圈，到媒体，到公务员队伍，陆陆续续，都有人站出来。也是看了这么多，罗蔓感觉自己好像从一个内心没有声音的哑巴姑娘，变成了能听到内心呐喊的人。看到这么多人讲述自己所遭遇的一切，罗蔓的震惊并没有消失。她在想，有些人天生勇敢，而她偏偏不是。

这天星期六，不知道怎么又说到生孩子的事，付安东说，你没工作也就罢了，连生孩子这些事也没个规划，我天天想着赚钱，还要操心这些。一听付安东又把生孩子的事怪罪到她头上，罗蔓腾一下就站了起来，说，付安东，你真的不害怕吗？付安东说，我害怕什么？罗蔓说，我跟伍诗绮见了个面，她说要举报你强奸过她。付安东像是很困惑，半天才反应过来女人在说什么。他推了推眼镜，问她俩还聊了些什么。罗蔓说，什么都聊了。付安东这才着了急，也没顾上继续打问，只是不停翻手机微博。罗蔓见他手抖着，给伍诗绮发过去一条短信：

"诗绮，你还好吗？"

伍诗绮很久才回过来一行字，说，你自己去网上看吧。付安东正翻手机呢，过了会儿，伍诗绮又发来一条信息，说，我把举报信发到网上了。付安东问，你到底想干什么？伍诗绮说，我不想干什么，就是说出来了心里痛快。付安东说，你就是个神经病。伍诗绮没再回话。

罗蔓在阳台上坐了一阵子，夜色如漆，细细看，却也能见到水洗过的天空，铺着鱼鳞一样的薄云。都九点了，对面楼上的小夫妻还在阳台上炒菜。终于把这件事坦荡说出来，她反而轻松了。拿起《房思琪的初恋乐园》，终是没有读进去。正闭目安神呢，却听见门被关上了，罗蔓出去一看，付安东消失了，皮鞋也没穿。她怕付安东做出什么极端举动，又跟到楼下。

刚到地下室，就听见一声哀嚎，闷声响成一片。推门进去，只见付安东把崖柏雕刻扔得到处都是，拿着把斧头还在不停劈木头。罗蔓冷着脸，看了一会儿，才说，回避也不是办法，你得站出来道歉。付安东说，要我说什么呢？认识你之前，我和她处过对象。我也一直以为我们当时是在谈恋爱。就是和你结了婚，有一回一起做活动，两个人酒喝多了都情不自禁，又发生过一次关系。罗蔓说，你不用和我解释这些。说吧，你打算怎么办？付安东说，能怎么办？她就是要搞臭我。罗蔓说，都这个时候了，你还这样想问题吗？你是不是认为世界上的人都是存心在和你作对？你就不能好好想想你自己错在哪里？你有没有想过，你不征得人同意，就把她粗暴按倒，是在犯罪？你到底这样子欺负了多少小姑娘？说到后来，罗蔓的声音低了些，她想起他最初那样对待她的时候，她也不小了，竟然也对他毫无办法。当时她一心想找个男人结婚，竟然没有想到他是仗势欺人。

付安东双手揪着头发，也不言语。罗蔓蹲在地上，看着散乱的崖柏根雕，木头朽成这样，竟也没完全烂掉。不知过了多长时间，付安东才拿起笔来勾勾画画，写了封公开信。他讲述了认识伍诗绮的前前后后，用词也含混，说是自那事发生之后，和她就成了恋人关系，至少在他看来，他和她又以男女朋友的关系处了一年多时间。又说，不管是从法律上还是道德上，他没有尊重伍诗绮的意愿，给她造成了这么大的伤害，是他没有想到的。不管怎样，他愿意承担一切后果。只是他强调，这件事情和公益无关，和他的公益人身份毫无瓜葛。这是他作为人的失败。

写完，他把手机递给罗蔓，问这样行不行。罗蔓说，你做这些不是为了说服我，你要有诚意给大家一个交代。

付安东失魂落魄，坐在地上半天也没动静。罗蔓没再刺激他，只是把地下的各种崖柏摆件一一拾到架子上，归放整齐。像是生怕打扰到男人，罗蔓又退到了地面上。

小区里安静得很，两个学生模样的男女靠在健身器材那里，一人耳朵里塞着个耳机听着歌。手里拿着本书，也不知道是在看书，还是在谈恋爱。凉亭上的紫藤，开得夺人心魄。罗蔓往前走了几步，闻见一股清香，地上草丛里，星星点点，开着细碎的小白花，走了几步，又折回来，摘了片叶子，只觉神眩，多年鼻塞像是猛然通了。掏出手机，用形色程序识别了一回，比照的结果，说是紫苏。又搜索了半天，看见它还有个别名，荏苒。还能做菜。她忍不住，多摘了几片。

10

分手是夏导提出来的。为了让胡萱放弃，还专门给她发微信，说他现在在等别的姑娘洗澡。“我知道他没有这么渣，他就是想表现出这么冷漠没有良心，我就好彻底死心。”都这个时候了，胡萱居然还在替男人着想。罗蔓不免有些痛心疾首。她说，爱情有什么用呢？能当饭吃吗？胡萱丧着脸，说，连点儿爱情都没了，生活还有什么滋味？罗蔓听得一愣，都三十来岁的人了，动不动还是爱不爱的，也不觉羞耻。

胡萱仍是自顾自地感慨，说，我也并没觉得真的多悲伤，你看，我们就是那种世俗意义上的狗男女，他有妻子，我也有丈夫，可是莫名其妙想到再也不能像从前那样了，还是会落泪。罗蔓说，你肯定是被他精神控制了。他对你算不算性骚扰？胡萱被罗蔓问笑了，说，什么啊，刚开始见到他，根本没看上，长得那么丑。可是你知道，有时候男人和女人在一起并不是要多帅，他情商高啊，又是鲜花又是礼物，天天陪着你，随叫随到。罗蔓说，大君就没发现吗？胡萱说，肯定也能感觉到一些吧。又能怎么样呢？我们这一代只能就这样了。罗蔓说，这么想问题不对，你读了那么多年书都读到哪里去了？胡萱说，你不懂的，就像烂木头桌子拔掉了锈钉子，钉子是拔出来了，但窟窿还在。罗蔓没再说话，想着过去初到北京，疯了般到处相亲，见一个男人就是想着适不适合结婚，等到和付安东组合到一起，一度以为自己能和这个理科生像期望的那般，过有秩序的生活，哪里知道事情会变成如今这个烂摊子呢？她甚至都不知道那根锈铁钉在哪里。

罗蔓说，分了也挺好，人生之苦，求不得，怨憎会，爱别离。胡萱说，又来了。都是什么啊。你没经历过，你不懂。我又不是不知道怨憎会爱别离求不得。罗蔓说，我怎么不懂，你都不知道我最近经历了什么。便把付安东性侵多位女生遭人举报的事，不分章节，说了一大篇。听到后来，胡萱只是瞪着眼睛，完全忘了自己刚刚遭人遗弃的处境。

罗蔓说，我想离婚。胡萱说，你疯啦？离什么婚？这把年纪了，还折腾什么劲？难不成真回麦城找那个国学大师？罗蔓说，这事和老李没关系。我就是想着这么耗下去，不单付安东看轻我，我自己都讨厌我自己。胡萱说，谁结婚不是个这，好像离婚了就不一样。罗蔓说，他智商太高了，每天都是告我该做这个得做那个，搞得我跟愚蠢的羊似的。经过这么一档子事，发现自己还不如羊。

胡萱说，当年我和大君何尝没闹过离婚。后来想着孩子也几岁了，何苦折腾，忍了。你以为我真是欲望大得不行，要成天找这个找那个？不是的。我知道大君在外面也有人。都是成年人了，谁骗得了谁？我越是不在乎，就越想找一个中意的，心理好平衡。这么说，你肯定认为我道德有问题，都什么年代了，怎么还这么不清不白地死缠烂打。人和人就不能纯粹点儿吗？小蔓啊，有时候真的挺难的，两个人总比一个人好。婚姻和爱情没什么必然联系。有个生活伴侣，一起对抗生活，不也挺好？

罗蔓本来以为什么都想好了，听了胡萱一派言语，心里又是毛毛草草，起伏不定。正矛盾呢，她妈李晓妮又打来电话，问她在干什么。也不等罗蔓回答，又说，你快给你弟打个电话，劝劝他，天天就说想在上海买房子，咱这家庭，他又不是不知道。罗蔓说，那你们就把高邮的房子卖了，给他付个首付。李晓妮说，卖了这房，我和你爸住哪？罗蔓说，小付家不是有个老院子你们在照看吗？说起这一出，李晓妮声音高起来，说，自从得了付守正家院子钥匙，你爸神气六国的，天天不是过去种菜，就是闷在那院子里编他的纸扎。还不能说他，一说就跟我吼，说我屁也不懂。李晓妮说，早知道你爸这么嫌弃我，你说我跟他何苦复这个婚？真是活现冒。

罗蔓把电话放得远远的，由着她妈在电话里抱怨。胡萱问，谁呀。罗蔓说，还能有谁，我妈。你说我妈这人也是的，早两年跟了个人，死活看我爸不顺眼，闹离婚，等到五十大几，对方孩子大了，感觉在那里待着不合适，见我爸也没再娶，又跑回来。跑回来，我爸也不说什么，成天只是编自己的纸扎，情愿跟亡灵世界打交道，也不搭理我妈这个大活人。这会儿我妈知道痛苦了，知道难受了，早干吗去了。胡萱说，你看，这就是没想好，冒冒失失离婚的后果。罗蔓说，有时候我想，我也不是多渴望婚姻，和小付一起这几年，其实我最喜欢的还是我婆婆。我婆婆真是活明白了，红尘看透，犀利坦荡，照顾着一家老小的情绪和饮食起居。胡萱也跟着附和，说，你看看你，小付除了生活作风有点儿问题，人总体来说也算上进，婆婆也对你好，你还想要什么呢？罗蔓说，过去我也这样安慰自己，老是跟自己说，要知足，要满足。都说人生有两种痛苦，第一是得到了，第二是没得到。反正这一切都不大真实，也就没有强烈的得失心。问题是，不管怎样，都得解决。我跟小付，不管是我说，还是他主动提出来，这个问题一定要解决。我得把这根烂桌子的锈钉子拔出来。

两个人又说了半天话，罗蔓什么也没记住。

回到家，王梅香正在切三文鱼，用片绿叶子包了递给罗蔓。嚼在嘴里，一股清香直冲脑顶，罗蔓连问是什么。王梅香说，上回你说楼下有紫苏叶，我就移了两盆回来。婆媳俩一递一句，说了半天话，不知怎么又讲到要去临安买房。王梅香说，到时候去了临安，吃住都比这里好，到时候你好好休养，准备要个孩子。罗蔓这回没忍住，说，妈，真不是我的问题，不信你可以问问小付，你让他去医院查一查。王梅香愣了下，好像没料到媳妇会如此说话。王梅香说，你知道他成天飞来飞去，只怕对身体也不大好。两个人有商有量的，争取努力早日怀上。

要是放在早以前，罗蔓可能还会有性子敷衍，这回却听王梅香又说起传宗接代的事，三文鱼片才吃了两口，又放下，掉头进了房间。

当天晚上，罗蔓就在伍诗绮的博客下发了一篇回复，讲了她和付安东认识的过程。也是在回忆的时候，她能冷静地观察从前的自己了，那么着急，又带些怯懦。为什么是我？她一遍又一遍想着伍诗绮的话，好像看到了另一个熟悉的自己。

晚上付安东回来，罗蔓还把写出来的文章给付安东看了。付安东说，我早料到了。付安东的冷酷出乎罗蔓意料。付安东说，你知道吗？最初认识你，我以为就是最后一面。到第二回在天通苑的花园里，我以为那回就是最后一次。我只是没想到我们能走到今天。罗蔓说，过去我一直不开心，也不知道问题在哪里。现在只要一想到不和你蛮缠，一下就解脱了。

付安东说，别的都依你，就一件事求你，这事能不能先别和我爸妈说，老人年纪大了，还在吃硝酸甘油片。罗蔓听了没吭声，只是和衣躺在阳台上。

得知罗蔓要离婚，李晓妮像是点了雷，开口就是：你都三十好几的人了，这一离婚，又不知多会儿才能找下合适的，到时候你再生个孩子，都快四十岁，到了五六十岁，孩子才一点点大。听到这话，罗蔓一下子就失控了：

“三十几岁怎么了？三十几岁没生孩子是不是就该死？你们年龄也大了，不该操心的就不要操心，自己本来身体就不好，成天想些没用的，倒把自己气出一身病。还好意思说我离婚，你当年呢？你就是想明白了，和我爸捆在一起，就真的如你的意，就开心了？再说了，要是和付安东生个儿子，将来还是这么一副德性，到处害人，岂不更成了社会祸害？”

最后还是李晓妮吓着了，一个劲儿地嘟囔，说，我也是为你好，怎么就跟你爹一样，一点就炸？一个姑娘家，就不能好好说话？

母女俩吵了一架，倒像一下子气顺了。过了两天，李晓妮又打过来电话，罗蔓懒懒的，只说都没什么问题。李晓妮也没再提旧事，只是讲了讲她爸酒喝多连门锁都开不了的事。两个人说了半天闲篇，才挂了电话。

都定好时间一起去民政局办离婚手续，结果付安东又突然出差，去了日本。罗蔓无事可做，就出门四处走一走，消磨时间，看天色差不多了才回屋，进了房间只是闷头收拾自己的衣物，这才发现结婚后竟也没添置几件新衣服。

付安东从神户回来，在奈良给罗蔓带了幅葛饰北斋的《富岳三十六景》。罗蔓展出来看了，尤其是《神奈川冲浪图》，虽是仿作，却也看得目摇神迷。当年刚认识时跟他说过什么浮世绘之类，未曾想过了这么几年男人竟还记得。她面孔肃穆得像座教堂，客客气气说了句谢谢，又顺手搁到床头收纳筐里了。

这天，罗蔓和胡萱在王府井闲逛。胡萱孩子看到书店，吵着要进去看。偌大书店，冷冷清清，没几个人。罗蔓挑了半天，也没看到合适的，转过身来和胡萱说，折腾了这么多年，我突然发现，内心生活才是人真正的生活。胡萱说，你内心戏不就一直挺丰富？罗蔓说，不是那么说，你说我结婚、离婚，辞职找工作，好像印象不深。倒是看过什么书，和谁看过一场电影，却记得分明。胡萱说，你到底单纯，欲望不大，等到你经历足够，可能就不这么想了。罗蔓说，2014年，我和王晓楠去尼泊尔爬布恩山，在山里碰上下大雨，又冷又阴潮，什么也看不清，心情糟糕，几次差点儿回头。两个人都想着总不能白来一趟，坚持到第三天，又翻过一座山头，消失了几天的太阳从云雾里打过来，整个世界金黄一片，连雪山都不再阴冷，特别柔和。当时什么念头都没有，就想着要把这一切记住。很快太阳沉下去了。接下来，又看到了从没见过的星空，那么美，那么干净，我完全忘记了先前夕阳带来的震撼。胡萱好像在想象当时的情景，说，我要是腿好点儿，也会去跟你们徒步。罗蔓说，自从结婚后，我早忘了还有这爱好了。

取下本《革命之路》，翻了两页，竟能看进去。又看到《德伯家的苔丝》，正犹豫要不要买，胡萱却过来拽她的手，直说，天啊，微博上有人说你选择离婚，是图那个机械男的钱，就是故意抹黑志愿者。罗蔓没接话。胡萱说，不解释一下？罗蔓说，和他们有什么关系啊，白费唾沫。再说，和付安东一起生活了四五年，自己还是很难判断他到底是怎样一个人。她拿出手机翻，才发现贴上去的回复说是字数超过限制，没有发送成功。

正是夏日，刚下过一场透雨的街面，罕见的清凉。若不是银杏树金黄叶子落了一地，简直像是春天。小孩踢踢踏踏往前跑着，胡萱跟在后面直喊慢一点。或许是见罗蔓太沉默，又停下来，等罗蔓近了，说，正午剧场在放你喜欢的电影类型，《小偷家族》有没有兴趣？罗蔓说，一听名字就没意思。要不去皮村吧。胡萱说，那地方有什么好的。罗蔓说，上回你可能光顾着找你爸，没和人聊。感觉那里的人不一样，孩子们健健康康的，就像我们过去的那种大杂院，集体生活，特别有归属感。胡萱说，你真是中了邪了，不去好好找工作，非迷上什么志愿者？罗蔓说，走吧，走吧，去转一转，嫌没意思了再回来嘛。两个人又走了一阵，罗蔓说是骑摩拜单车凉快，胡萱早顺手拦了辆出租车。

捡漏

1

麦子的香味在嘴里蹿来蹿去。刚烤出来的面包，简直无法形容。蘸上去年秋天自制的山楂酱，他又塞了满嘴。扭头喊王翠枝。阳台传来念经声。王翠枝撬开铁罐，舀了两勺高地红茶倒进豆青碗里，捡起面包，细细嚼着。不知怎么说到曹开田。王翠枝说，要不去崇善寺点盏灯。又讲起厂里的老刘，从庙里请回一尊花瓶，没过仨月，就招了女婿上门。正说着，电话响起来。王翠枝捂着手机，说，晚上开田回来。曹贤旺说，回来吧，饭菜不都给他备好了？王翠枝说，不是他一个人。曹贤旺抬头看了一眼，等王翠枝接下来的话。过了会儿才问，又搞了一个？王翠枝听不下去了，脸色一沉，说，来来来，你自己和他讲。曹贤旺说，讲什么讲，今天轮我值夜班。曹开田在那头叫唤，好好好，你也忙，爸也走不开，要不，算了。曹贤旺说，去你妈那里不一样？先前谈了几个，都不中王翠枝的意。曹贤旺的意思是，只要王翠枝点头，他看不看吧。好像他民主得很。

等到李平下班，两人在好利来蛋糕店吃了点心，又沿着北中环走了一截。有那么一阵子，两个人都没有道别的意思。曹开田说，要不去见见我妈？话题突然转到这里，李平一时没反应过来。李平说，合适吗？这都快八点了。曹开田说，正好路过。好像不过是顺便打个招呼。曹开田说他爸给他妈在轧钢宾馆上头弄了间房，专门念佛。李平听了，先是想到曹开田他爸有能耐，继而又意识到他妈是念佛之人，脑中现出一慈眉善目老太太。种种念头交替碰撞，有些火花在黑暗中擦亮了什么，也就没再多话。李平说得去买点水果。曹开田笑道，我妈没那么讲究。这话说的，他妈不讲究，她就可以随便？李平净想着见面时如何应答，忘了接男人话头。说到他的婚姻，曹开田话特别多。谈一回二回，家里都不满意，到了后来，曹开田跟王翠枝约法三章，三章看起来内容不少，也可以总结成一句话，他的事不用他们搅和搭搅。既然曹开田说了三点，王翠枝也写了三条，一是叫吃饭，只喊一遍；二是说话和气，不要每天摆臭脸；三是一个人也要回家过年。那时他人在北京，想的是怎么眼不见心不烦。

李平听了，还想他妈也有意思。明显吃亏了。这样的婆婆应该好相处吧？心里头竟然冒出个婆婆，李平心口荡了一下。好在曹开田仍是自顾说话，没注意到她的反应。说到激动处，顺嘴控诉了一番前女友如何变态，查他的过往，翻他的上网记录，害他差不多有了强迫症，每天别的记不住，回家前总要删掉所有信息。李平听了，也没拦住重点，还以为曹开田把这么私密的话题暴露出来，明显是在信任她，于是也讲起有段时间怎么痛苦，和单位的人闹别扭，对象也找不下，工作、婚姻，都看不到任何希望，觉也睡不好，成日恍惚。什么是行尸走肉？说到那段黑暗，她仍免不了激动。曹开田呢，只是瞪着双眼，像是配合她的情绪，也讲了他和同事的斗争，与家人的相处，还用了个特别书面化的词，远攻近交。那些黑暗里的施虐和受虐，懦弱，可怜人的痛恨，两人小心不去触及，这个时候只是想到，她和他，都是同病相怜的人了。

不知怎么又说到他妈念佛的位置，曹开田还在介绍，说是轧钢厂，其实只是个办事处，首钢一部分也并到了这边。李平本来只是看着路边商店，听见曹开田絮絮说起这些，挺了挺腰，歪过头来，像是听他继续往下讲。

谁知道曹开田他妈的佛堂根本不在轧钢宾馆上边。准确点说，是在轧钢宾馆的边上。从一片低矮的石棉瓦棚走进去，时不时见有人推着电动车、自行车进来。一个女人坐在窗口。李平还没反应过来，曹开田说是到了。骤然站在门房的白炽灯下，黑夜里看得不太确切的东西渐渐清楚了。门背后挂着一张发皱的观音菩萨像，几张心经、佛经口诀挡在窗户上方，渗着污渍的墙面贴着劝人向善孝敬父母之类的招贴画。李平眼皮直跳，也顾不上细看。房间太窄了，她踮着脚尖左移右挪，像是找个合适的安放处。曹开田见她不自在，问她。李平说想上厕所。曹开田笑说，那我领你回家。去他家就为上趟厕所？不是自投罗网嘛。她才不上当。再说，话还没开始谈，就跑，也不仁义。王翠枝倒是热情，把凳子上的蒲团移开，连声喊李平坐。姑娘长得高高壮壮，说话声音也亮，王翠枝上上下下又看了一遍，眉宇间掩不住喜色，说，你俩年纪都不小了，好好发展发展。曹开田也学他妈的话，说，发展，还战略规划呢。李平听得恍惚，具体都聊了些什么，一句也没记清。

从车棚里出来，李平长吁了口气。曹开田一直送她到红绿灯口。还说下回一定要到家里吃饭。说他爸曹贤旺做得一手好菜。李平突然笑了一下，你爸名字有意思，跟玻璃大王曹德旺就差一个字。说完，也不等曹开田接话，又说，你知道曹德旺准备离婚时做过什么吗？他调查了一百对各种有代表性的夫妻，发现幸福的家庭各有各的幸福，不幸的家庭千篇一律。有了这个统计数据，他不再纠结婚姻了，他把所有的心思都用到了事业上。曹开田扭头看了一下，好像在琢磨李平话里是不是还藏着别的意思。曹开田说，你现在不再挑拣了，也是受他的启发？李平没接话。

路灯昏黄的光打在两人身上，显得曹开田更是矮了一截。

2

有那么两个月，李平没和曹开田联系。

曹开田倒是固执得很，每天都发信息问候她。她也看，顺手就和那些垃圾信息一起删了。要不是周秀兰来到麦城，李平都快忘了还有曹开田这一茬。到底是亲妈，看出了姑娘的苦恼。问最近怎么样。天天都打电话，李平好与不好，周秀兰应该也清楚。李平说，不怎么样。周秀兰就急了，之前不是说和那个麦城家在搞？李平说，没劲。周秀兰就问，怎么他又把你甩了？李平说，什么啊。每天跟强迫症似的，到点就发条信息，都不知道换句台词。周秀兰就笑，这男的有耐心。又给姑娘算了一笔账，曹家家境虽然普通，但毕竟是麦城人。他家院子现在看起来破破烂烂，谁知道什么时候会不会开发。不是说地铁七号线还是八号线就要路过他们家？李平听了就笑，说，什么地铁？网上流传的图片也能信？规划的一号线2020年才能通。他家说是在八号线边上，等到开始修八号线，还不到猴年马月？说不定都等不及拆就嗝屁了，李平又急促地笑了一下。周秀兰就说，那也不一样。即便你享受不到，你儿子、你孙子，不也能有福气？将来改运的事可说不来。总归是你铺好了路。李平从来没从这些方面考虑过。经周秀兰这么一分析，李平又豁然开朗，仿佛她所有的选择和等待也不是那么一无是处。甚至为了造福子孙后代，她还挺有远见。只是说到曹开田的工作，周秀兰叹了口气。一个年轻人，干点什么不好，非要去殡仪馆。李平说，谁不生老病死啊。有本事你以后别去那地方。周秀兰见李平还维护着曹开田，像是为自己打气似的，又说了一句：再怎么着，人家也是事业单位，旱涝保收不是？周秀兰、李建安两口子都是工人，20世纪90年代被一刀切了，至今留有心理阴影。李平见母亲和自己说的不是一回事，便没再说话。

下回再收到曹开田的信息，李平接了一句，你不累啊？曹开田说，累？发个短信算什么？开始那会儿，我天天去找你，和你说话到半夜十一二点，完了还要骑自行车回家，有劲得很。李平这才想起来，没见曹开田他妈之前，她和他也像是真的恋爱，每晚曹开田都要过来，先是请她吃饭，吃饭也舍得，门口的鸽师傅、江湖菜，回回都要花个二百三百。吃完了，还要在她租住的小区散步。走了一圈又一圈，混杂于生活在这里多年的老夫妻中间，根本看不出他和她还是一对新手。偶尔，等到周围安静下来，曹开田像是终于等到了他的主场，不屈不挠地把她往小花园里拖。她和他在阴影里一点点搏斗，浑身是汗。李平说，天天跑也累。曹开田说，你什么意思，你都把我这样了，难道还有别的想法？我可不想给别人留下什么缝隙。曹开田说起这些话，痞痞的，却也像是很认真，甚至有那么些绝望。她想起过去的某些时候，自己是怎样费劲等候那个喜欢的男人。李平笑了笑，说，我妈来了，她想见见你。曹开田好像有些意外。李平又来了一句，说，怎么你不想再发展发展了？

要过好些年，李平才像开玩笑似的提起，头一回看见曹开田她妈失望得很。长得矮胖矮胖不说，走路还有点外八字，又黑。最后怎么还是同意了呢？可能也是两人年纪都大了，或者真的像曹德旺说的那样，再换一个人真的就大不相同？李平不敢细想。这一年，她都二十九了。

带着李平回家的那天，曹贤旺早早就去菜市场买鱼。算起来有七八个菜。家里的折叠桌摆不下，曹贤旺又从邻居家搬来一张大桌子。客厅太挤了，把餐桌挪到了曹开田的卧室。电脑桌上方摆着一个花瓶，瓶子后边，立着一尊低眉敛目的菩萨像。跟前插着三炷香，燃了半截。见李平看得认真，曹开田就说，我爸我妈为我结婚的事，真是操碎了心，年前还跑到五台山求神拜佛，找人算卦，说是得在堂屋中间供个花瓶，换换风水。还真别说，不到俩月，就认识了你。李平说，谁知道这花瓶里换过多少回水，插过多少枝花了。曹开田干笑两声，拍了李平屁股一下，啪的一声，在空荡的房间里还有回音。低低的念佛声音从阳台上飘过来。她走到阳台上，看见角落里一块红布下裹着观音像，佛脚下一台念佛机，烟盒大小。窗外，一棵老树怕是几个人合抱都抱不住，可惜干枯了，只剩下些枝枝杈杈，黑黢黢的，还在尽力刺向天空。曹开田走过来，顺手搭在她腰上，说，我妈找人算了，说是这棵树影响风水，迟早得锯掉。只是树虽然长在自家院子里，要砍掉，还得到园林局审批。他们也来看了一回，算了下砍树成本，王翠枝又说再等等。现在，曹开田既然都搞下了对象，树砍不砍，好像也没那么着急。李平看了看树底下堆着的杂物，缝隙里长出来的几棵美人蕉，说，你家在这里住了很多年吧？曹开田就笑，说院子之前一直空着。自从曹贤旺干上物业，就把这快废弃的院子拾掇了出来。不知哪年，文物局来人看了看，又给挂了块历史民居的牌子。院门口也被王翠枝利用上了，先是种了些土豆，后来又不知从哪里移来两棵山楂树。嫌进出大门檩椽露出来难看，又栽了株紫藤。一到夏天，满院子都凉沁沁的。夹在周边五六十年代修起来的苏联专家楼中间，更显得曹贤旺的院子有些意思。就是下雨天不好住，墙皮也沤了。好在每年维修不用自己花钱，都是以单位名义向文物局打报告。李平听了个大概，也没再追问。念佛机的声音直往耳朵里钻。

王翠枝去洗碗，李平不好意思，也站起来收拾。曹开田说，快别，我妈最怕别人洗不掉油污。刚刚炒菜你没看见吧？连炒菜，肉的、素的，都得分个先后。她还没闹清楚状况，曹贤旺已经说到婚房了。根本不容李平多想。王翠枝从厨房出来，说，咱们去崇善寺转转吧。

到了狄梁公街，却不进寺里，拐向一边的百顺堂。王翠枝进门就喊刘大师。灰旧木桌子后面竖起一个光头男人。两人像是早就熟悉。王翠枝问了李平的生辰八字，刘大师从抽屉里拿出张白纸，写写画画。沉吟半晌，才抬起头，起首一句话就是，哟，两人都不小了。李平低头并了并脚尖，像是为自己年龄这么大了还要给人添麻烦，感到惭愧。第二句话是，赶紧结吧，宜早不宜迟，上半年没几个日子了，不行就下半年。说完，又写出两个数字。李平看见曹开田和王翠枝同刘大师聊得起劲，半天没回过神来。

3

更着急的是曹贤旺。

日子刘大师都算好了，婚房还没准备好。总不能让一对新人跟着他们老两口住在旧院里。不说里面堆满东西，半夜起来摸黑上个厕所，会不会撞倒，问题是还得去街上。快塌的门口，全是做铝合金门窗的，成天都是切割机刺耳的声响。这样的环境，怎么孕育祖国栋梁？觉都睡不安生。

2010年，赛马场这一带也没什么新楼盘。倒也有几处房子在卖，挖土机、塔吊都进驻到了工地，外面用蓝色板子挡着，猛一看，也是热火朝天。只是好几年了，也只挖了个坑，再无动静，荒草长得齐腰高。这天，曹贤旺骑着自行车满街转，路过幸福花园，售楼处立的净是罗马柱子，沿街一溜还种了些竹子，编成篱墙，几个保安一身蓝黑色礼服立在门口。不承想，又冒出个姑娘，大冷的天两条长腿露在外面，胳膊下夹一摞广告，没头没脑地，喊了一声大爷。曹贤旺心慌了一下，停下脚，抖着手看广告，余光还是扫到小闺女，旗袍开衩都快到了大腿根。小闺女说，大爷，有样板房了，上楼实地看看。

正是冬天，进到地暖管子还裸露在外的毛坯房里，一下暖和起来。站在九楼，看了看窗外，天空是灰的，树是灰的，街上的人看似穿着鲜亮衣服，也垮塌在满是阴影的背景里，显不出来。北沙河沿岸那一片平房，好几户屋顶用不知从哪弄来的广告布苫着，上面的宣传依稀可见：河畔阔景，户户朝阳。他心里涌起一阵不知是怜悯还是羞愧的感慨。这些房子，和他脚下的楼房如此不同，简直像这座城市的一处处补丁，不，更像流浪汉满是污垢的双手。过去看见老太太从发黑的河沟里提水浇沟边的菜，他还羡慕。几乎是突然就决定了，他要买顶楼。得空运点土上楼，弄个菜园。想吃什么就种什么。他在毛坯房里进进出出，像是把每一寸地方都要估摸个够。小闺女指着不远处说，那一片，知道吗？马上就要修东中环。还有那一片，政府规划的是植物园。

从电梯里出来，小闺女指着四楼光秃的水泥板，说，这里要修空中花园，住户不下楼就能逛公园。拉水泥沙子上楼的，搬运家具的，电钻声音不断，一副热火朝天的景象。卖房子的小姑娘说，总共没几套了。眼前所见，加上小闺女话外的意思，似乎都在暗示，再优柔寡断，只怕要错过最后的机会。曹贤旺再次跟进售楼部，领了两斤鸡蛋。出门就给王翠枝打电话，说是现在交一万顶两万。王翠枝正摸着珠子默诵南无阿弥陀佛，听见曹贤旺没和她商量就动了棺材本，脱口就是一句，你着啥急？不会是被骗了吧？本来被小闺女大爷长大爷短喊了半天，脑子还有些蒙，王翠枝这么一提醒，曹贤旺还真疑上了当。问题是手里拿着刚领的鸡蛋。再退回去？他丢不起那个人。

好多年后，曹开田会把曹贤旺买房的事当成段子讲给人听，小闺女送了十三个鸡蛋，他爸就乖乖掏了两万块钱。

说起房子，曹开田还有一句口头禅：兄弟当年也差点在北京置办下房产。大学刚毕业他就去了北京，是打算在那里扎根的。周围买房子的人不在少数。但凡他提起北京的房价如何如何，曹贤旺总是沉默。都说人争一口气，佛争一炉香，单位的子女一个比一个努力，不是出国，就是进大学，只有他家曹开田，说是也在北京工作，开口闭口，都是房子，好像他在北京站不稳脚跟，所有的症结就是因为没有房子。他总是和曹开田说，能不能，也得闯。现在，只要你胆大。他鼓励着曹开田。有些话还用细讲？明眼人不都看得清清楚楚？话是这么说，其实还是手头没钱。平日和王翠枝抠抠搜搜节俭出来的几个钱，都放在了朋友的养猪场。曹贤旺讲了半天大道理，意思无外乎他都还在奋斗，曹开田一个年轻人竟然想着坐享其成，只知道买个小房子过安生日子。

要过好些年，曹贤旺才会后悔。

问题是，谁的后脑勺上会长眼睛？以前后悔的事多了。曹贤旺都到轧钢厂当了工人，一个月工资实打实到手二十五块，结果赶上越南挑衅。正是热血青年，说去就去了。当了五年兵，运气也好也不好。服役五年，在当兵的中间算是长的。他稳坐不动，就是想熬上几年，提个干。那时候，风气好不好，他不清楚，只是一想到要给人送礼，他就脸红。现在他懂了，当年但凡活套点儿，拿出津贴给连长买条烟，报上去还不是连长一句话？事要真能成，转业下来就是干部，一个月能领五十二块钱。八几年的时候，大学生毕业也就这个工资。他总想着人心都是肉长的，平日训练也积极，考核成绩也不错，迟早会被连长看到眼里。天算到底不如人算，没熬到连长看见他的努力，倒赶上百万大裁军。最后，又回到了轧钢厂。书记说，都是给国家立过功的人，发挥专长吧。去哪里呢？保卫科。比起一线工人，保卫科收入低不少。时日一长，曹贤旺也乐得自在，毕竟人挣得多，天天吞吃粉尘，也是拿命搏换。不承想，轧钢厂效益一路下滑，地被老板卖了，他们一干工人还不知情。都到了上有老下有小的年纪，再思谋别的，他也没了心劲，就到物业上找了个干的。眼见别人都在挣钱，到底不死心，又去承包果园，和人在郊区搞大棚种植，也就蒙混了个肚不饥。前两年，有朋友搞养殖，问愿不愿意入股，不用他天天提潲水桶，和猪成天厮混，到时候等着收钱就行。起初也是小打小闹，一年到尾，也分不下几个钱。去年狠下心，把多少年攒下来的钱都投了进去，规模是上来了，结果撞上非洲猪瘟。照曹开田的话说是，有那几个钱，随便在哪里买套房子，怕都赚了。当年的二十万投资到北京，虽然只够个小户型首付，顶不住首都房价涨得快啊。当年北京三环房价，一平方米也就是个一万二三。现在呢？曹贤旺还是老思维，认为做实业才是投资，买房置地，不成了投机倒把吗？真的等到儿子想通了准备结婚，曹贤旺才转过弯来。许是在家念叨得多，曹开田听得多了，说起他爹的时候，连表情语气都神似：

“国家政策是好，可惜咱的命不行，老也赶不上趟。前两年，退役军人六十岁就能拿个低保。有人问我，你够吗？我才五十八，不够。不够那就等两年。结果等我满六十岁，说从这一年起又不给了。咱是一辈子都在赶，不能说咱没费劲，但凡老天开眼，只怕什么都成了。没赶上，只能说是命不好，要不你怎么看。我现在也还好。因为当过五年兵，好赖一个月给你三十五，一年也有四百二。养老保险一个月一百多，一年小一千。当年在轧钢厂干过，多少也有补贴。三份下来，一年也有三千出头，正好够脱贫啦。也是说笑。你要和有的人比，他们连这个都还没有。”曹开田讲完，还不忘再补上一句，“听听这就是我爹。得亏当过兵，生死都见过的人，心理素质就是不一般。要搁现在人身上，只怕早抑郁了。”

这些经历，鸡零狗碎，感觉上不了台面，只是经过曹开田一番拼接错置，曹贤旺却也不像李平素日看到的那副样子。那些曲曲折折的故事里，似乎藏着一个男人不甘心的疲惫梦想，只要她愿意裁剪，总能扭结成对她脾气的画幅。

4

新房起初买在二十六层，顶楼。刚交钱那会儿，曹开田像是为了表达真心，还带李平来看过一回。房子大小，李平没发表看法，只提了句，说格局有些奇怪，客厅又窄又长，像什么，像什么？她诱导着曹开田。曹开田笑了笑，你是说像墓地，还是像口棺材？李平听了哈哈直笑。曹贤旺连呸三下，嘴里好似沾染了什么不洁之物。曹开田说，爸你还是党员，就不能唯物主义一点？小两口嘻嘻哈哈，好像这房子跟他俩完全没有关系。见两人兴致不在这上头，曹贤旺说，怎么，那我把这处房子退了？李平仍是没说话。曹开田说，你要是看不上，就再等等看。李平扭头看了男人一眼，像是在琢磨他话里的意思。

她心里头高兴，只是没好意思表现得太明显。先前在中医药大学住了五年集体宿舍，毕业后又在学校家属院小二楼上和人合租，她做梦都想有间自己的房子。别人托关系找门路，是想着事业上能更进一步，她呢，和人搭揽，总是想着能给她介绍个合适的男人。相亲相到最后，不光她疲惫，她爹李建安更是气得走进走出，脑袋昂着，像只乍翅儿的公鸡，说，这个也不行，那个也不行？你到底怎么想的？李平心里也急，只是表露得不明显。早先人问她，她能说个一二三，房子、车子、个子，都有个杠杠。几年下来，连最小的表妹都有了孩子，亲戚们聚会，也不像先前打听她搞没搞下对象，只是谈些孩子喂养。好多时候，她想参与，却也找不到共同话题。偶尔聊到婚事上，亲朋们还得挑选用词，生怕话过头，刺激到她。逢人再问她，她只是囫囵说句随缘。这样模棱两可，毫无原则的话，让人怎么应答？别人不再多事问她，她自己也提不起劲了，身边有的是一地鸡毛的婚姻。有什么意思呢？意思也不大。熬过多少失眠的夜晚啊，不知从什么时候开始，连她自己也懒怠。有一天从单位出来，看见门口不远有人卖房子，说是交一万抵两万，她先进去刷了信用卡。订金付了，才给她妈周秀兰打电话。周秀兰说，一个姑娘家，买什么房？真到结婚那一天，给你贴辆车就行。李平不听。有什么办法？周秀兰卖了厂里分的经济适用房，总算凑齐首付。那回曹开田说起他爹曹贤旺买房差不多算是被骗，李平听了却特别能理解。她甚至不知怎么联想到，曹贤旺能有这样的觉悟，曹开田应该也差不到哪里去。

定过神来，见曹贤旺看着她，像是在等她一句话，李平又说，不行问问我同学，他在房管局上班，看他认不认识这个开发商。

从黢黑的电梯间出来，到了四楼平台，曹贤旺指着眼前一片水泥地，说，这地方将来要建空中花园的。曹贤旺像销售员一样介绍，说平台到时会做成花园，建个凉亭，种点爬山虎紫藤，夏天一地凉荫，满架紫花。李平跟着想象了一回，嘴里也哼，你的爱写在公园前？曹开田却说，要土没土，要水没水，种多大紫藤？满架凉荫，从森林里移植吗？曹贤旺被问得目瞪口呆，没再探讨植树造林问题，只是尽量重复销售员的话。临到后来，曹贤旺才说到重点：

"等有了孙子，交给我和你妈，你们该逛，逛，该玩，玩。"

曹贤旺话说得有些急，嘴角都抖动了几下，仿佛只要想到可以和孙子在这空中花园信步游逛，就满足得不行。又说，这地方好，周围人上不来，就这小区的人，不至于太乱。李平看了看光秃秃的平台，想象不出这个空中花园到底是什么样子，也就没有接茬。时不时能听见楼上刺耳的电钻声。平台上坐着不少人，和着一两岁小孩子的尖叫，显得这片工地也是生气无限。

曹贤旺还要去物业值班，先回了。等到父亲离开，曹开田又恢复了原形，说，等到咱孩子长大，大红本差不多也能下来，到时候就可以就近上小学。听男人的意思，在这儿买了房的年轻人都是因为开发商承诺有大红本，将来上附近的育红小学方便。李平嘴角露出一点笑意。别看曹开田平日轻浮，这回总算说了句正经话。她甚至幻想了一阵自己孩子在这平台上跑来跑去的样子。她说了句，你婚都没求，还孩子？曹开田说，我们年纪都不小了，得抓紧。这话李平不爱听，说得倒像是她拉了后腿。虽然不爱听，两个人还是在孩子们的尖叫声中绕着平台走了几圈。

等到夜色一点点把周遭的一切吞没，李平才跟着曹开田到五龙口海鲜市场吃烧烤。

5

先前她说什么就是什么，不知哪天起，曹开田态度变了。

说好蜜月要出国，是去日本，还是巴厘岛，李平没想好。曹开田却说，去新疆就不赖。好像他早就谋划好了，根本没有商量的余地。谁蜜月去新疆？跑去风吹日晒吃沙子吗？男人仿佛看懂了她的心思，又说，中国地大物博，有些地方可真不是你想象的那样。她想象成哪样了？她甚至学会了他的说话方式，回道，你不是天天赤身裸体在阳台跟前背疯狂英语吗？怎么，就不想走出国门验证一下你到底几级水平？曹开田只是一笑，完全听不出来她话里的讽刺，说，新疆怎么啦？你不是爱国吗？为什么不把钱消费在祖国？

李平两眼一黑。

头一回见面，李平就意识到有问题，现在总算是明白问题出在哪里了。头一回见面聊了些什么呢？是说了很多话，也不外乎生活和工作。曹开田问，平时都干吗？我是说除了每天在医院里查房、安慰病人，还有什么娱乐？那天在星巴克坐了半天，他还坚持送她去车站。在丁字路口等红绿灯的时候，曹开田这么问了一句。她怎么回答的呢？她说不怎么出去。

声音压得很低，好像让他知道她平时的生活如此无聊，实在吓人。曹开田却不死心，问，一年单位也会组织一两次旅游吧？李平压了压被风卷起来的裙子，说，除了查房，还要管理几十号护士，不定什么时候还要加班。好不容易歇下啦，能睡个安生觉，都得谢天谢地。曹开田拍了一下她的肩，说，你是说你从来就不出去？一年到头就在麦城待着？李平说，你这么一总结，感觉太绝望了。我倒是想，问题是一个人，走到哪里，都会提醒你，你是孤独终老的一个人。她自嘲了几句，想着赶快结束话题。又问，你呢？得知男人从前在北京，周五坐一夜绿皮火车到繁峙沙河，两天大朝台，走得腿肚子酸，周一照常高兴上班。要么租上帕杰罗去库布奇，沙漠里睡袋一裹，蒙头就是一夜。就是现在回到了麦城，只要得空，要么海南环岛骑行，要么到锡兰感受光明富饶的乐土。他所有的乐趣似乎就是甩开现在的生活。因而，更不想让他知道，她现在的生活多么乏味。让人窝火的是，男人并没有炫耀他的越野生活，竟然神经质地开始攻击她的职业，说，一个中医有什么好忙的呢？他见不得她把中医描述得如此有意义。他说，知道为什么从前中国人人均寿命只有三十五岁，一九四九年后到现在，增长到七十七岁吗？是因为西药。为了证明只有西医才是科学，他还拿出一套数据。三四百年前，钱大昕、戴震、王念孙这帮人还在搞古史辨伪，训诂、校勘、考证、金石，欧洲的伽利略已经发明了望远镜，罗伯特·胡克发明了显微镜，笛卡儿搞出了解析几何。中医说到底不过是纸上的学问，蒙混个大概可以，要算计准确，还真不行。当时李平只觉着男人懂得不少，多数人名她都没听说过。见男人说得如此确凿，一时也不知从何处反驳，只是隐隐有种被碾压的痛苦。她虽然学的是中医，对中医也并不是一味维护。不过，见曹开田那么一副口气，她免不了带些情绪，说，就你说得都对，那为什么新闻联播都在宣讲中医？意思是天底下不可能人人都眼瞎，就他曹开田一个明白人。话赶话说到最后，李平又补了一句，你小时候不都是吃草药，才用几天西药，就变成假洋鬼子了。李平越说，越是心烦意乱。幸好在大街上，还可以东看西看，不用一味听他胡说八道。后来的事就说不清了，两人但凡说不通，曹开田都有本事说到她的职业，由中医又说到爱国，由爱国又开始攻击人品，平常话题，被曹开田这么上纲上线一讲，反倒显得李平和正常人不一样。这些涉及到三观的原则性问题，被两人杂糅在平日的拌嘴中，仿佛这样的生活，也跟大多数人胶着的恋爱相差无几。当时肯定是她占了上风，她也误以为把男人说服了。没承想，隔了几个月，男人还有这么一句话等着。男人的话温吞吞的，看不清深浅起伏，李平像挨了一记闷棍，半天没还过阳来。

说李平对曹开田完全毫无好感也不确切。在习惯性屈服之前，她也有过幻想。记不清什么时候，曹开田讲过一件事。那时他还在北京，新换了家公司搞团建，上午集体学习，下午自由活动，找人聊天喝酒搞关系，他也懒得参与，一个人沿着北三环走到宜家。别人挑挑选选，一副闲散生活的样子。他走了一圈，对那些简易方便携带的东西毫无感觉，最后竟买回来一个铸铁电饭煲。提着铸铁锅，他一路上歇了三回。当时只感到自己神经出了差错，等到坚持找曹贤旺要钱买房，才意识到，从那时候开始，他好像突然把握住了什么。兴许就是从那一天起，他特别渴望稳定下来。为什么还是拖了这么多年才结婚？他也想不明白。那个铸铁电饭煲又笨又沉，谁也用不习惯，早不知道放到了哪里。李平听得直笑，她想起爷爷在车间车出来的不锈钢勺子，父亲用了几十年，到她大学毕业，租房子时候，还专门带了一把在身边，给人感觉那些塞满了回忆的物件也象征着甜美的负担。这么一想，眼前这个矮矮壮壮的男人也不是一无是处，至少对那些沉重铁锅的偏好也可以推断出他和她有差不多的追求。她没敢说品质生活。他应该也是曾热爱生活的年轻人。

曹贤旺在忙着收拾新家，根本没意识到这对年轻人在闹别扭。其间，曹贤旺去过一回售楼处，说他在房管局有认识的人，原来还想找找关系换一套，现在根本不想要了。售楼处的姑娘仍是客气得很，一口一个大爷，倒把曹贤旺叫得不好意思。过了些天，给他两斤鸡蛋的小闺女打来电话，说是换到了二十三层，小区最好的户型。曹贤旺去看了，果然比先前那户要周正，又把户型图传给曹开田。曹开田说，你喜欢就好。等到听说曹贤旺准备自己装修，曹开田说，你可别逞能，现在的房子可不比你那土坯院，随便搭几根檩椽拉几根线，凑合着搭建起来就行。曹贤旺又给李平打电话，他没说自己要装修，只问她想不想再看看房子怎么设计。李平见曹贤旺还是那么热情，先前存有的那点对曹开田的恨也松动了，说，叔，您看着办吧。儿子说话不中听，当老子的却正常得很。她想起自己那套房子从设计到材料入户，也是自个儿亲力亲为，不由对曹贤旺又多了份亲切。

“要是什么都自己干，真是能省不少工钱。”

这话曹贤旺爱听。这姑娘是个过日子的人。几十年前，垒墙平院都是自己动手，装修还要找人？街头那些泥瓦匠谁还专门培训过，不也是凭经验？王翠枝见他拿着卷尺一走就是一天，问起来，也是鼻子里哼一声。楼下就有人在装修，怎么开槽铺电线，他早就看会了。房子又不大，要开槽的地方没多少，他拿根錾子大半天倒敲了个七七八八。电线铺好，曹贤旺又满院子翻找，竟然寻见了抹泥刀。等到水泥沙子上楼，他找好水平，开始铺砖。好像生怕回家浪费时间，干脆抱了床褥子过来。王翠枝每天做好饭送过来，吃完了也给搭把手，就是拐弯抹角地方不好处理，好在他早就和楼下装修的一起抽了几回烟，量好尺寸，又搬上瓷砖找他们借切割工具。王翠枝呢，时不时买个西瓜给楼下工人，不明底细的，还以为他们就是一支工程队。

到底是李平没沉住气。给曹开田打电话，说我们得谈一谈。曹开田说，你国都不爱，有什么好谈的？李平这回没有陷在男人的话语沼泽里，而是直接问，你是不是认为自己反正便宜也占了，无所谓了？曹开田说，你说彩礼多少就是多少，你说婚纱照得去海南拍咱们也去了，认识你也快一年了，你说什么就是什么，我有没有说过一个不字？我就一个要求，想着带自己喜欢的人去新疆走一走，还被你嘲笑。你说你有意思吗？几句话倒说得李平一时不知该从哪里接起。她没想到自己在男人眼里如此蛮横。她咬着嘴唇，控制着发抖的身体。李平说，那你就这么悄无声息，几个月也不放个屁？曹开田说，那会儿我天天放屁给你，也没见你回应个屁啊。等到男人说完粗话，李平像是放心了，笑起来，说，曹开田，你真不是个东西，你还像个男人吗你？心眼怎么这么小。曹开田说，我妈把日子也算了，请帖也给人发了，你还动不动就给我玩消失。李平说，我玩消失？是你没联系我好不好？曹开田说，你反正那么喜欢做决定，什么都是你定，我这不是在等着你决定联系不联系我嘛？你说吧，就给句痛快话，婚礼办还是不办。李平不说办也不说不办，只说刘大师靠谱不？戴那么粗金链子。还有手腕上的玫瑰金苹果手表。她说来说去，似乎一个注重物质欲望的人，怎么看都和潜心修道的高人搭不上边。曹开田却有另外一种解释，他能穿戴成那样的行头，说明什么？收入不错。那么多人都信，也间接证明了人的水平。两人混说半天，李平才问最近有什么电影上映。

6

新房装好那天，曹贤旺把每间房子都拍了照片，发给正在南疆的李平。隔了一天，李平才回过来几句微信语音。听语气，李平冷淡得很。曹贤旺却没顾上琢磨李平的话，还以为是这对年轻人新婚大吉长途奔袭实在耗费体力。

两口子回来，王翠枝还没问蜜月玩得怎么样，曹开田却坐在那里一声长嚎，说，快别提，在新疆我就想着要离婚。原来到了新疆，李平玩得比曹开田还疯，这里也看，那里也瞧，碰见当地人，还一个劲搭话，从肉苁蓉，到天山雪莲，仿佛她不是随便乱看，全程都是来考察调研新疆中草药的。曹开田倒像个跟班，不远不近晾在后边。李平说，光说结果，怎么不提你不帮我拿包了？曹开田还待辩解，王翠枝说，少说几句吧你，可是长了一张嘴。曹贤旺问，要不去看看新房？下一步就是找木工打柜子。还让他们自己抽空去黎氏阁看看家具。

到了幸福花园，曹开田这里敲敲，那里按一按，好像不信这是他老子做出来的事。倒是李平一口一个惊叹。曹贤旺只是笑，还解释，说就是没啥设计。李平说，这么大点房子，就是找人设计也翻不出什么花样。讲完又意识到口气硬了些，忙问曹贤旺的腰怎么了。王翠枝说，你爸真是魔怔了，贴瓷砖那几天，白天黑夜都睡在这里，肯定着了凉。曹贤旺双手按在后腰上，直笑说没事。这还值得专门说？曹开田说，爸你这退休了可以去开辟个第二职业。曹贤旺说，还真别说，我是没早转行，当年要真舍得那几百块工资，指不定早挣上钱了。曹开田说，那样的话，你的猪怎么办？曹开田毫无征兆地笑起来。笑声在空荡荡的家里还有回音，听得人心惊肉跳。李平看了眼曹开田。这有什么好笑的？她想不明白。曹贤旺先前还满面红光，这时候脸上像是落了一层灰。

平日家里有人，大门总是敞开，吹吹风，散散装修气味。曹贤旺掀起衣服擦了把汗，又走到门边，说，这里到时候请人做木工，打个柜子，放鞋归整杂物，利用好了，也能节省不少空间。曹开田说，那是走廊，占了别人没有意见？李平说，这个角落靠近咱家呢，再说，总有个先来后到。

这天，王翠枝正往门口柜子里放东西，售楼处的姑娘领着人来看房，见了就说，阿姨，这是公共空间，不能占用的。曹贤旺听见，出来忙说，只要邻居没意见，我们共用，共用。

等到小两口住进幸福花园，王翠枝偶尔过来转转，见装电卡的地方下面空着，便把堆在客厅的几个花盆移了过来。听说李平爱吃泡菜，又说到时候买两个坛子，腌上菜了放在水表间，想吃的时候，捞上几筷子，也方便。曹开田说，李平都是租房子那几年养成的习惯，什么都图省事。马上要孩子，天天吃泡菜，净亚硝酸盐，我得买两本菜谱好好学做饭。

像是生怕曹开田、李平两口子吃不上，王翠枝隔三差五就要给幸福花园这边囤些东西。有那么一段时间，他们坐在一起，就是不停感叹，总算是逮住了一回机会，要不然这房价噌噌往上涨，当初那点钱，别说买房子，只怕买个车位都不够。连李平也说，幸福花园吵是吵了些，环境还真不错，楼下就有超市，出门就有公交，隔肿瘤医院也就四五百米，上高速也就一脚油的事情。她说得那么亢奋，好像随时不是在准备去医院，就是要到高速路上跑一回似的。曹贤旺听得也激动起来，说，你们没关注市政规划吗？据说这里还要修一条快速路，还规划有一个植物园，规模和文瀛公园不相上下。他说得那么平静，也不等人回应，又端起茶杯咕嘟喝了一大口。

小区里老人也多，有时候曹贤旺来了，也不上楼，提个水桶，手握地书笔在四楼平台写字。字谈不上好看，前面洇干，了无痕迹，他也不在意，偌大平台好似一张白纸，可以由着他挥毫，又从头写起。内容是《陋室铭》，每天总要写一遍。有人问起来，他说也没有特别目的，就是从小记住了，写起来痛快。别人都夸说，这样修身养性，适合老年人。他没说在这里写字是一方面，主要还是现场监视工程进度。起初售楼处的姑娘给他介绍，说四楼要建一个空中花园，他的房子都装修了，平台还是没有动静。他还有些着急，感觉像是被骗了。有一回悠悠写完字上到十八楼，见隔壁装修，问多少钱买的，得知他们花的价钱要比他贵十几万，这才放下心来。

又过了一个冬天，四楼平台上有工人在划线，铺了防水层，又开始堆土。曹贤旺意识到，空中花园到底是动工了。晚上回去，他和王翠枝说个不停，吃完饭，碗也不洗，还拿着手机搜网上的消息，微信群里有人发出链接，说是规划中的快速路已经上了常委会。

春节前，王翠枝给李平打电话，问对联买了没有。又让曹贤旺多买几副，顺便把几个门都贴上。晚上曹开田回来，感应灯亮起，正掏钥匙，却见门上一道横批：六畜兴旺。进门曹开田就笑，说他爸是不是魔怔了，怎么还想着养殖的事。王翠枝听了，开门就要去撕扯，却被李平拦住，说，不过是要个大红颜色，沾点喜庆。再说，一般谁注意春联内容？

确实，周边几户不知是卖不掉，还是没装修，平日进进出出，都只李平、曹开田一家人，一层说是十来户，倒跟一梯两户南北通透的楼差不了多少。据说楼下超市美特好要进驻。挨着马路的门面，先是交通银行摆了几台自动存取款机，没过两个月，工商银行也在楼下挂了招牌。有天晚上，曹贤旺和王翠枝沿着北河湾遛狗，看着尘土飞扬的工地突然来了一句：

“这地方迟早会发展起来。”

7

转眼，曹梓轩到了上学年龄。

李平就没想过要让孩子待在赛马场，她买的房子那边对口九一小学。只是幸福花园的房子家具家电都是新的，租出去万一被人糟践，委实可惜。再说，当初房子都是曹贤旺一手收拾出来的，也有感情。李平让曹贤旺和王翠枝搬过来，好赖也享受享受。至于敦化路的院子，反正那一片都被卖铝合金门窗的占据了，索性租出去。

住上高层，曹贤旺每天都顾不上在家里待，四个单元上上下下都转了一圈，碰见面熟的，还要递烟。这天，听说物业在退装修保证金，就前去打问。一个穿着青布西装的女的在整理账簿，时不时还嗑瓜子，玩手机，头都没抬，只问，房子结构没动吧？曹贤旺说，结构？这破房子还有结构？没动，没动。女的又朝走廊那头喊。

过来两人，跟着曹贤旺上了楼。还没进门，就问，这柜子谁打的？曹贤旺一听，觉出对方语气不对，忙说他的理由。物业经理却不听他解释，说是当初卖房时合同就写得明明白白，谁要是都这么讲条件，工作就没法儿干了。给出的方案是，要么把柜子拆了，退他三千块，要不，就别再提这一茬。自己的钱就这么不明不白被侵吞了，感觉还像是占了对方便宜。曹贤旺不服气，却也找不到辩驳的理由。听物业经理的意思，就这，还是给他行了方便。要不然到时候其他业主投诉，还得强拆。说完，又见电表间、水表间堆满杂物，说，为什么咱们的大红本迟迟下不来，就是因为你们这样的住户。别说到时候消防检查过不了关，就这，你们自己不怕？物业经理留了半句话，简直处处都在指责曹贤旺怎么弄下了这么个烂摊子。

曹贤旺黑着脸进来，看了半天中央四台，不说一句话。王翠枝在阳台上说，声音就不能小一点。见曹贤旺不理，走过来，顺手就把电视关了。王翠枝说，谁又招惹你了，要杀人似的。曹贤旺就说，说好的大红本，这都几年了，还不兑现？王翠枝说，谁让你看见小闺女的几颗鸡蛋就挪不动腿了？老不要脸。

和王翠枝说不通道理，中央四台又不让看，索性牵上狗下了楼。

不知是谁提起大红本的事，曹贤旺听了一阵，才凑上前，说，咱们得闹，不能由凭人捏着脖子。四楼平台上净是老头老太太，打牌的，打麻将的，下棋的，摆了四五桌，看的人也不少。曹贤旺激动得脸红脖子粗，在那里诉说大红本的重要。曹贤旺的话先还吸引人，说到后来，也有些空。围了半天，见曹贤旺除了一肚子气，也没什么切实可行的办法，听的人就开始说笑。原来只有一个主题，慢慢就吵成一团，谁也听不见谁说话。曹贤旺也去看人下棋。见人举棋不定，不免着急，嘴里不停，你都翻不清账，怎么杀马，靠什么杀马？一只手背在身后，抖个不停，一只手上前捉棋。

那天业主群里有人倡议，晚上八点半到四楼平台选举业委会。

出门的时候，王翠枝还让曹贤旺少说几句，自古枪打出头鸟，别把物业得罪个遍，到时候怎么好待下去。来的人不少，开始大家也只是混说一气，到后来，曹贤旺不知怎么就爬到栏杆上喊，这么下去，还是个乌合之师，咱们一个一个表达。说完，他又下来，和身边几个人讲了一大堆话。开发商承诺五证齐全，他跑到房管局也打听了，他们住的房子不合法。开发商不是说好五证齐全吗？当初他们买房子，也是冲着售楼处挂的证书，市规划委员会、市建委、市国土资源和房屋管理局核发的大红印章，盖得尤其醒目。结果节能、消防、人防都过了验收，规划却超了红线。临河湾那一片，规划中是要修快速路的，却被开发商占了一部分盖超市。当初李平来幸福花园，还就喜欢楼下这个超市，平日在四楼平台带孩子走走，想起来了顺腿就下了一楼。连周秀兰过来看孩子，也不停说这地方得劲，热闹，买什么都方便。没想到开发商在其中捣鬼，活生生把他们的房子变成了非法的。

围观的人见曹贤旺不光热心，还说得有理有据，都说他应该带着大家出头。曹贤旺先还谦让几句。有人就喊，对付无赖，就不能和他们讲道理，得用比他们更无赖的办法。几句话把曹贤旺说激动了。

那些在心里滚来辗去多少回的话，终于形成了思路。像说施政纲领一般，一五一十讲了个清白。免不了又说起物业管理的混乱，以及他当上业委会主任的设想。几条意见，条条都说到了大家心底，众人一致鼓掌通过。

和他搭班子的，是几个不上班的中年女人。等到人群散去，天色早就黑了。曹贤旺还和小张小李小王说，这事不能等，号召业主们跟着冲也可以，咱们既然挑起了这个担子，就得负起责任来。反正她们和他一样，也都闲着，就要把这件事情当回事。他早就想了，幸福是等不来的，得自己去跑。怎么跑市建委，跑房管局，具体要找谁，曹贤旺又说了一大篇。

回到家里，曹贤旺还有些亢奋，简直像领受了什么新任务，要带兵打仗一样，睡衣也不换，穿着一身洗得发白的迷彩服走进走出。一会儿一个想法。王翠枝本来低坐在阳台上打坐，见他说得那么理直气壮，也顾不上念佛，两口子你一句我一句批判了半天人心不古。业主群里人们给业委会排队点赞。曹贤旺顾不上一一回复，倒是又把自己的想法重申了一遍。群里再没人说话。不知道是因为有了些权力，还是由于大敌当前，曹贤旺兴奋得不行，脖子上的青筋都鼓了起来，好像忍气吞声一辈子，总算是找到了用武之地。

8

家门口堆放的杂物确实有碍观瞻，也不给王翠枝从容整顿的机会，自个儿清了个底朝天。等到泛亮的地板砖露出来，水表间、电表间规规矩矩，又一鼓作气把通往二十四层的楼道清理了半截。有人比王翠枝更过分，竟然在楼梯口养了两只鸡。鸡关在笼子里，不知道是无聊打架相互啄的，还是营养不良，屁股也秃了出来，难看得很。还有股酸臭鸡屎味。这成了啥了？他想着既然自己炸了这个粪坑，就得收拾到底。在楼道里走了半天，想找见主人。临到头来，还是打电话给业委会的干事，让拟个通知，大意是给大家一个星期时间，清空楼道杂物，要不物业就得动手。

有几天，曹贤旺还拿着个小铲子帮人清理门口小广告，又和物业建议，得把监控用起来，不能让身份不明的人随意进出小区。为了显示某种决心，曹贤旺不光穿起了迷彩服，还把搁置了多年的解放鞋找了出来。过了六十岁，肚子虽然憋不回去，走路仍是挺得笔直。

成天只是收拾小区，业主们并不买账。他们交的有物业费，他曹贤旺成天拉着个平板车在四楼平台忙活，还养着物业这帮人干什么？这不更惯下毛病了嘛。他们想要的可不是什么改善居住环境，而是心心念念了多年的大红本。

没成立业委会前，业主们就自发拦过马路，也是不了了之。这回业委会的小张又建议去堵马路，要么去上访，总之是想用非常手段倒逼，让政府部门解决问题。曹贤旺不同意。他是军人出身，还是党员，不能因为别人违法，他也不懂规矩。分析来分析去，症结还在开发商身上。业委会在四楼平台召集业主开了几次会，最终商量，先堵楼下超市。超市一天不营业，开发商就要受到连带损失。

这天一大早，超市照例早早开门，有些不明真相的老头老太太早早排队，准备时间一到就去领搞活动送的鸡蛋。过了这么多年，开发商还在用这一招蒙骗引诱人来花钱，不知怎么想到当初的自己，曹贤旺更添一层愤怒。曹贤旺领着一群男女老少，拿着白布直接把大门堵了。白布展开，上面几十个大字：黑心幸福花园开发商骗子孟占全还我血汗钱还我大红本。曹贤旺本来写得一笔好字，这回情绪激动，写得歪七竖八，墨汁飞溅，看上去就触目惊心。他站在台阶上大声说话，意思是要和开发商血战到底，耗子躲进了老鼠洞，咱们就添几把火，浇上水，浇上油，把这个坑蒙拐骗的老耗子逼出来。

他们正举着拳头喊口号，几个穿着保安制服的人就冲了过来，说话也冲，直问青天白日是哪个王八操的在扰乱社会秩序？曹贤旺听得无名火起，扬起手指就要骂人。保安是个胖子，个子比曹贤旺要高一头。胖保安说，你再指指试试？曹贤旺当年在前线和敌人血拼都没后退过半步，几个歪戴着帽子的伪军他能放在眼里？他再次举起了中指。胖保安看上去一身横肉，反应倒快，直接就把曹贤旺的手掰住了，嘴里还直喊，你到底想要干什么。其他的业主见曹贤旺受了制，都往过涌，想要帮忙。一团混乱中，胖保安还是身手利索地把曹贤旺压到了身下，并且用自己的大肚子牢牢压住了还在挣扎的曹贤旺。他眼睛四处张望，嘴里也没闲着，直问，还有谁不服气？曹贤旺虽说也过了六十，到底是上过前线的老兵，哪里肯轻易就范，趁胖保安嚣张四处叫唤，猛一甩头，一口咬住了胖保安的鼻子，死活再没松口。

9

当时副厂长分管行政，想给职工谋点福利，别的也不好弄，就开了家理发店。门面由厂里提供，水费、电费分文不收，凡职工去剃头，减价一半，本来就不贵，减半才一毛五分钱。过了一年，换了个厂长。不光换了厂长，还碰上改革开放。新厂长上任，马不停蹄调研，每天就在厂里东走西看。几天下来，他发现了问题。澡堂子旁边居然多出个理发店。掏租金了吗？财务账上查不到。一听说白占厂里的房子不算，水费电费也不掏，直问这怎么行？国有资产就是这么白白流失的啊。新厂长痛心疾首。国家的钱就不是钱？出了事情谁负责？厂长把副厂长和行政科长叫来，算了一笔账，前前后后租金加起来快两千块了。还撂下狠话，说，你们要再不把钱给我追回来，损失就从你们工资里扣。行政科长着了急，逼理发店的人出钱。理发的绞一个头两毛，全厂职工加起来，也才两百来人，天天理头，也凑不够，何况平日挣个几块也早花了，一时去哪里凑这几千？行政科长管不了那么多，也是着了急，一天上门两三次。催了一回催二回。理发师瞅个月黑风高之夜，卷上工具跑了。行政科长害怕自己担责任，又找新厂长反映。新厂长直接交给了保卫科，说是让把这个案子破一破。当时麦城东西南北也就几条街。一找没有。曹贤旺再一打听，原来这人和副厂长有瓜葛，俩人都是长子县的。长子就剃头的多。去长子县，也没寻见。下回新厂长再问起，副厂长还训斥，说曹贤旺他们办事能力不行，都是些吃干饭的，这么个小案子都破不了。曹贤旺当年在老山前线也是冲在前面的，我能力不行？你给我上前线冲锋一回试试。平日看上去没什么尿性的曹贤旺，这回气得眼睛都红了，站起来就说，你知道不知道情况，这叫个什么案？你去公安局打听打听，是不是我没能耐。行政科长你不批评，倒摊上我的不是了。这算什么案？曹贤旺瞪着副厂长，委实想不明白，怎么天底下还有这么不要脸的人。第二天开大会，新厂长来了气，还拍桌子，说某些人一点政治规矩都不懂，怎么党委还领导不了你们啦？他一拍桌子，曹贤旺比他拍得更厉害，说，老哥，你干什么，毛主席说，以其昏昏，使人昭昭，你一个工农兵出身，自己不懂，净讲些外行话，怎么领导别人。理发师不偷不抢，也没犯什么法，曹贤旺没理由替个人卖命。他双眼一翻，说他不是狗腿子，嗅臊的事干不来。也是这件事过后，曹贤旺懒兴了。这还能干？遇见这样一个人。过去有句话，宁给好汉当马童，不给赖汉当祖宗。曹贤旺不干了。

曹贤旺脸上裹着纱布，看不出什么表情。在曹开田的叙述中，曹贤旺经此一役，在幸福花园也算是一战成名。微信群里不少人在问曹师傅怎么样，小张小李小王几个业委会的，还准备来医院看望。其他人也在后面跟帖，内容都是复制，举着一个个卡通小拳头，情绪却热烈得很，好像在幸福花园住了这么多年，从来没有这般扬眉吐气过。话题聊到后来，曹贤旺咬掉的就不单是胖保安的大半个鼻子，而是沉重打击了开发商的嚣张气焰。正好小区里有位业委就在报社上班，说要好好采访采访曹师傅。曹开田不停划拉手机，还对躺在病床上的曹贤旺说，这时候，有人在报纸上给你们呼吁呼吁，可比自个儿上街起作用。领导没时间天天到街头管你们打架斗殴，媒体上的宣传，他们喝茶间隙还是要看的。曹贤旺唉了一声，好像他一个上过前线杀过敌人的老兵，临到头来，却是和他差不多的人搏斗，甚至谈不上搏斗，不过是他一时气急咬了对方的鼻子，简直是奇耻大辱，怎么说得出口。有那么一段时间，曹贤旺和谁也不说话。曹开田时不时地抖搂些父亲的历史，给人一副印象：他这个做儿子的也还处在某种震惊中，必须得混说一气，才能缓解。

曹贤旺突然竖起来，吼道，操你妈的，能不能不要讲了？一屋子人先还听曹开田闲侃，有说有笑，见曹贤旺如此躁狂，都安静了下来。王翠枝说，出什么洋相呢你。可是长本事了，这个也要操，那个也要操，你长了几个鸡巴？曹贤旺不等她说完就背过身去。曹开田指了指自己的脑袋，双手一摊，说了句，完了完了。李平捣了曹开田背上一拳，说，少讲几句吧，你爸都这样了，就知道在这里说些没油没盐的话。曹开田说，怎么，我也去跟那个保安拼命？李平说，行啦行啦，就你能耐。曹开田又低下头看手机。医生领着一帮护士进来，问了曹贤旺几句。又转过头来，问谁是家属。意思是曹贤旺的耳朵问题不大。不过要恢复原状也有难度，还得做两回整形手术。曹贤旺说，这把年龄，整什么形，到时候一把火烧了，谁还知道你耳朵歪不歪。见曹贤旺动不动就提到生死，李平心下一沉，涌起一阵悲哀。

等医生走了，曹开田说，我爸还真是视死如归，这会儿就说到烧不烧了。王翠枝说，都是自找的，六七百户，就你爸能，出这个风头。什么正义感。这回被人咬了耳朵，下回人家指不定怎样下黑手。她像是被接下来要发生的事吓着了，嘴里不停，希望曹贤旺多少回应一句，随便说点儿什么都行，至少别让时间空着。曹贤旺呢，不知道是不是受了莫大屈辱，还是平日被王翠枝训斥惯了，缩在一边，再不言语。王翠枝说，自从住进这房子，你爸就躁狂得不行。是不是撞了哪路邪神。李平读过一点心理学，躁狂之类的词语形容曹贤旺也不大合适。人都是有血性的。她理解曹贤旺的愤怒，为了填空，不停说些宽慰的话。

一群人抱着几束花围过来。曹开田、李平忙往旁边让了让。李平头一回在医院见这么多满脸喜色的人，忍不住又多看了两眼。人群消失在电梯里，要不是下午的阳光透过厚重的帘子打进来，还真以为刚刚看到的都是幻影。

10

出了医院，曹开田有半天没说话。

李平喂了一声。曹开田问怎么了。李平说，你怎么了？曹开田说，你以为我平时和你胡说，这回全看见了吧，我爸我妈就是个这样，看起来也和大多数人没多大区别，不吵也不闹。不吵不闹并不等于没有矛盾，这不，一旦说开，天王老子在跟前都不顾。曹开田又叹了口气，好像王翠枝对曹贤旺的几句怒吼暴露了他们家隐藏的秘密。李平说，谁家不吵？牙齿还咬舌头呢。曹开田说，不一样的。我爸我妈两人早不吵架了。一是该吵的吵完了，二是被虐习惯了。后来发现，我爸我妈的分歧不是因为具体问题，而是思维方式大不相同。比方说，当年我妈好不容易去探亲，每回临走，我爸都要给她包里放一本红宝书。指望我妈能读读哲学，辩证地看问题，或者说提升提升自己，两个人将来好沟通，没想到每回都被我妈扔出来。有一天我妈问，你是不是有强迫症。我爸说了他的苦心。我妈就说，曹贤旺，你是故意和我装，还是真不知道？我生气的不是你每回和我想的不同，而是痛恨你洋洋得意的态度，世上就你掌握了宇宙真理。曹开田当时也就几岁，大人的争吵他不懂，每年想的都是能坐几十个小时的绿皮火车，好像只要火车咣当咣当往前开，就够了。李平也不接话，只是偏着耳朵听。后来怎么又慢慢不吵了呢，一来是我长大了，光伺候我吃喝拉撒就消耗大半精力，我妈哪还顾得上找我爸撕扯。二来，我妈可能也意识到，比起那些成天吃喝嫖赌抽的男人，我爸也有可爱处。多年来，尽管老是送同样一本红宝书，简直像是敷衍人，不过回头细想，我爸总归还在想着要解决问题，起码有那个态度在。李平见曹开田嘴巴直动，却听不分明他要表达些什么。

从幼儿园接上曹梓轩回家，曹开田又说了一阵他爸他妈的事。李平不太理解男人说起这一切时置身事外的样子。都怕家丑外扬，曹开田倒好，也不知道是没心没肺，还是真受了什么刺激，讲起他爸他妈，口齿那叫一个伶俐。李平说，你爸被人打成这样，你不想去讨要个说法？业主群里好多人都在为曹贤旺打抱不平。李平说，还是你自己的爹，帮你的房子声讨，你都不敢站在群里替你爹说几句。李平像是实在看不过去，抢过曹开田的手机，用他的微信说了几句话。不曾想，等李平炒好菜出来，却见曹开田把发送的消息又给撤了回来。李平本来没那么生气，看到曹开田这么做，还是没忍住。她说，谁都像你，自己的利益不知道争取，别人说出真话了，替你发声了，你还不敢附和，到时候哪天把你欺负死了，你看谁帮你说话。曹开田说，有什么用呢？就是站出来，说了，也不过是几句牢骚。李平说，曹开田，我真是看透你了。你到底是不是你爹亲生的？两个人争到这个份上，不像是讲道理，倒像是在骂人。

曹开田却像是完全没往心里去。给曹梓轩夹筷子菜，见李平脸仍板着，就叹了口气，放下筷子。没忍住，又说了些他爹的糗事。不知道他迫不及待说下去，是为了显示他的坦荡真诚，还是缓解无能为力的焦虑。

吃完饭，曹开田又端上煲好的排骨去医院接替王翠枝。曹贤旺的意思是他又不是得什么大病，医院也有护士，不用这么多人耗在旁边守着。曹开田却不听。靠在床头一直看手机。其间，李平打过来电话，说曹梓轩憋了几天，终于屙了出来，还不干不稀。两人聊了会儿孩子的屎，李平像忘了先前的不痛快，又问他爸吃饭没有，胃口好不好，下回她来医院买点黑芝麻糊。曹开田问曹贤旺，想不想看看曹梓轩。

等到王翠枝送早饭过来，曹开田交代几句，回到翡翠兰庭，进门就和李平说网上的新闻。一个四十来岁的男人领养了十四岁的姑娘，说是做女儿，结果却把她诱奸了。他好像发现了什么，兴奋的，说话也是颠三倒四。李平认真看了男人一眼，说，这是典型的精神控制。曹开田说，男女相处，动不动就说对方精神控制，人和人之间还有什么意思？本来情感关系中就不可能平等。再说了，热恋中的男女，说点情话，甚至自己都不信的鬼话，不都是正常反应？怎么事后追究都成了罪了？李平说，你就是狡辩。你说说最初和我，你敢说就没有精神控制的动机？老想着控制人。曹开田不知是什么脑回路，突然问道，按你的理论，那你说我爸我妈到底是谁精神控制了谁？曹开田还待说些什么，李平声音渐高，嘴里仍是停不住，说，跟前还有孩子在，说话就没个把门的，老没老的样子。曹梓轩却在那里盯着手机看《机器人总动员》，根本顾不上听大人在理论什么。

11

曹贤旺蹲在卫生间看《我穿越疯狂的旅程》，正到紧要处，灯却灭了。又听曹梓轩在客厅嚷嚎，忙提着裤子出来。《玩具总动员》才看了个开头，小家伙在沙发上上蹿下跳。厨房里王翠枝正用电饼铛压饼子，飘出一股葱煳味。他开门“啊”了一声，楼道感应灯亮了。他拿上电卡，拖鞋都没顾上换，转身就往外走。

等了半个小时，物业才来了个女的开门。放以前，曹贤旺还会客套两句，今天也不多话，只是说，买电。女人摘下表，又去扎头发，说，买电都是周四周六，今天会计没来。曹贤旺却不听解释，说，你卖不卖？说话间，往前靠了一步。又进来个男的，看了眼曹贤旺，俯身到女的耳跟前说了两句。女的这才抬起头来，好像被曹贤旺耷拉的耳朵吓着了，下意识地往旁边站了站。女的忙去掏钥匙，不过嘴里还是说，就怕你们业主平常没空，所以我们周六还来值班，结果还是有人不守规矩。曹贤旺脑子里净是王翠枝煎得半生不熟的饼子，眉头倒竖，恨不得吃人。

到电表间插上电卡，听见家里电器有了动静，曹贤旺这才进门。吃饭时，王翠枝说以后得多充一点，要不梓轩周末来一趟，连饭都吃不好。曹贤旺鼻子哼了一下，意思是卖多卖少物业早定好了，就是靠卖电卡业主的脖子。王翠枝说，这些人都是和开发商一伙的，狗仗人势。得知曹贤旺发了火才买上电，王翠枝又说，就不能对他们太客气。曹贤旺说，行啦行啦，人家也不过是搞后勤服务，挣点工资。

再到四楼平台闲转，也有认识的业主和他打招呼，喊他曹师傅，朝他竖大拇指。曹贤旺别扭得不行，像是什么耻辱的地方被人撕开了。那天，见一堆人在平台上打牌，他像往常一样准备走过去看两眼。却听见人说，这个老曹也不是个东西，干吗咬一个小保安的鼻子？按那人的意思，古代的人，相互有个矛盾冲突，都会讲求点规矩，动嘴咬，这不成了畜生吗。旁边几个人也说，别看老曹平常不哼不哈，下起嘴来也歹毒。又说那个小保安也可怜，替主子干了一仗，医药费还是自己负担。为啥？警察过来讯问打架缘由，开发商根本不承认，说只和保安公司对接。保安公司也不认账，说他是临时工，都没签合同。曹贤旺听不下去，连忙退到电梯旁边。

进门就找帽子。王翠枝正和曹梓轩看《玩具总动员》，见曹贤旺戴顶帽子从房间出来，问，这大热天的，发什么神经？曹贤旺也不说话，还站到穿衣镜前看了半天。他把帽子捂得那么紧，好像是生怕接下来的生活，余生，他残余的生命将不得不在人们的窃窃私语中度过。他把帽檐压得很低，没人看得见他的眼睛，仿佛这样别人也见不到他。

不知道出于何种考虑，社区又派了几个人来调解。曹贤旺小张小李小王几个业委会成员表达了自己的诉求。开发商孟占全破例来了四楼平台，还给大家散烟。曹贤旺摆了摆手，意思是不抽，却也没禁住孟占全硬劝，还是接了一根，别在耳后。座谈半天，协商结果是，开发商和物业坚决支持业委会的工作。物业还出钱，专门把四楼平台除花园部分一两千平方米全部打上隔断，业委会分得三间，一间用作业主休闲活动室，还让给配上棋牌麻将桌，一间用做业委会办公用。剩下的，是做公益图书馆还是另做用途，大家群策群力，都想想办法。业委会督促物业共同建设和谐小区。至于大红本，孟占全也表了态，说要努力配合。在社区工作人员的鼓动下，还让曹贤旺加上了孟占全的微信，以后有什么诉求，直接沟通，不要上街添乱。曹贤旺见人也不像是完全不通情理，先前僵着的一口气似乎也有所松动。

会议结束，曹贤旺还把调解结果发到了群里。有人问大红本到底走到了哪一步。曹贤旺把自己和孟占全的聊天记录截屏发给大家，大意是开发商最近财务困难，不过正在积极想办法筹集。群里虽然有人哀叹，说想拿大红本，不知要得等到猴年马月。又有人说是从老家园子里摘了些苹果，价钱便宜。曹贤旺说群里不要发广告，大家还是要拧成一股绳，劲往一处使。发广告的连说不好意思，下不为例。

等到周一曹梓轩去了学校，曹贤旺突然发现家里太空了。打印的材料装订成厚厚一摞，和曹梓轩的《民国经典启蒙读物》放在一起。本来只是翻了翻，做了那么多工作，到头来还是使不上劲。可怕的是，他一个受害者竟然同情起了开发商。他拍了拍脑袋，像是在痛恨自己怎么就犯开了糊涂。

眼看时间还早，他拿上老年卡，还有搜集的材料，披衣出门。王翠枝问中午回不回来吃饭，他也没有搭理。等到王翠枝声音高起来，曹贤旺却嫌她说话声音太小。曹贤旺说吃饭吃饭，成天就知道吃饭。

12

那段时间，曹贤旺老做类似的梦。

不知是在老院子里还是新房里，空空荡荡，胸口像是压了石头一样，急得他直喊，曹开田曹开田。还有两回，明明睡在孙子旁边，却发现孙子不见了。房子也不知道是谁的房子，梦里躺着的地方像窑洞，砌着青砖，阴森森的，过了好久，才意识到是在坟墓里。醒来后，神经似乎还被锯来锯去，半天缓不过来，免不了和王翠枝念叨过几句。王翠枝说，你这是走火入魔，成了心病了。曹贤旺本来把争取大红本当成了一件正经事做，平时该去处遗办去处遗办，该跑市政府跑市政府，情绪谈不上多么激动。偶尔和人说起来，别人见他声气高，脸色通红，还劝他，要小心身体。他也满不在乎。他们怎么可能理解他？曹贤旺说，感觉自己活了大半辈子，完全就是经历了一场噩梦。噩梦里还套着噩梦。几句话说得大家都沉重。李平一度还给他买过一块苹果智能手表，说是监测心率。曹贤旺戴了几天，嫌干活不方便。李平还问过他，为什么不戴了。曹贤旺还没说话，王翠枝却说开了，意思是她爸命贱，就享不了这福。人活多少天，老天爷早就算好了的。阎王爷要三更来收你，不会让你躲过五更。曹开田本来在殡仪馆上班，成天面对的就是生死。王翠枝也常说佛道轮回。这一家子人谈论起生死，也和别人家问候今天吃了没有一样，谈不上有多奇怪。李平见公婆对生死看得这么达观，也就没再反复强调。

这天周末，曹开田、李平带着曹梓轩回来，不知怎么说到身体。王翠枝便把曹贤旺最近的异常说了。曹开田听了说，做噩梦正常，谁不做噩梦？我现在还时不时地梦见明儿高考，然后就开始着急，这么多年没摸过试卷，去了咋考呀。结果醒了知道是做梦，才长舒一口气。李平说，你常做的噩梦不是摆脱不了前女友？曹开田脸色一正，道，少来。你以为我是你，一会儿天津的，一会儿山东的，一会儿副矿长，一会儿医院精神科大夫？王翠枝见两人又拌开嘴，便插了句，说，李平你是学医的，给分析分析。李平问，爸是不是有什么心事？李平那时自学心理学，什么事都能从童年阴影、心理创伤上找到根据。

正好曹贤旺穿着一身迷彩服进门。王翠枝说，李平问你呢，是不是背着我做了什么事。曹贤旺听了一愣。见王翠枝准备审曹贤旺，曹梓轩奶声奶气帮开了忙，把他妈的原话复述了出来。他有什么心事呢？好多死去的人老在他梦里来来去去。他担心自己怕是时日无多。只是这话晦气，也没好多说。曹开田说，是不是你这段时间药吃多了，才出现幻觉。曹贤旺说，我就说嘛，从来没吃这么多药。上回看医生，我说颈椎病就不要开药，平时做做大雁飞就好。李平说，爸，你这药真不算多。你要是感觉不舒服，那就先停几天养血清脑丸，光吃长春胺缓释胶囊和瑞舒伐他汀钙。

等到曹贤旺去卧室吃药，曹开田低声说，我爸这脑梗毛病都是买房子气的。干什么都着急上火，动不动就是宁肯给好汉当马童，不给赖人做祖宗。但凡稍微看开一点，也不至于。这楼上，买了这房子，吃了亏的，也有六七百户，又有几个像他？今天上访明天堵路，急了还咬人的鼻子。李平说，你少说几句吧。一个人一种性格，人人都像你，一个小区没一个愿意出头的，你以为人物业、开发商就能事事替你设想得周全。后来不知道怎么说到曹贤旺咬人鼻子的旧事，李平又举了身边一个例子。也是多年邻居，平日倒是知道他脾气火暴，他女人挨过不少打。有一年要闹离婚，还回了娘家，铁定心思，死也不愿意回去。结果男人跑来，问她愿不愿意回，不回就死给她看。说完朝着自个儿大腿就是几刀。女的见男的拿出了凶器，更是吓得半死。男的这时候还不忘高喊，你不回，你不回，下回我捅的就不是自己，我要杀你全家。一个人连自个儿命都不打算要了，这种人你能有什么办法。全家人一顿劝，又把女人推到了火坑里。曹开田看了眼李平，说，你讲这一大篇什么意思？李平说，没什么意思。我就是说人上一百，形形色色。你爸做的事也不算多出格。

曹贤旺换上平日家居服出来，却似乎没听见曹开田、李平的言论，还给曹开田看了一则信息。政府规划中的北沙河路有了动静，背靠的黑臭水沟到处立上了蓝色围挡。据说修好后，东达系舟山，西去滨河湿地，北上慕云山，一路没有红绿灯。闲说几句，不知怎么又说到变暖的全球气候，好像身边正在变好的环境也并不能完全缓解心底的折磨。

13

曹梓轩半趴在沙发上看动画片，曹贤旺怕孩子离电视太近，也就在旁边坐着。不知什么时候睡着的，又梦见几个认识的人和他说话。具体说了些什么，他也记不起来。梦里头，他还在暗暗骇异，人都死了，怎么还拽着他说个没完？醒来，曹梓轩早挪到茶几旁边，四仰八叉躺着，头倒向电视。曹贤旺说，这样翻着看，眼睛迟早是个坏，快好好坐起来，要不我就关电视。曹梓轩说，没劲，这是什么破地方，连个好玩的都没有，看个动画片也不安生。曹贤旺说，过来，爷爷给你讲故事。讲的什么呢？他讲他怎么上的战场。曹梓轩问，爷爷你就不害怕？曹贤旺讲得兴起，笑着说道，害怕，怎么不害怕？子弹也打完了，看见人冲上来，咱没办法，先把头埋到死人堆里，屁股直撅朝天都顾不上管了。尿一裤子。曹梓轩听得哈哈直笑。曹贤旺也跟着笑，只要能让孙子感觉有意思，再怎么编排自己也没什么。等到曹梓轩玩开游戏，不再厮闹，又慢慢想起刚刚做过的梦。他疑心是不是鬼缠身了。进到卧室，又和王翠枝说了一遍。王翠枝说，不会是因为听见外面打雷吧？见曹贤旺脱衣服，又说，不行看哪天曹开田有空，到五爷庙去烧个香。结婚那年就说要去还愿的，结果一拖再拖，可能菩萨惦记上了。曹贤旺没再多话。换好迷彩服，又往外走。

雨水过后，平台到处都是开败的花，还有倒伏的枝叶。曹贤旺换上皮裤，到喷泉池子里捞塑料袋和枯枝败叶。收拾完池子，又到月季园扶起倒伏的月季。有人路过，对着他拍照，和他打招呼，还问这月季是什么品种，从四月开到了八月，花骨朵怎么还不败。雨这么大，也没见折多少。曹贤旺抬头看了一眼。他平日里也种花，还专门从杨家峪花卉市场买，具体是什么品种，还真没留意，买的时候，他只想着，各种颜色都来一点，红的粉的白的紫的穿插开，团在一起，也好看。曹贤旺还没回复，另一个人就说，拿个形色扫一扫。见两人去研究花，曹贤旺又拿上园艺剪刀去裁剪路边冒出来的枝叶。他一刀一刀削着，看着灌木篱墙，慢慢有了样子，这才慢下来。不远处有人在遛狗，几个十来岁孩子拿着玩具枪跑进跑出。起先还听见周围一片喧哗，慢慢就安静下来。

有人喊，老曹，老曹。亭子里有人朝他招手。曹贤旺先只是感觉飘着雨丝，也没当回事。等到听见有个人在亭子里朝他喊，这才意识到雨大了。忙放下剪刀，往凉亭走。一阵风吹来，差点把他吹倒，幸好他一把薅住了柱子。天愈发暗了，紧接着就是几通炸雷。唱戏的人不再哼戏。两人看着雨瓢泼一样浇下来，还夹着冰雹。曹贤旺说，完了完了，好好的花。老汉却像是听不见他的话，紧了紧衣服，拿着两个纸箱子想冲回楼里去，往前迈了一步，还是退了回来。老汉哼着《逼上梁山》，像是遇到了什么高兴事。

曹贤旺拿起手机。业主群里不知是谁拍了张照片，说曹师傅真是辛苦，早上六点出门，曹师傅就在给花浇水，中午两点回来，曹师傅还在雨里忙活。有人接话，说，老革命就是老革命，精力不是一般的好。曹贤旺笑了笑。这些在他看来不过是锻炼身体，和别人踢毽子、打太极，一个道理。要真说有什么不一样，也不过是他不喜欢太刻意。有具体的事情做，他就不会去乱想。再说，他也喜欢做这些事情。他想怎么回复一句，还是拿起手机，拨通了小张的电话，商量明天几点钟去处遗办。

挂了电话，才见老汉定定地看着他。曹贤旺抹了脸。老汉说，就这么点园子，又不是多着急的事。见曹贤旺不接茬，又说，公家的事还能做完？曹贤旺说，公家？我不做，也没人帮忙。老汉说，物业的人呢？我们交了那么多钱，就给我们提供这服务？曹贤旺这才知道别人把他当成物业聘请的人了。本想解释一句，到后来想着一时半会儿说不清楚，也就没再多话。老汉又说，那也不能不要命了。曹贤旺笑了笑，说：

“我就是想透透气。”

14

这天周末，王翠枝正在阳台打坐冥思，却听见门捶得山响，还以为是曹贤旺最近耳背，敲门不知轻重。开门正待说教几句，曹梓轩一头撞将进来。曹梓轩进门就问爷爷呢，王翠枝说，爷爷出去了。曹梓轩还满屋子找。王翠枝这才看见曹开田手里几袋子东西，说，净乱花钱。上回来拿的几包吃食还原地放着。梓轩大了，出趟门就是几百花销，将来有的是花钱时候，可得省着点。曹开田说，一辈子能过几回，别的可以节俭，这能省？曹开田问他爸去哪了。王翠枝说，能去哪？四楼快成他第二个家了。

曹贤旺到家已快中午一点。见人都等着，便说，你们先吃，干吗等我。说完就要拿刀切蛋糕。曹梓轩却叫喊着，说程序还没走完，得先许愿。曹贤旺闭目想了一番，一个愿望也没想起来，只想着，时间过得真快啊，他都满六十九了。等曹贤旺吹了蜡烛，王翠枝嘴里仍是说个没完。曹梓轩问，爷爷你的愿望是什么？王翠枝说，你爷爷还有什么出息，肯定想的是房子，大红本。曹贤旺看了王翠枝一眼，不知是被猜中了心思，还是为她满不在乎的态度难过。这样的念头一下就滑过去了。他只是暗暗心惊，刚刚脑子转了半天念头，他一个愿望也没想起来。

吃着蛋糕，曹贤旺又问曹开田抖音上怎么加文字说明，红黑粗字，越醒目越好。曹开田看了一眼，一时没反应过来。王翠枝嘁了一声，说，快七十岁的人了，眼都花了，打个字都抖半天，还抖音？啥也想学，你是想成龙，还是想变佛？曹梓轩却在沙发上跳上跳下，说，你也相信抖音？都是编出来的。你要相信现实生活。小家伙奶声奶气几句话说得人都笑了。曹贤旺尤其不好意思。原来幸福花园业委会在楼上挂了几条横幅，好多人拍了照片，就在群里接龙，自己给自己打气。曹贤旺想，就在自家门口抗议，效果不大。几个人一商量，认为得把这些视频和照片发出来。又琢磨着怎么做成抖音，往今日头条之类媒体发一发，越多人知道，动静闹得越大越好。说着，又给他看一段话，要他转到自己的朋友圈。曹开田却像是碰到了什么诡异的事，笑了出来。

等下回李平过来，曹贤旺又和儿媳说，小区好多小志愿者排了一出节目，你看看能不能往朋友圈发一下。李平先是夸孩子可爱，等到看完内容，才知道主题，马上就要开学，可惜大人买的房子没有大红本，落不了户，祖国栋梁和花骨朵都成了炮灰。一群孩子天真烂漫地念着大白话，李平看得鼻子泛酸。曹开田笑了笑，说，爸，说你们这群大老粗没文化吧，你们还懂得怎么发扬传统。曹贤旺没问，知道接下来就没有好话。果不其然，曹开田又说，你们的搞法，我想起义和团时候，男人怂，就鼓动女人冲在前头，还说有法术，刀枪不入。实在不行了，让她们赤身裸体站在城墙上，说是这样一来就能用污秽破掉洋人的坚船利炮。我也不是批评你们，何苦把这么小的孩子绑架上。曹贤旺听得百般不是滋味。曹贤旺说，就你什么都懂，那你给说道说道，怎么做合适。曹开田说，别在这里住了，大不了低价卖掉拉倒。曹贤旺说，你这不是废话？我就问你你发不发？曹开田没说发也没说不发，只是问李平，家里有没有西瓜霜？李平问怎么了，曹开田说是口腔溃疡。李平像是终于回过神来，喊了一声，你不是不信中医吗？曹开田也不言语，只是埋头在抽屉里稀里哗啦乱翻。

曹贤旺听得眼皮直跳，索性走到阳台。打开抖音，正准备录一段四楼花园景致，却见楼下靠近河岸处，园林部门前段时间才整修好的绿化带，又被翻了过来，黄色泥土裸露在外，钢筋建材堆了一地。下楼一打听，工人说是超市准备建一个停车场。大红本就是因为超了红线迟迟下不来，现在他们竟然敢毁公共绿地。还有没有王法？管事的认出曹贤旺，给他递烟，说都是为方便业主进出。曹贤旺也不接烟，只是拿着手机录。现在他制作抖音顺手得很，知道哪些素材适合镜头。他不光拍下照片，登录政府网站举报，还往龙城业主联系群发短视频，希望大家帮忙扩散，呼吁。

15

刚到业委会办公室，物业经理掀帘子进来。说了半天，意思是，既然业委会阻拦物业建设停车场，这么好一块地方空着也可惜，索性交由业委会打理。前期投入由物业垫资，等有了效益再谈分成。起先曹贤旺还怕背上骂名，后来一想，业委会有了收入，出门办事也不至于缩手缩脚，便签了协议。

为省钱，曹贤旺领上小张小李小王，自己平整场地。沿河院墙，也不雇人。前后忙了一个多月，停车场开始营业。又找来一辆废弃帝豪放在门边，权当值班室。业委会几个人轮流值守，坚持了一段时间，又装了智能停车场管理系统。

无事时候，曹贤旺就在满是荒草的河道里遛狗。好多时候，他躺在河边的乱石滩上，看着不远处的高楼，听着孩子们的吵闹声，要不是身边带着电话，他情愿这么一动不动地一直坐下去。他干脆把上衣脱了，裸背瘫在石面上。掏出手机刷了会儿抖音。有人在西藏骑行，有人在荒岛抓鱼，也有人什么都不干，坐在院子里看云。一下午就这么过去了。荒唐啊。他掏出手机试着拍一段视频。

就是那个时候，他看见了河边的青草。停车场靠院墙位置都是空地，为什么不把地平整出来，种点黄瓜豆角？他也顾不上拍抖音，着急忙慌回老院子找锄头。

等到六月份，他的菜园已经初具规模。

出门之前，曹贤旺还拐到停车场摘了几根黄瓜。小王拍了个视频，镜头里曹贤旺大踏步向前。小王还配音，说，我们正在维权的路上。曹贤旺还扭头笑了一下，哎呀，几年了，就是在维权路上。他说完话，又咔嚓咔嚓啃黄瓜。群里有人点赞，也有人说，业委会辛苦，这么大热天，买瓶水吧，现在黄瓜都打的生长素。小王说，人家曹主任自个儿种的呢。又有人说，有什么需要，我们一呼百应，积极响应。小王说，前天刚去了两个部门，今天在中院，咨询关于咱们和开发商查封房的解封问题。只有法律上查封房和咱们业主房子脱离关系解封，才能走下一步程序。过一会儿，又发了几张照片，曹贤旺脸色发黑，坐在地上。为了堵住说得上话的领导，什么都顾不上了。小王说，又到了不动产中心，还在等人家领导开完会。他们几个半天进不到领导办公室，只是在线上直播，好像这样就能缓解找不到人的焦虑。

坐了一阵，曹贤旺嫌走廊憋气，走到尽头上了个卫生间。出来见旁边办公室门开着，几个年轻人在笑着说话。曹贤旺敲了敲门。他还没自报家门，一个年轻人像是认识他，直喊，大爷来了？里面坐。还给他倒上茶水，简直像是一起共事战斗的同志。曹贤旺本来憋着劲，想借机嚷上一番，见人如此热情，反倒不知从何说起。他笑了笑，说，没事没事，你们忙，我们在外面等你们领导。年轻人说，这历史遗留问题不单是你们小区，涉及全市几百个小区。一天两天也解决不好，先喝水，先喝水。坐公交来这里等上半天就只为喝口水？曹贤旺掏出几根黄瓜，给他们一人分了一根，说是自个儿种的，有真正的黄瓜味。几个年轻人都说不用。曹贤旺放下黄瓜，又掏出一根吃起来。办公室几人都端坐在电脑前，也没人说话，只听得见他嚼吞声响。吃完黄瓜，曹贤旺生怕影响人家上班，慢慢溜到外面。

刚出门口，小张打来电话。曹贤旺说马上到。见了小张，曹贤旺说起大红本的事，遇见办公室的谁，和他怎么讲的，说了个大概。小张问大红本到底到了什么进度。曹贤旺笑了笑，失去了解释的兴趣，或者说，他对接下来的一切该如何应对也毫无规划。动不动就和人说在维权，问题是，真的有人关心我们的诉求吗？曹贤旺差点就把自己的恐慌说了出来。只是这时候他是带头的人，怎么能说丧气的话？他看了眼小王，说不怕，我们怕什么？有的是时间。来这里督促，就是我们的工作。我还就不信了我。

16

王翠枝做好饭，端菜出来。曹开田难得陪曹贤旺喝了杯白酒。酒精弥散开，曹贤旺舌头大起来。他说他当兵时，只要一声令下，不管前面是什么，都要往前冲。不管敌人藏在暗处还是占据有利地形，拼的就是一股胆量。他知道他们在那里。尽管当了几年兵，就上了那么一回战场，他也明白了一个道理。现在呢，明明知道自己受了欺负，也清楚是开发商骗了他，想尽办法，人家不跟你对决，再怎么冲锋，完全无用。曹贤旺喝多了，看着曹梓轩说，你爷爷无用。曹开田说，没人埋怨你，房子多少，在不在你名下，才是无用。有的人努力一辈子，倒是占用不少财产，临到头来，还不是抬到我们单位一把火烧了？曹贤旺听的一愣，放下筷子，说，那你说说，人这一辈子，做什么有用？你说，你说说。李平见曹贤旺言语颠倒，怕受到什么刺激，忙给曹开田递眼色。谁知曹开田的二杆子劲上来了，说，我怎么知道？我要是想明白了，还成天在那里烧人？有病啊我。我就是想不明白，才窝窝囊囊缩在那里成天和死人打交道。曹贤旺哈哈哈笑起来，连说了几个好，好像终于听到儿子讲了句实话。一杯见底，又开始问另外一个话题，当年没帮他凑钱在北京买房后不后悔。王翠枝说，又来了。她叫上李平，牵上曹梓轩，说，让他们俩继续喝烂酒，咱们去楼下逛逛。

眼看快四点，李平给曹开田打电话。曹开田说，不行了，走到四楼就走不动了。李平上四楼一看，曹开田坐在凉亭里正和人起劲说着什么。曹贤旺呢，背着锄草机站在草坪中间。齐腰高的杂草不断倒下。修剪的声音嗡嗡直响，李平看了眼，说，你爸真是闲不住，喝那么多酒，也不知道好好歇歇。曹开田这才扭过来，看了眼杂草中的父亲。挂着“玫瑰园”木牌子的花圃长得蓊蓊郁郁，间杂几株蜀葵开得正旺。时不时有业主扔完垃圾，扭身看见开得正好的玫瑰花，又掏出手机照相。坐在垃圾桶附近的老人，蹒跚着过去翻纸箱。几只鸽子俯冲下来和麻雀争抢地上的小米粒。曹开田说，我爸可逗了，每天早上下来都要抓一把小米。李平听着麻雀飞上飞下啁啾不停，晴空中隐约还有猫头鹰的叫声，脑海里一下浮现出鸟语花香这个词。阵阵凉风吹来，不远处的东山上，似乎还能看到云卷云舒的景况。如果闭上眼睛，不去细想遥遥无期的大红本，不想早晚上下班高峰期拥挤的电梯，待在平静的四楼平台，空间也足够宽阔。甚至仔细观察不远处的凉亭，爬在上面的紫藤，带喷泉的小池塘，横平竖直的万年青，在风里摇曳开败了的桃花，一切都是那么自在。李平过去没怎么注意到这个平台，这回安安静静坐了半天，突然意识到，别看就是这么一小块地方，也不是天生就是如此有秩序，得有人去努力，去维护。

李平蹬着健身器材，又看了眼正在割草的曹贤旺。一个老太太提着个纸箱子，也不扔，站在曹贤旺附近看着，等他调整机器的间隙，两个人还说了几句话。李平说，最近看一本书，和你爸特像。曹开田偏过头，还是没说话。李平说，《种树的人》，一个法国人写的。看了第一段，不知怎么就想起你爸。曹开田说，怎么世上还有像我爸这么轴的人？见李平没接话，又说，你对我爸那么感兴趣，应该找个时间好好和他聊聊。

捡垃圾的老汉过去想捡纸箱子，半道却被另一个女人截走了。他黑着脸走过来，突然和曹开田说，大兄弟，你做甚呢？曹开田回过头，说，没单位呢。老头说，自己单干啊？不错不错。说句难听的话，我在塑料厂上了四十年班，到了五十岁，一刀切断。现在厂子早就倒闭。别看我现在捡烂纸箱子，也就卖个五毛一块，但能到楼下超市买口酒喝。人这一辈子就是个这。媳妇不让喝酒，怎么办？活人还能让尿憋死，捡捡垃圾，顺手的事，够了。曹开田没说话。老头又说，看见那人没？不是个东西，还好主持个公道。前两天，我在这儿捡了个手机，起码值四千。老太太带着孙女出来，到处找手机。我说还不给我买瓶酒，买盒烟？也不是多好的酒，多好的烟，十来八块钱的事。老太太不给。那人出来，让我先把手机还人家。这都多少天了，人见了我，装作根本不认识。

曹开田看了看平台上，也没别人。曹贤旺在和老太太说话。曹开田说，是那个老太太吗？捡垃圾的老头说，不是。是那个种花的。可是把自己当回事了。你看他屁颠屁颠的，每天跟在物业经理背后，不知道的人，以为他为业主做多少服务，其实呢，他和物业都是一伙的。亏得咱们业主还口口声声叫他什么主任。还别说，他越来越像个主任了。每天背着手走来走去，好像这是他一个人的花园，根本不把别人看在眼里。李平说，话可不能这么说。我看他挺负责任的，听说都是义务劳动。捡垃圾的老汉说，义务？千里当官，为的吃穿。老农民的话，人见财亲，狗见屎亲。一个月给我两千块，我也能把责任负起来。他要领了钱，甚也不干，那才是羞先人。他铁定是被物业被开发商收买了。要不他傻呀，白搭上时间成天忙活这。种花能当菜还是能下饭？

王翠枝上来，李平说起这一曲，还鄙视曹开田，做儿子的也真是有出息，旁外人如此恶意诽谤，都不知道帮老子辩护两句。

17

新砌的照壁怕是有三四米高，一溜横在大门前，跟座假山似的。曹贤旺都走过了门口，又折回来，还以为来错了地方。门口的保安问他找谁，曹贤旺却也不说，先递过去一根烟，问，怎么你们又换人了？老李呢？保安接过烟，捻了捻，说，老李？眼见曹贤旺似乎也算是熟人，客气了两句。

到了政务大厅，碰见另外几个小区的业主。大家不知道怎么得到了信息，说是新换了市长，为了解决不动产遗留问题，把好几个局联合到一起，成立了一个处遗办。全市类似的小区有几百个，涉及到十几万户。过去他简直想不明白孟占全这样的奸商怎么能公然在社会主义法治天空下坑蒙拐骗，还不会受到法律制裁。现在，他平和多了，偶尔加一下抒情的词语，倒也不像是为了发泄压抑多年的愤怒，只是感慨，这么庞大的政府，这么多机构，有那么多事情要办，他怎么好意思光讲他的痛苦呢？谁当个家长都会焦头烂额。他看到了那张登记表，幸福花园虽然没有排在前面，也不在后面，在中间靠前的位置。

快出单位大门，曹贤旺也没着急走，在院子里站了站。他看了眼手里的牛皮纸袋，靠近指头的地方，渗出了汗迹。照壁附近的玉兰花开了，一朵连着一朵。曹贤旺掏出手机拍了几张，挑了张露出房管局牌子的照片，发到了业主群。还写了一句话，又到房管局催问处遗情况。有业主竖了三个大拇指，紧接着人们就像排队一样，给他点赞。曹贤旺说，下回，下回咱们来上级部门，还是要团结一心，人多力量大，有空的，还是都来听一听政策。有人说了句话，大意是说他辛苦。其他的人仍然是复制同样的话，还有的跟着举拳头。曹贤旺说，辛苦不辛苦，也就那么一回事，只要大家齐心协力，共同监督，让他们节奏加快一点，咱们也好早日歇心。然后有人发红包，一副要庆贺的意思。

进了门，曹贤旺说起下午去房管局遇见了谁，有个处长还让他在大办公室坐着，顺手给倒了杯茶。一切都和先前不同了。果然是新换了市长，还成立了房产办证遗留问题协调领导小组办公室，新市长亲自任小组长。王翠枝看见曹贤旺说得嘴角泛白沫，说，省点劲吧，别兴奋过了头，几十岁的人了，血管可经不住这么强的血流。

正说话呢，手机响了。是上坊城业主代表老赵。先前在房管局，老赵加了他的微信，发来信息，意思是他有斗争经验，能不能抽空去上坊城给讲一讲。王翠枝说，你可别到处放炮，屎没吃着，倒惹一身骚。曹贤旺没说话。王翠枝说，你一个人去也不合适，把你们业委会的小张小李小王也叫上，有个事，一起也好有商有量。

这天，小张小李小王还画了口红，披挂上围巾。到了上坊城，老赵和几个人迎出来，一一握手。没有专门地方开会，座谈就在老赵家里进行。小张小李小王客气，让曹贤旺先讲。曹贤旺推让不过，就简单讲了下和开发商磨合的过程，虽然大红本还没有结果，好在给业主争取到两间活动室，业委会也有一间办公室。只是开发商鸡贼，原先四楼平台全空着，小区人活动空间大。现在打了隔断，业主却只得其中两间，剩下的又被物业租了出去。所谓的公益图书馆，也被开发商的老乡办成了辅导班。成天不知道哪些小区的孩子来补课，平台更乱了不说，上下电梯也是拥挤不堪。只是这话曹贤旺也没说。说出来岂不是承认他们斗争失败了？老赵就说下回一定要去幸福花园取经。又细碎说了一大篇话。老赵去厨房洗上小西红柿，端给大家尝。小张又夸了曹贤旺如何勇敢，却被曹贤旺及时打断。过去的那些事有什么好说的？只要有人的地方，冲突就在所难免。曹贤旺说他也是头一回买商品房，考虑欠周全。这都没什么，吃一堑，长一智，亏是吃了，但不能由凭开发商，以为咱们业主就是大傻子，随便欺负。上坊城的几位业主听了也连连点头。他们说先前也不知道该走什么程序，去闹吧，又怕违法，不闹，又不甘心。现在听了曹贤旺一番话，感觉又找到了头绪。像是为了活跃气氛，他又扯了半天没有大红本的苦处。说到一半，小张又把曹贤旺与开发商血拼差点咬掉人鼻子的事讲了出来。听的人也是突然哄堂大笑。曹贤旺起先还听得津津有味。活了大半辈子，他干过的事情也不少，被人讲来讲去的，也只有买房争取大红本这件事。他倒也不怕这些被周围熟悉的人当成段子讲。只是他听着听着，感觉有些不是味道。他要当了真，还以为自己真做了什么了不得的壮举。听到后来，自己也不免感觉荒唐。也确实疯狂，讲来讲去，给人一副印象，他成天正事不干，就是反反复复和人诉苦老百姓有套称心如意的房子如何困难。这些能不能证明这个世界混蛋不好说，倒是听的人都知道，老曹毁在了买房这件事上。

有那么片刻，曹贤旺想打断小张的话，见小张说得激动，也没好意思插嘴。旁边有个人说到买房子，还说她在一个群里，天天都有不错的资源。曹贤旺听了，也有了兴致，忙说，把我也拉进去嘛。群名就叫房屋捡漏儿群。身着西装的小姑娘像是为了欢迎他，连发几套房子，动不动就喊，绝佳地段，手慢无。曹贤旺翻来覆去，还没比较完，小姑娘就宣称，这一套已经有人定了。曹贤旺看到人们买房子跟买白菜似的，不免想起自己这一辈子，搭进去那么多时间，到头来连个大红本都拿不下。拿不上大红本，他想再换房子，也处处都是阻碍。也是看到捡漏群里大家买房卖房如此自由，他更有了一种紧迫感。不把幸福花园这套房子的大红本办下来，这辈子就别想得到自由。他看得如此认真，以至于别人喊他发言，喊了几声，他才反应过来。

等到大家都不再多话，小李说，来来来，大家坐得近一点，一起合照留个纪念。小王把合照发到幸福花园的业主群，说是曹主任领上张主任李主任到上坊城交流经验，形成了共同意向，下一步要团结更多小区，向上面表达我们的诉求。照片里，曹贤旺举着手侃侃而谈。小王还在群里介绍，说曹主任讲得如何好。曹贤旺喝水间隙，看了眼微信，他完全想不起来刚刚说了些什么。他看着自己眉飞色舞的样子，好像完全忘了曾经吃过的苦头。

18

老院子这一片，没下水，上厕所还得去街上，过红绿灯，到鸿沟路对面。平房高低参差，租房的尽是南方人，炒瓜子的，做重庆米线的，最多的是安装铝合金门窗的。临街一片，市政改造，先是立起三四米高的绿色围挡，屋顶长草的院子不见了。屋顶也做了些造型，远远看去，也是青砖灰瓦的样子。起初，曹贤旺还想着这回力度大，说不定真要有什么变化。

浇完花，曹贤旺才往回走。路过敦化路海鲜市场，过去靠迎春街一溜小平房，卖花盆的，卖羊汤的，做旅游的，卖二手房的，做裁缝的，铺面不少。他完全没注意到去年因为评全国文明城市，到处规划封堵，这一溜靠街铺面大门全用水泥封了。有的搬到附近重租房子。这家开裁缝店的，为了招揽顾客，弄了个小喇叭，垂在狭小的窗口，天天播放：裁缝布艺窗帘店，正常营业。一个小姑娘稚嫩的声音。这回路过，曹贤旺不知怎么突然心里一动，这个被城管堵上的门，还有窄窗户上那个喇叭不屈不挠的叫喊，也有一种动人的力量在。怎么正常呢？各种不方便，各种为难。他停下来，听了会儿，又对着没有门面的街道照了张相，糊了许久的水泥似乎还在渗着水渍。他突然一下反应过来，既然精神文明都创建到了这里，那么幸福花园门口的变压器迁移迟早也会提上日程。

第二天早早到了社区，社区主任又建议他直接向电管局打报告。曹贤旺怕夜长梦多，找李平再次润色了意见书，又领上人去电管局陈述利害。斗争到这个时候，曹贤旺纯粹是凭着惯性诉苦，也没抱多少指望。没承想，过了十来天，电业局果真来人到现场。曹贤旺下楼晚了些，只见物业经理跟在旁边，不停点头。

微信上跳过来信息，是孟占全。孟占全抬头就是一句不好意思，说是好久没联系，又问他最近忙不忙。曹贤旺心里还盘算了一下，想是不是自己领人上访的事有人告诉孟占全了。想到问题的症结都在孟占全身上，这些年李逵不找，天天去抓李鬼，曹贤旺暗骂自己怎么就没找对斗争方向。一念及此，曹贤旺心里不痛快，说，能忙什么？小老百姓一个，哪像你们大老板。孟占全说，不忙就好。正想着修幸福花园的门楼子，找不下个合适人选。曹贤旺心里压着一腔不痛快，听到这一句，又忍不住问，这修门楼都说了多少年了，你们大老板总算仁义了一回。

曹贤旺先到马道坡菜市场买了些葡萄，又称了半斤瓜子，这才折转回到四楼业委会办公室。小张小李小王正在算停车场的收入支出，曹贤旺就把孟占全准备出资修门楼的事说了。又递过瓜子。小张小李小王听了都高兴，说是几年维权，大红本没拿下来不止他们这一个小区，能把门楼子竖起来，也是功德一桩。他们热烈地说着话，好像努力了这么多年，总算是有了动静。小区住了几年，进进出出，头上各种电线电缆缠成一坨，悬挂在门口正上方。起初人还嫌不美观，也有人提过影响风水，时日一长，进出的人也注意不到了。他们业委会都没想过还要修门楼，没想到开发商却替他们想到了。曹贤旺见人还听着，不自觉就替孟占全多说了几句，意思是好事有了开头，接下来，也好和业主们交账。小王就把曹贤旺如何争取到开发商支持修门楼的事到业主群里一说，时不时地有人出来鼓掌，都说曹主任辛苦。

晚上曹贤旺喝了二两酒，免不了又说起这一节。曹开田说，这开发商也够鸡贼的，闹一回，给你们一间办公室，再斗争一回，给你们一个停车场，兴许他们的策略就是慢慢消磨你们的斗志。明明就是天经地义的事，结果搞得好像反倒是你们占了便宜，还要对那些龟孙子感恩戴德。曹贤旺大着舌头，仍是数说过去自己如何天天跑这个局那个局，话里话外都是，事情能有如今局面他也在其中起了不少推动作用。曹开田就说，几个月后的事，保不齐又出什么幺娥子。到时候李平生了老二，你还有心思管什么门楼子，先给我们看孩子哇。

没过几天，电业局的人开上车，带着绳梯过来。前后看了半天，意思是高压线影响到周边几个小区一两万人日常生活，暂时不好更换，变压器老旧，倒可以先拆。曹贤旺虽然有些失望，想着能往前走一步算一步，也就没再坚持。虽然电线杆子还在，原先那一片杂乱地方，却也清爽不少。曹贤旺又和物业一帮人移除垃圾、狗屎，铲掉杂草，平整路面。物业经理也来了，还和曹贤旺商量，等到时移除高压电线杆，来年一开春，就动工修门楼。

“一定要弄得漂漂亮亮的。”

19

照看了几个月小孙子，再回到幸福花园，又碰见小王。说起修门楼的事，曹贤旺还替孟占全解释，说是赶上疫情，所有工作都停工，他现在也是银行债务缠身，有心搞建设，却是无力分身。不过他还是带来了好消息，说虽然孟占全承诺的门楼不修了，却答应给四楼入口修个照壁。修照壁当然也是曹贤旺提出来的。几年跑下来，大红本的影子都没看到，王翠枝就说，你们应该去找个大师算一算。曹贤旺先还不听，直喊我信他的邪。眼见得正常程序走不通，身体又毛病不断，他还是跟着女人到百顺堂求了回刘大师。大师不等曹贤旺说完，就说，那楼我知道，前无挡后无靠，是个孤楼。聊了一回，大师给出的化解之法也简单：修个照壁，遮挡一下。

曹贤旺在四楼业委会办公室坐了一阵子。他一边抹灰，一边看着窗外，大人小孩站满平台。要是不细究他们这些年的遭遇，猛一看，周遭的一切也谈得上安居乐业。他坐在黑暗中喝了一阵子茶，又算了下修照壁的费用。如果不雇人，也就是点水泥和砖钱。倡议书在业主群里发出来，还有人捐钱。曹贤旺把捐钱捐物的人名字都写在红纸上，抄了四份，挂在每个单元的电梯口。

为哪天动工，曹贤旺又包了个红包找刘大师测了个黄道吉日。垒墙是他自己上手，之前装修家，买的那一堆工具都还在老院子里放着。就是垛砖不似往昔，手生了些，一块砖总要敲打几回，才放到合适位置。业委会其他几个人都来帮忙。偶尔有年老的住户在旁边看着他们干得有模有样，竖大拇指，还不忘拍照。曹贤旺也配合，满脸黑灰，一笑露出红色牙龈。

等到瓷砖贴好，效果出来了，上面写着“美好家园”四个大字，黄山迎客松旁边就是黄果树大瀑布，水塘里九尾鲤鱼飞跃而出，十来只仙鹤或飞或站，荷花、芍药、梅花各占一角。几只猴子在山石上嬉戏。各色景致把照壁填得满坑满谷。又同小张小王去小商品批发市场买了两株棕榈树立在门口，虽然是塑料的，但猛一看，也和照壁挺般配。定神看一回，仿佛也是林下水声喧语笑，岩间树色隐房栊，自成一方净土。

这天下午起来，他照例在四楼平台边走边看，却听见几个打扑克的在议论，说那天我们几个领着孙子在凉亭里打扑克，物业上一女的跑过来说，别以为人家曹贤旺就是一门心思为大家，光一个照壁花了六七万，钱去了哪里你们不知道？还以为人就那么好心？曹贤旺挤进去直问，说，谁讲的？你告我谁讲的？老太太见曹贤旺耷拉的耳朵似乎要竖起来，忙说，物业上那些人净挑事情，爱说些闲话。我们都是相信你的。成天为大家付出那么多，你就是给自己腰包里装上几个，也总比物业那些成天只知道收钱挺尸要强。曹贤旺说，问题是我一个子儿没装。曹贤旺看着这些眼珠泛黄、一身腐败气味的老人，一句话也不想说了。

前前后后，为省钱，抹灰垒墙，都是他亲自上手，倒被人说成假公济私。坐在办公室，听着外面欢声笑语，曹贤旺越想越气，就在业主群里说，修照壁的事，过几天给大家一个交代，具体花费多少，到时候都会给大家交账。他说话是带着气的，想的是但凡有人跳出来找茬，他一定要再说几句狠话劈头盖脸地抡回去，给他个好看。但凡有人再说他不积极上访争取大红本，他马上也给他们一个好看。他脑子里像是飞着成百上千架轰炸机，因为找不到投弹目标，乱成一团。群里平时爱给大家普及法律的一位业主接过话茬，说，别讲那么多没用的，曹师傅辛苦大家都能看见，具体业委会花费多少钱，去物业经理那里把明细单子要来，自然清者自清，浊者自浊。

曹贤旺先还飙着劲，不过到最后，还是怕业主不明真相，被人煽动起来闹事，便索性花了两小时从头算起，写明具体花费，与开发商孟占全的聊天记录也截屏发了上来。只是在曹贤旺的备注里，就简单的两个字：占全。给人感觉两人关系挺亲近。确也是，占全对曹贤旺说，老曹，注意安全。在曹贤旺展示的截屏里，并不能完全证明他们的清白，倒是暗示出曹贤旺和开发商非同一般的过往。

20

马上十月，又恰逢中秋，赶上塑胶跑道铺完，新修的亭子建好。曹贤旺一时高兴，还写了副对联：有志人生常进取，无私天地总酬勤。横批：春色满园。当下想贴到亭子两侧，有人就说，不年不节的，贴什么对联。还是想着怎么给亭子取个名字吧。有提议叫万花楼的，也有叫陶然亭的，最后还是曹贤旺拍板，取名清风亭。又让小王去做了横幅，说是业委会全体祝业主双节快乐。亭子取了名字，先用红布蒙着，也学电视上搞个剪彩。为图闹热，还从群众艺术馆请来几位老师唱了一天戏。太阳照着，四楼平台两个亭子，一前一后，一新一旧，近旁是尚未开尽的波斯菊，几丛长了半年才有一星半点花骨朵的美人蕉，谁能想到这里也曾是群情激愤的斗争现场？临时搭就的台子上，小区老年妇女自发组织，上台扭了两曲广场舞，衣服颜色也喜庆。旁边的人见曹贤旺抱手站着，喊他坐。曹贤旺摆摆手，他还有事情，开场节目暖场完了，他还得主持，还要揭牌。等他讲完话回来，台子上梆子戏已经开了腔。台下稀稀拉拉的，没坐几个人。到了十点多，好些人买菜回来，过来看了一会儿。

晚上李平推门进来直说，这才多少天啊，梓辕胆子又大了些，下楼拽着我就朝照壁走，指着仙鹤，发出哦哦哦的声音。曹贤旺就笑，说，每回我到四楼都要带他看仙鹤呢，小家伙肯定记住了。曹梓辕像是听见大家在夸他，拿起刚脱的外套又去拍门，嘴里哦哦不停。一家人都笑。曹梓轩也在沙发上爬上爬下，只听他奶声奶气喊，爷爷，月亮月亮。月亮大家也见过无数回，平日多不注意。这回看见蛋黄色月亮贴在窗前，心境也大不相同。家里突然安静，楼下老头吹笛子的声音也清亮起来。过去李平辅导孩子作业，老头从早到晚，笛声不停，呕哑嘈杂。当时她还抱怨，嫌人素质低下，光顾自己过嘴瘾，不知道打扰了别人休息。这回配着十五的月色，好像也是天空地静。连曹开田也歪过头去听了一阵。风声吹起窗帘，王翠枝忙去关窗，说是怕吹着曹梓辕。曹贤旺换上运动鞋，问曹梓轩想不想到空中花园玩一会儿。

在四楼平台碰见小王，小王说东中环马上就要动工了。公示都挂到了网上。曹贤旺一激动，就把信息发到了业主群里了。幸福花园的业主都满脸含笑，仿佛政府推出的这个大工程，马上就能让他们脱离困境。出入敦化坊，得穿过铁道，涵洞老旧，又窄，上下班高峰时段，一堵就是半天。大家都说，东中环一通，幸福花园就活了。到那时候，即便大红本下不来，好赖也方便出租。

曹贤旺还怕是传言，一直在手机上搜索，企图看到官方消息，好歇心。知道男人拿上手机一坐半天就是为了核实这个消息，王翠枝还笑话，说他但凡过去干什么能有今天一半认真，只怕事情也成了。曹贤旺也不恼，他把相近的信息摘出来，抄在本子上，前后哗哗翻着比对，好像他盼望的不是什么民生工程，而是在数钱。

这天，正端着身子在阳台上抄抄写写呢，天黑得跟铁桶似的。曹贤旺担心空中花园里才种的美人蕉，想找些塑料袋捆扎起来。突然电闪雷鸣。王翠枝拿着盆去接窗户前飘进来的雨水。收拾到一半，直喊我的天。曹贤旺走到阳台一看，平日只是洇着点污水的河道暴涨起来。他什么都算到了，就是没有想到东山上会暴发山洪。曹贤旺站在二十三楼，眼睁睁看着黄色的水流漫过河道，停车场的围墙全塌了。下去检视一圈，好在靠墙位置没有车辆。一辆帝豪运气差了些，车门被一堆乱砖堵住。

周秀兰、李建安来给曹梓辕过周岁生日这天，曹开田提议去外面吃饭，十来个人，家里做饭不好施展，周秀兰就说在家里卫生，绿色环保。曹开田说，再绿色，有我爸自家菜绿色？可惜了那一停车场的菜。见周秀兰、李建安听得糊涂，王翠枝就把那天怎么涨大水，形容了一大篇。李平也说，前些时候，我也做梦，动不动就是楼下发大水，几百上千官兵在河沟里抗洪，把我急的，直担心房子塌了可怎么办。前两天还和妈说，梦见涨水，妈还给我解梦，说是不是有什么意外之财。谁知应到爸的菜园子上。几句说得人又笑起来。曹贤旺也不和人争，他开垦的只是一片菜园吗？好多事情他和人说不清楚，他只是感觉在烈日下暴晒，汗水顺脊柱而下，就能切实感受到他和土地还有联系，不是像住在二十三楼，有那么几年，来来回回，就为一张虚无缥缈的证明上火。电视里，联合国发言人正在警告全球有可能发生粮食危机。曹贤旺眼睛瞪得溜圆，好像他是先知先觉的带头人。

手机响起，曹贤旺看了一眼，直说，不会吧，老赵没了？曹开田问哪个老赵。曹贤旺说，前两个月，我们还去他们小区交流的。说完把手机递给曹开田看。龙城业主维权群里有人发信息，说是上坊城四期业主代表领头人为小区事情奔波过程中，因病不幸逝世。曹贤旺说，老赵看上去比我年纪还小，上回见他还精神得很，怎么说走就走了呢？曹贤旺脸上有些发灰，内心有种兔死狐悲的凄苦。他在微信群里说了句，愿天堂居者有其屋，都有大红本。还有人跟评，说，好人一路走好，人都走了，都没有看到自己的大红本。紧跟着发了几张哭脸。放下手机，曹贤旺仍是没缓过来，又说，他和我还算是战友，我们一起开过会的，都以为能盼到拿大红本的一天。曹开田就说，爸，你可别跟着着急上火，因小失大，为这几十万，把自己搭进去。曹贤旺鼻子哼了一声。李平说，爸还是把那个手表戴上，能帮你平时监测身体，哪里不舒服，也有记录，万一要去医院，也好和医生讲。曹贤旺没说话，只是看着手机，好像他什么都顾不上了。周秀兰又说起柏叶底人事，好多人死的死，熟悉的都没几个了。曹贤旺说，可不是，我现在不能做梦，一做梦全是过去那些死人。梦里都知道他们是死人，可我在梦里还一本正经和他们说个没完。周秀兰说，亲家，你这是火焰低，逢年过节多烧点纸钱，找个人算一算。几个人又感慨了一番，这才往楼下饭店走。

曹开田、李平送李建安、周秀兰回来，见曹贤旺扶住厨房门半天不动，便问怎么了。曹贤旺说是头晕。李平说，要不去我们医院做个心电图，反正不出片子，也不用花钱。曹开田说，不是省钱的事，现在做核磁，又快又准。说了半天，王翠枝、曹贤旺还是嫌花钱。王翠枝说，何必麻烦，放放血，要不用白酒按摩按摩。便找来白酒，给曹贤旺压背，揉头。还拿针挑开了曹贤旺的额头。这么些年，两口子有个三病两痛，都是相互这么给对方治疗。王翠枝不停搓曹贤旺的背，后担心酒精凉，又用打火机点了下，她学着电视还是电影里看到的镜头，把燃着的酒精抹在曹贤旺背上。到底手脚不如年轻时候利索，火苗溅到沙发上，把曹贤旺眉毛烧了一截。

21

到了五爷庙，烧完香出来，走到半路，曹梓轩看见路边标牌写着卫星发射中心，问卫星是什么。曹开田说了半天，曹梓轩更加糊涂。到了服务区，李平说，我查了下，明天正好要发射卫星，要不去看看？曹开田还没说话，曹梓轩已经跳起来，直喊看卫星看卫星。

开车走着走着，入村的路就断了，不是堆着几块大石头，就是堵着一辆破车。好在有导航，绕了一截路，离目的地越来越近。快到山顶，路彻底断了。曹开田说，看导航，翻过山就是，咱们爬山吧。曹梓轩已经兴奋地叫起来了。

曹开田背着曹梓辕，还不忘跟曹梓轩解释人类探索星空的历史，说到那个马斯克的龙飞船，话题像烟火噼里啪啦炸开。虽然不怎么听得分明两人说的话，曹贤旺也听到了"唯一家园"之类字眼。曹梓轩说起了大卫·爱登堡的纪录片《地球上的一段生命》，之前他们一家子围在一起看过。在太空看地球，小小的一个蓝色圆点，周围是无尽的黑暗。当时曹开田还感慨，就是在这么一个地方，多少人，多少欲望纠缠。可怕的是，人懂得怎么控制疾病，好像只要活着，只要活下去，其他都不成问题。

不知道是不是错觉，这才出门几天啊，山里的一切怎么看都看不够，曹贤旺还像个年轻人似的，不管看到什么，都要拿出手机拍上一通。还让曹梓轩在同一个地方摆出不同造型。曹开田说，这地方有什么好拍的。曹开田看了看，又往前走。李平就笑，谁让你给你爸买了个好手机。你没看他在家族群里还发抖音呢。曹开田对这些景致并不关心，不过是些野草野花，哪里不一样？连曹梓轩也说，爷爷怎么跟个孩子似的，我转了半天，没看出什么意思啊。曹贤旺这时才笑了笑，说，你不觉得这里很安静？满山满野都是绿色，快要把人淹没了。有几句话他没说，没退休前，他也有过规划，看孙子自然是捎带，他想的却是另一番天地。买一辆JEEP，自驾，随便走。想停下来就停，不想停，就继续。信马由缰！谁能想到这么些年被囚在了赛马场，成天过着屁滚尿流的牢狱生活？

他把照片往业主群里发了几张。有人在回复，问曹师傅这是去哪里耍了。曹贤旺说岢岚。问的人，又发了些小区的照片。和无人收拾的野景比起来，小区花园到底格局小了些。不过业主会用词：紫藤、玫瑰满园飘香，姹紫嫣红，争妍斗艳。接着，有业主竖大拇指，应和的人稀稀拉拉，不过都在说，感谢曹主任的辛苦付出。小王又发了个视频，不知道是哪个小区，把幸福花园四楼平台修塑胶跑道、清风亭、管理停车场的照片发了出来，还配上大红加粗的文字，说这是东山上一个小区业委会的自治成绩。小王说，下一步，他们要请曹主任到兄弟小区介绍业委会自治经验。群里又是一片排队鼓掌。

他还没来得及得意，一个业主开玩笑说，曹师傅玩得这来开心，不会不回来吧。群里一个没注明门牌号的人接道，那谁带头帮我们去闹大红本？闲闲散散的，大家在群里说着话。曹贤旺感觉好久没谈论过房子的事了，好多时候和王翠枝说起来还有些颠倒。偶尔曹开田开玩笑似的说起曹贤旺过去的经历，曹贤旺也听得津津有味。只是听完了也就完了，跟听别人故事似的。曹开田问，你不记得了？曹贤旺说，记得，怎么不记得。曹贤旺记得一些，却不像曹开田记得那么确切。他更愿意和曹梓轩讲他年轻时候当兵的事。部队的番号，入伍第一天就在宿舍门口磨砖，半夜里去火灾现场，抢修道路差点被巨石砸中，是苦，不过听他一讲，好像也是挥斥方遒的架势。可惜曹梓轩更喜欢刺激的故事，制造欢乐的表演，对于曹贤旺的唠叨根本没有耐心。这些家常细碎的事填塞在他七十岁左右的生活里。要不是今天在群里又有人问起大红本的事，他还真想不起来，过去他曾是那么偏执的一个人。细想想，他确实偏执。有时候听见李平说曹开田偏执，曹贤旺还眼皮直跳。但今天，行走在天高地远的山野，他陡然明白，承认一些事实也没有什么好丢人的。

曹贤旺抖着手掏背包。李平问怎么啦？王翠枝说你爸该吃药了。李平说，可别再硬扛了。我有同学在一院做护士，那里的神经科是全国重点，不管好赖，先去看一看。曹贤旺没说话，吃了药，又翻看手机。他在群里说，没注明门牌号的，赶快备注上，要不就踢出群。他像过去那样重复着规矩。也不管有没有人听。

曹开田在远处喊，出来玩就好好放松放松，成天就是抱着个手机。曹贤旺也不答话，仍是抖着手，在手机屏上写字。等到额头变凉，浑身松快，这才站起来。曹梓轩在不远处催他。曹贤旺说，你们先走，爷爷给你压阵，断后。